庫

小説８０５０

林　真理子著

新潮社版

11888

目次

小説８０５０

第一章 はじまり

銀色のトレイの上に、根元が茶色く変化した歯を一本置いた。それは七十三歳の女の、最後のあがきのような歯であった。

「あら、ね……。やっぱり」

と安田《やすだ》春子《はるこ》は言ったらしいが、麻酔のためにあらへーとしか聞こえない。

「でも、よく頑張ってくれましたよ」

大澤正樹《おおさわまさき》はマスクごしに言った。

「ブリッジにするには、両側はもう無理でしょう。入れ歯ということになりますかね」

「……」

春子はおし黙る。即答をしないのは、ここでその治療をするのを決めかねているからだ。

インプラントも出来る新しい設備のいいクリニックがいくらでもあると、前かがみの肩が語っている。

父の代からの患者であるが、おそらくもううちには来ないだろう。正樹はゆっくりと、春子の胸にかかっている使い捨ての紙エプロンをはずした。茶色のセーターに小さな花の刺繍《ししゅう》が見える。

この後の予約患者はいないので急ぐ必要もない。パートで受付をしている大村百合《おおむらゆり》子《こ》が、中に入ってきて、

「麻酔、大丈夫ですかァ」

のんびりとした声をかけた。

「大丈夫、大丈夫……」

春子は口元をハンカチで押さえながら答える。

「抜歯の経過見たいんで、明日また来てください。それから来週にも」

正樹が言うと、今度ははい、と案外はっきりした声で答えた。

「四日後……だと、『成人の日』で休診かしら、先生」

「そうですね、じゃあ、その後にでも」

「わかりました。じゃ、火曜日に来ます」

やや口調が明瞭《めいりょう》になってきた。

「毎年、成人式の頃になると急に寒くなるわはえー」

まだ口がよくまわらないが、もともとお喋《しゃ》べり好きの女なのだ。

「本当ですよ。それからセンター試験がある頃は、よく雪が降りますよねー」

「そう、そう……あれ」

春子が正樹を振り返る。

「先生とこのお坊ちゃん、今年成人式だったんじゃない」

一時、沈黙があった。百合子も声を発しないからだ。

「いや、うちの息子は、もう済んでます」

「あら、そう。もうそんなになるのね……」

垂れ下がった目が狡猾《こうかつ》に動くのを、正樹は見逃さなかった。商店街の米屋は、驚くほど各家の事情に通じている。おそらく正樹の下の子ども、翔太《しょうた》のことは耳に入っているに違いない。それをさりげなく確認しようとしているのだ。

「二十歳過ぎてても、何やってるんだか。フリーターっていうやつですよ」

「あ、そう、フリーターねえ」

春子はふがふがと発音した。

「フリーターって、この頃多いらしいわね。テレビでも言ってたわ」

「全く困ったもんですよ。それじゃ、火曜日に」

正樹はそう言って、女をうまく診察室から追い出した。

春子は受付で、よくまわらぬ舌でまだ何か喋べっている。やれやれと、正樹は椅子《いす》に座り、机の引き出しからパンフレットを取り出した。それは妻の節子《せつこ》から、くれぐれもきちんと読んでくれ、と言われたものである。

「ＫＩＧＡＲＵ塾」という名の私塾であった。全国に数十万人いると言われる青年の引きこもりのために、〝リベンジ〟を実現するというものだ。

「二十歳以下でしたら、いくらでもやり直しが出来ます。現に多くの生徒が、ここで高認をとり、有名大学に羽ばたいています」

そこには、一流大学の名がずらりと並んでいた。中には最高学府と呼ばれる国立大学の名もあった。

「本当かなあ……」

渡された時に思わず声に出したら、

「いつもそうなんだから」

節子が睨《にら》みつけた、目がとがっている。息子のことになると、いつもそうだ。

七年前、十四歳の翔太が学校に行かなくなってから、節子はさまざまなところを頼った。最初は息子の学校に行き、担任教師や校長に会っていたが、そのうちにＮＰＯや公的な相談所にも足を運んだ。最後はあやしげな占い師のところにも行くようになったので、正樹は、

「いいかげんにしろ」

と叱《しか》ったものだ。その時も節子は吊《つ》り上がった目をして、

「あなたなんか何もしないくせに」

と声をあげた。

「私はね、翔ちゃんがどうしてこんなことになったのか、専門家の先生にもいろいろ聞いたのよ、みんな同じことを言ったわよ。親の過剰な期待と、会話のなさだって、うちはみんなそれにあてはまるのよ」

大澤歯科医院は、八年前に亡《な》くなった父の代から、この商店街で診療を続けてきた。その頃は歯科衛生士も二人置き、待ち合い室には親に連れられた子どもたちが、不安そうに何人も座っていたものだ。

が、当時から父はぽつりと言うことがあった。

「このままじゃ、歯医者はダメになるかもしれんな……」

少子化が思いのほか早く進んだうえに、徹底した口腔《こうくう》衛生教育のおかげで、都会の子どもたちにほとんど虫歯はない。しかし歯科医の数は増え続けている。

今、生き残っているところといえば、子どもの歯列矯正をする審美専門医か、年寄りのインプラント専門医である。華々しく広告をうつところは、それこそ千万単位の最新の機械を備えていた。瞬時に立体画像を撮影できる機械も最近は珍しくない。

が、大澤歯科はそうした波に乗ることが出来なかった。理由はいろいろあるが、母、父と続いた大病に、金と時間がかかったことも大きいだろう。

そんな正樹が、息子を歯科医ではなく、医者にしようと思いたったのは自然なことであった。歯科医にそうした親は多い。同じように六年間医大に通い、授業料もそう変わらないというのに、歯科医とふつうの医者とでは、生涯所得にかなりの差がついてしまうのだ。

世間の扱いも医者と歯科医とでは違う。ひと昔前までは、歯科医も充分エリートの範疇《はんちゅう》に入ったのであるが、マスコミが、

「歯医者の数はコンビニと同じ」

「年収三百万台もいて、タクシーの運転手と兼業している」

などと書きたてるようになってから、かなり権威は失墜したといってもいい。今や、

私立の歯学部の偏差値は五十台で、六十を越える医学部とはまるで違ってきた。が、こんなことをくどくどく言っても仕方ない。翔太が小学校に入る頃から、夫婦は誓い合ってきたはずである。

「この子は医者にしよう。歯学部ではなく医学部に入れよう」

幸いなことに父の代からの蓄えで、診療所を兼ねたこの家とは別に、投資用のマンションをひと部屋、優良な株と定期預金は持っていた。定期の方はかなりさみしいことになっていたが、整理すれば、私立の医学部に行かせるのもそうむずかしいことはないというのが、夫婦の出した結論であった。

その頃翔太よりも五つ年上の由依《ゆい》が、中高一貫の女子校に通っていた。東大合格者も出すその学校は、由依の成績では無理と言われていたのであるが、二年間塾に通わせ、見事合格を勝ち取ったのである。

「この年から努力するというのは大切なことなんだ。努力はクセになるからな」

と正樹は言い、翔太にも中学受験を勧めた。

「でも男の子なんだから、中学までは公立でいいんじゃないかしら。翔ちゃんは友だちと別れるの嫌がっているし」

と抗《あらが》う妻を馬鹿《ばか》と叱った。

「男の子だからこそ中高一貫校に入れなきゃ駄目なんだ。中学で気づいても遅い。名門と言われるところは、高校から入るのは至難の業だ。ほとんどとっていない」

妻に自分で集めてきたパンフレットを見せる。確かに最近、中高一貫校は、高校からの募集を減らしていた。

「由依もそうだが、いい学校で出会う友だちは一生の友だちだ。地元の公立の子どもたちとはレベルが違うんだ」

そういう正樹も私立の中高一貫校を出ていたが、母校に息子を入れるつもりはまるでない。昔は新御三家の次ぐらいにランクされていた学校であったが、経営陣のごたごたと私鉄乗り入れで劇的に偏差値を落としていた。私鉄開通と偏差値とは驚くほどかかわりがあり、駅が出来た代わりにその地区の子どもたちが都心をめざすようになったと、当時ある週刊誌が書きたてたものだ。

だからこそ昔からの、名の通った学校、鉄道などに影響されない学校をめざさなければいけないと正樹は説いた。

「医者になるんだったら、十歳から始めるんだ。そのくらいから始めてちょうどいいんだ」

いつしか正樹の気迫は妻にも伝わり、節子も息子の受験に協力するようになった。

いや、協力などという生やさしい言葉ではない。そもそも中学受験は母親が中心となり、子どもに徹底的に尽くす。

節子は本当によくやっていた。夕方になると夕食の他に弁当をつくり塾に届けた。雨の日も雪の日もだ。コンビニ弁当など絶対に食べさせない。自転車で届けるが、時々は正樹が車で送ってやった。

冬の寒い日、塾から出てきた妻にこう声をかけたものだ。

「親のこういう苦労を子どもはちゃんと見ているさ。いつか本当に有難かったって思うはずだよ」

やがて受験が始まった。夫婦は近くの神社に詣《もう》でて、正樹は一ヶ月酒を断った。そしてめでたく翔太は、第二志望の中高一貫校に合格した。それは夫妻にさらに新しい、はるかに大きな苦労を課すこととなったのである。

それは突然起こった。

中学二年生の夏休みが終わった時、翔太は、

「もう学校に行きたくない」

と言い出したのである。最初は夏の疲れだと思っていた。

「明日になれば、ケロッとして行くんじゃないの」

とのんびりと構えていた節子であったが、それが一週間となり、十日となった頃には本気で焦《あせ》り始めた。正樹たちは、さっそく学校に出向く。そこで担任や校長と話し合った結論は、この学校にはいじめはない、というものであった。どうしてそんなことを言いきれるか、と質問する妻に、年に四回ほどのアンケート調査をする上に、相談室とカウンセラーを置き、生徒はいつでもそこに行けるようになっているというのだ。

「あの担任、まるでなってない。少しも親身になってくれない。っていうか、他人《ひと》ごとみたいに喋べる」

節子は怒り、正樹とともに翔太と同じ小学校から進学した友人の家を訪ねたのだ。が、彼はクラスが違うのでよくわからないと答えた。

「僕よりも、仲のいい友人に聞いたらどうですか」

と言われ、節子は言葉に詰まった。翔太は家に中学の友人を連れてくることもなかったし、日曜日に誰かと遊ぶ約束をしたこともなかったのだ。

正樹は妻と共に、あらたまって息子に問うた。

「学校にはこのまま行かないつもりなのか」

その時、翔太ははっきりと答えた。

「もうあんなところに二度と行きたくない」

「翔ちゃん、あんた、いじめられたの？ ひどいことされたの？」

妻の質問に、翔太は奥歯を喰いしばっている。その顔はまだ幼なく、正樹は公園で息子が姉に鉄棒の順番をとられた時の顔を思い出した。

「いったい誰がやったの？ どんなことをされたの？」

と節子は金切り声をあげたが、もう翔太は何も答えなかった。

「とにかく、もう二度と、あいつらのいるところに行きたくはない」

「あいつら、って誰なの？ 言いなさい。はっきり言うのよ！」

という母親の声は無視して、翔太は立ち上がった。

「とにかく僕は行かないよ。ママがもし――」

そこで言葉を区切った。

「もし僕を無理やり行かそうとするなら、僕はママを許さない。本当だよ」

あの時、節子は口をぽかんと開け、わなわなと体を震わせていたが、すぐに気が変わるだろうと、正樹はかなりタカをくくっていたところがある。それは息子をまだ幼ない者としてとらえてしまったからだ。

子どもにとって学校は絶対的なところだ。学校に行かなければ、子どもは世界を失なってしまう……。そう息子のことを考えていた自分は、なんと無知だったのだろうかと、正樹は後悔している。

七年前も、〝引きこもり〟はとうに社会問題になっていたではないか。それなのに自分は心の中で、うちは違う、と考えていたのである。

それからいろんなことがあった。夫婦二人で、叱責《しっせき》し、懇願し、諭《さと》し、怒り、時には頰を叩《たた》いたりした。節子が泣きながら、

「とにかく学校に行って頂戴《ちょうだい》……。お願い、お願い」

と頭を下げたこともあった。

その後、妻は妻なりにいろいろな事を考えたのである。正樹が翔太を連れて子どものメンタルを専門にしている、精神科医のところに話を聞きに行った。都の相談窓口も訪れ、カウンセラーという人物がうちにやってきたこともある。ちょうど中学卒業時で、彼は通信制や単位制の高校を勧めてくれた。

「いちばんつらいのはお子さんなんですよ」

彼は言ったものだ。

「何とかして、この状況から逃れたいともがいているはずです。ほんの少しのきっか

けで、立ち直る例はいくらでもあります」

そうよ、そうよと、つぶやく節子はあの頃、何冊もの本を読んでいた。妻がいちばん感動したのは、十年にわたる引きこもりの青年が、一人の教師と出会ったことで、新しい人生をつかむというものだ。青年は努力して高卒認定試験に合格した後、獣医をめざして大学に入学した。

「いくつになってもリベンジは出来ます」

という言葉と共に、さわやかな風貌《ふうぼう》の青年の写真があった。それは節子がこうあってほしいと望む未来の息子の姿であった。

「こういう人はいくらでもいるのよ。そう、いくらでもね。うちの翔ちゃんだって、やり直すことが出来るのよ」

正樹は否定しなかった。そう信じることが妻の唯一《ゆいいつ》の希望であることがわかっていたからだ。

しかし十五歳の翔太は、高校受験にまるで興味を示さなかったのである。それどころか、昼夜を逆転させた生活を始めるようになった。夜の十二時過ぎ、家族が寝静まった頃起きてくる。そして冷蔵庫の中から麦茶や牛乳を出して飲み、節子のつくっておいた食事をむしゃむしゃ食べる。風呂《ふろ》に入る、洗濯をする、そしてまた自分の部屋に戻り、パソコンであれこれ見たり、ゲームをする。家族が起き出す頃には息を潜め、トイレに行く時以外はまず出てこない。昼過ぎに節子が、簡単な食べ物をのせた盆を置いておく。それを食べて夕方眠りにつくらしい。つくらしいというのは、部屋の中での生活を家族の誰もが把握していないからだ。

「お前はいつからネズミになったんだ！」

最初はあまりのことに、正樹は息子を殴ったこともある。力ずくで部屋からひき出そうとしたことも一度や二度ではない。そのたびに節子は泣いて止めた。その妻に向かって、

「お前の育て方がいけないんだ。まともな人間に育てられなかったお前がいけない」

と怒鳴ったことは、今では悔いている。

その後で、節子が心療内科に通い出したと聞いたからだ。

「このままだと、ママ壊れちゃうよ。それでもいいの」

と由依は冷たく言いはなった。由依は中高一貫の女子校を出た後、現役で早稲田の政経に入った。この優秀な娘の存在は、どれほど夫婦の救いになっていただろうか。

しかしこの今回、この由依が大澤家に大きな変革を求めたのである。

妻の節子が、診察室のドアを開けた。

「坂本《さかもと》さんちに、パトカーが来てるのよ」

坂本家は、この大澤歯科医院からツーブロック先にある、四十坪の土地に立つ木造の二階家だ。

小さな商店街と住宅地が隣り合わせにあるこの界隈《かいわい》は、山の手とはいえないが、昔は中程度の勤め人が住んでいた。世田谷の一等地と比べると、ここいらはほどほどの地価だったと年寄りは言う。

このところ、高齢化が進み、いくつかの空き家が出来た。商店街の空き家は、すぐに牛丼《ぎゅうどん》のチェーン店や、スマホショップになる。住宅の方は、大きなうちはマンションに変わり、小さなうちは駐車場になるか、そのまま古びていく。

「あのうちは、残された奥さんが施設に入ったのよ、それであのままになっているのよ」

節子から聞いたことがある。死亡すれば、誰かが相続するなど動きがあるが、生きていればそれも出来ない。九十歳、百歳になり、たとえ家のことは忘れていても、法律上は所有者なのだ。

坂本家はそうした家の一軒であった。夫の方はとうに亡くなり、妻の方がひとり息子と暮らしていた。正樹はこの妻の方の、入れ歯をつくったことがある。あれが十年前であった。姿が見えなくなったと思ったら施設に入ったと聞いたのが数年前、そして昨年は亡くなったという知らせが届いた。葬儀は近くの斎場で行われ、節子が焼香をしてきた。

「喪主は息子さんだったけど、結婚も就職もしていないんだって。ひとりでいたわ」

節子はこういうところに、とてもよく気のつく女だ。

「親戚《しんせき》も少なくて、とても寂しいお葬式だったわね」

「仕方ないさ、都会の葬式なんてそんなもんだよ」

「やっぱり、おじいちゃん、おばあちゃんのお葬式って、孫がちょろちょろしていて、こらっ、なんて怒られて、にぎやかなのがいいわよねー」

節子は栃木の出身である。正樹は妻の身内の、幾つかの葬式を思い出した。確かに近所の人たちに加え、小学生や幼児の孫が行儀悪くあちこち走りまわっていた。が、あれは確かにいい光景であった。新しい生命体はキラキラと光輝いていて、死んでいったものの命を引き継いでいくのを、はっきりと見たような気がした。

「私たちも、あんな寂しいお葬式になるのかもしれないわね……」

と節子がつぶやいた。自分たちのうちのどちらかが死に、どちらかが老いさらばえた時に、結婚もせず仕事にもついていない翔太が喪主の席に座っている光景は、あまりにもリアルな想像であった。正樹はぞっと背筋が寒くなった。

「まあ、そんな先のことは考えないことだな。翔太はともかく、由依はまともな結婚をするはずだよ」

「そうね、そうだといいんだけど……」

妻がうかない顔をしたのは、この頃既に娘の相談を受けていたからに違いない。そして今年の正月、久しぶりに帰ってきた娘から、結婚を考えている人がいると打ち明けられた、と妻は言った。

「それはよかったじゃないか」

正樹は単純に喜んだ。節子は美人の部類に入るが、由依は親のひいき目で見ても、中の中といったところだろう。翔太が母親そっくりの、端整で、涼し気な顔なのに比べ、娘は父親に似ている。多少エラが張っているのを、神経質過ぎるほど気にしていた。早稲田を卒業する時、アナウンサー試験をはなから諦《あきら》めたのも、この顎《あご》の形が原因だと半ば本気で正樹を責めたことがある。

「まあ、いろいろあったけど、由依もやっとおさまるところにおさまるわけだ」

節子は由依の相手について、ぽつりぽつりと語り始めた。東京出身で、父親はさる商社の執行役員をしている。母方の祖父は長年参議院議員を務めた人物だという。

「家柄はわかったが、本人はどうなんだ」

「写真見せてもらったけど、まあ、感じのいいふつうの男の子、一橋《ひとつばし》を出ていてふたつ年上。会社の飲み会で知り合ったって」

「同じ会社のちゃんとした青年なら、何の問題もないじゃないか」

「問題があるのはこちらでしょう」

何もわかってないとばかりに、節子は声を荒らげた。

「由依は言ったわ。彼はひとりっ子だから、きっとうちのことをいろいろ調べるはずだ。もし引きこもりの弟がいるってわかったら、相手のうちに引かれてしまうって」

「馬鹿馬鹿しい！」

正樹も思わず荒い声を出す。

「今どき引きこもりなんて、珍しいことでもないだろう。翔太は別に犯罪をおかしたわけじゃない。ちょっとした人生の休憩をとっているだけなんだ」

それは自分自身に何度も繰り返した慰撫《いぶ》の言葉である。

「由依も姉だったら、もっと弟のことを思いやってやるのが本当だろう。胸を張って堂々と言えばいいじゃないか」

「そんなに簡単にいくはずがないじゃないの」

節子は正樹を睨むように見た。それとそっくりの二重瞼《ふたえまぶた》の目を持つ息子のことを思った。もう何年もきちんと正面から彼を見ていない。

「由依はちゃんと育って就職もしてくれて、だからちゃんとかまってやらなかった。翔ちゃんのことだけにかまけていて、私は本当に可哀想《かわいそう》なことをしたと思ってるの。由依は今だからって打ち明けてくれたわ。大学生の時に、友だちをうちに連れてこれなくて、本当につらい思いをしたって。もし引きこもりの弟を見られたらどうしようって、そのことばっかり考えていたって」

「堂々としていればいいんだ、堂々と」

「そういうことが出来ないんですよ、年頃の女の子だから。だけどね、由依にもやっといい人が見つかって、結婚したいって言ってるんですよ。だから私は、なんとか由依の思いをかなえてあげたいんですよ」

なんと節子は泣いていた。そしてとり出したのが、例の「ＫＩＧＡＲＵ塾」のパンフレットなのである。ぱらぱらとめくってみる。これによるとまずカウンセリングがあり、場合によっては精神科医も紹介してくれる。その後に学業復帰のプログラムが組まれる仕組みだ。

引きこもりのために、今や多くの高校が手をさし伸べてくれている、とパンフレットには書いてあった。私立高校、通信制高校、単位制高校、そしてアーティストをめざす高校。目標を決め、決して焦らずに、進んでいくことが大切だ。そのために、生徒には個別のアドバイザーがつき、丁寧につき合っていく。この塾から、大学進学を果した生徒もとても多いという。進学先の大学名がずらりと並んでいた。

「この塾でまず知ってほしいのは、人生はやり直せるということです。若いあなた方には、いくらでもそれが出来るということ」

パンフレットの最初のページには、その文字があった。そして楽し気に談笑する数人の若者がいる。モデルだろうか、それとも本物の塾生なのだろうか、こんな風に顔をさらしても大丈夫なほど、彼らは自信をつけたということか。

「ちゃんとこれを読んでほしいの。とにかくこれは最後のチャンスなのよ」

節子はおごそかに宣言した。

「由依からくれぐれも頼まれているのよ。引きこもりだと、相手のうちに言えないけど、浪人中で塾に通ってます、そう言いたいんですって」

パトカーが来たので、近所の者たちが坂本家の前に集まってきた。何事かと、正樹と節子も外に出た。パトカーの他にも、トラックや軽ワゴン車が停まっており、黒いバンから、スーツを着た男が降りてきた。その後ろを二人の警官と十人ほどの男たちがついていく。

「そのうちはずっと空き家ですよ」

誰かが声をかけた。

「坂本のおばあちゃんも亡くなったし、息子さんの姿も、もう何ヶ月も見かけないけどなぁ、いったい何があったんですか」

「空き家荒しかな」

警官も男たちも何も答えない。門扉《もんぴ》を開けて中に入っていく。ブロック塀の内側の庭は荒れていた。枯れた梅の木の下に、茶色の雑草がはびこっている。使いふるしたバケツやホースが、玄関の前に投げ出されていた。

「坂本さん、坂本さん」

スーツを着た男が大声をあげた。あたりはしんとする。

「何度もご連絡しましたが、返事をいただけませんでした、私は東京地裁の執行官です。民事執行法に基づき、これより強制執行に入ります。この家は坂本昌子《まさこ》さんの死去によって、地主さんとの契約が終っています。ただちに退去してください」

物見高い近所の者たちもしんとしてしまった。近くでまさかこんなことが行われようとは想像もしなかったのだ。

「坂本さん、坂本さん、ドアを開けてください。中にいることはわかっているんですよ」

もう一人のスーツ姿の男が言う。襟には弁護士バッジが光っていた。

「だから、いないんだってば」

さっきの男が言った。正樹が目をこらすと、布団屋《ふとんや》の隠居であった。

「もう何ヶ月もここには人がいないんだよ」

「だけどさ」

傍にいた女が声をあげる。

「私、このあいだ真夜中に、コンビニで息子さん見ちゃった。だから確かに住んでることは住んでるのよ」

まさかと布団屋は言い、それきり押し黙る。パトカーと野次馬にひかれて、男子高校生が四人近寄ってきた。面白そうじゃんとスマホで写し始めた。

「プライバシーにかかわることだから、撮影は禁止です」

若い警官がおしとどめた。

「坂本さん、坂本さん」

男はインターフォンを押しながら呼び続けるが、全く気配がない。代わりに作業服姿の男が工具箱を手に進み出る。

「おっ、ドラマで見たのと同じじゃん」

高校生が興奮した声を出す。男が鍵穴《かぎあな》に何度も工具を差しては回しを繰り返すと、解錠されたのか、振り返って執行官と称した男に頷《うなず》いた。

「坂本さん、入ります」

警官たちを先頭に、スーツ姿の二人が中に入った。

「死んでんじゃやね？」

と高校生。

「中に腐乱死体ってよくあるじゃん」

大人たちは黙ってなりゆきを見守っていた。昨年まで、坂本昌子は生きていて、数年前までここで庭仕事をしていたことを思い出す。曲がった腰で草とりをしていた姿を、町内の者たちはよく見ていたものだ。しかし息子の姿は見かけなかった。

やがてドアが開いた。大家の代理人らしいスーツ姿の弁護士につき添われて出てきたのは、肥満したジャージ姿の男であった。何ヶ月も床屋に行っていないのか、髪が耳の下まで伸びていた。

おとなしくしているのが、かえって不気味だった。

「坂本さんとこの息子さんじゃないの！」

感にたえぬ、という風に女の声がした。

「まるっきり変わっちゃったけど。ずっと引きこもりだったのね」

女が声をあげる。布団屋に向かって話しかけた。

「８０５０《はちまるごーまる》っていうやつだね。年とった親の年金めあてに、引きこもりの子どもがべったりくっついているというやつ」

二人の警官はさっさとパトカーに乗ると立ち去った。事件性がないと判断したのだろう。ジャージ姿の男は弁護士、執行官とともに、到着したタクシーに乗り込む。別段嫌がっている風にも見えない。〝きょとん〟という表現がぴったりだ。それは長い冬眠を突然邪魔された熊《くま》のように見えた。自分の親が死んだら、なすすべもなく、ひたすら閉じこもっていた中年男。生きていく訓練がまるでされていない男は、これからどうするのか。

家に戻るまで、節子はひと言も発しなかった。予約の患者がいないので、正樹はそのまま二階の自宅にあがる。ダイニングテーブルの前に、節子は放心したように座っだ。

た。正樹は確信した。あの光景にいちばん衝撃を受けたのは、自分たち夫婦だったの

　やがて節子が口を開いた。

「あれって、うちの三十年後の姿なのよね……」

「考え過ぎだろう、翔太がこのまま年をとるはずがない」

「いいえ、そうなるわよ。そうならないって、誰が保証してくれるのっ」

「ちょっと落ち着け、あのうちは特殊なんだ、息子をちゃんと社会人にしなかったからああなるんだ」

「うちも同じじゃないの。うちだって、うちだって……。ねえ、あのパンフレット、

あなたに渡したわよね」

「下の診察室にある」

　すぐさま階段をおりていく。そしてパンフレットを手に持って戻ってきた。

「あなたも来て。お願い」

　医院は三階建てで居住部分は二つのフロアになる。かつて両親も同居していたため、

余裕あるスペースになっていた。三階の由依の部屋は、今は納戸《なんど》のようになっていて、

その奥が翔太の部屋になる。息子が真夜中、自由に過ごせるのもこの広さのためだ。

節子はそのドアをどんどんと叩いた。

「翔ちゃん、翔ちゃん、ちょっと開けて頂戴」

しばらくして、

「なんだよ」

内側からドアが開いた。そこに息子がいた。はっきりと姿を見たのは何ヶ月ぶりだろうか、ある時から極力見ないようにしてきた。全力で本気で向き合った時もあったのだ。それを言いわけにして、ずっと目をそらしてきたのは事実だ。

「いったい何なんだよー」

思いきり不機嫌な声を出す息子が、それほど肥満もせず、髪も長くないことに正樹は安堵《あんど》した。ちらっと部屋の中が見える。洗濯ものが干され、机の上でパソコンが、ピコピコ音をたてながら光っていた。

「どうしても今、話をしたいのよ、大至急よ」

「るせえなぁ……」

翔太はしんからかったるそうな声を出した。声は外見よりもはるかに変わっていた。はきはきとした長いフレーズを最後に聞いたのは、変声期のまっただ中だったかもしれない。

「ママはね、翔ちゃんにどうしても話したいことがあるのよ」

「何だよ、ここで言ってくれよ」

「いいえ、じっくり話したいのよ、ちょっとリビングまで来て」

節子はいつのまにか、翔太の手をつかんでいた。その気迫に押されてか、のろのろと歩き出した。そうきつくはないが、体臭がぷんとにおった。一日おきに風呂に入っているると節子は言ったものだが、二十歳の青年が一日中部屋に閉じこもっていれば、体からさまざまな臭《にお》いが発されるのはあたり前だろう。

翔太は気だるそうにソファに腰をおろし、脚を組んだ。息子の素直さが意外だった。涙が出てきそうになる。節子も同じだったらしく、

「翔ちゃんの好きな、ミルクティ淹《い》れるわ」

はしゃいだ声をあげた。

「いらね。それより早く話して」

正樹は思いきって声をかける。

「お前、ちゃんと食べてるのか」

「まあね」

「床屋も行ってるらしいな」

それには答えない。節子は月々のものを渡していた。それで時々小さな買物をしたりするようだ。以前カウンセラーという人物と話をした時、それが出来れば希望は充分あると教えてくれた。

「翔ちゃん、これを見て」

節子はパンフレットを広げた。最初のページで、あの写真と言葉があるはずだった。

「人生はやり直せるということです」

なんだよ、これ。翔太は低い声で呟《つぶや》いた。

「このパンフレットを見て。それからこれからのことを真剣に考えてほしいの」

「ふざけんじゃねーよ」

右脚が動いたかと思うと、テーブルを蹴《け》っていた。茶碗《ちゃわん》が大きく動き、液体がこぼれた。

「ババア、ふざけんじゃねえ」

息子の発した声を、正樹は夢の中のことのように聞いた。

ふざけんじゃねー！　翔太は何度も吠《ほ》えながら両手をざざーっと左に動かす。茶碗に急須《きゅうす》、ティッシュペーパーの箱が音をたてて床に落ちていく。しまい忘れた醤油《しょうゆ》差しが最後に落ちて、黒い飛沫《ひまつ》をあたりに飛ばす。

ふざけんな！　今度は足を使った。テーブルを倒そうとしたがうまくいかず、椅子を次々と蹴る。木製の椅子は、醬油差しよりもはるかに大きな音をたてた。

「クソババア、二度とそんなこと言うな！」

翔太は節子を睨みつけた。目が赤くなっている。

「そんなことをもう一度言ってみろ。お前をぶっ殺すからな」

それから正樹の方を振り返る。

「お前もだぞ」

廊下をわざと足音高く行く。そしてバタンとドアが閉まる。

気がつくと、節子が泣いている。片づけもせず、両手で顔を覆《おお》い、静かに泣いている。

「どうして……どうしてこんなことに……」

今までおとなしく引きこもっていた息子の、突然の暴力であった。何が起きたのかよくわからないのは正樹も同じだった。

「あいつは、突然の変化に耐えられないんだろう」

先ほどどちらっと見た、部屋の中を思い出した。洗濯ものは干してあるものの、案外片づいていた。そしてずっと音をはなっていたパソコンの画面。きっとあれでゲームをしていたに違いない。

暖房の効いた部屋で、ぬくぬくと無為なときを過ごしている息子を、本当に情けないと思う。

「お前が甘やかしたんだ」

と言いかけ、

「俺たちが」

と変えた。これ以上の軋轢《あつれき》は起こしてはならないととっさに思ったからだ。

「もう小遣いはやるな。飯をつくってやることもない」

「そういうわけにはいかないでしょう……」

「いや、それがあいつのためだ」

まだ子どもなのだと思う。このところ正樹たちは、息子に対して無視する作戦をとっていた。無視はするが、手はかけてやっていた。妻は真夜中に起きてくる息子のために、余分につくっておいたものを冷蔵庫やテーブルの上に置いていた。

食べ物と冷暖房、そしてパソコンという娯楽を与えたために、彼は長い時間、あの部屋に籠城《ろうじょう》したのだ。そう、それはまさしく籠城であった。そこで息子はたった一人の城主だ。何不自由なく、誰からも命じられることなく、気ままに暮らしていた。そこに突然の親からの命令だったので、息子は逆上したのだ。

正樹はこのように冷静に分析した。するとここから解決の道筋が見えるような気がしてくる。

「もう甘やかすな」

妻ではなく、自分に言い聞かせる。

「あの子にも親離れしてもらわなくてはならない。それから俺たちも子離れしなくちゃいけないんだ」

「もう私たちも覚悟を決める時なのよ」

母の言葉に由依が大きく頷いた。節子が連絡したのであろう。日曜日の午後、娘は久しぶりに現れたのである。手には和菓子の箱を持っていて、この娘も随分やわらかくなったと正樹は思う。

大学生の頃は、冷ややかな、取りつく島もない娘であった。ひたすら勉強することによって、自分の固い殻をつくり上げようとしているかに見えた。それでも母親とはあれこれ睦《むつ》まじくしていて、一緒に買物にも出かけたりしていた。二人で仲よく喋《しゃ》べっているところに正樹が入っていくと、ぴたっと口を閉じる。

が、年頃の娘というのはこんなものだろうと思っていたし、友人たちからもそう聞いていた。

娘と一緒にゴルフに行く、などという話を聞くと、信じられなかった。

今、こうして目の前にいると、軽くウェイブした髪といい、ピンク色の口紅といい、美しく明るい娘になったと思う。好きな男がいると、こうも違うものだろうか。

口元が綺麗《きれい》なのは、中学校の時に歯列矯正をしてやったからだ。三年間、歯をワイヤーで締めるのは、少女にとってつらいことだ。この頃都会の子どもは、たいてい矯正するが、それでもからかわれたりする。しかも矯正中、由依は眼鏡をかけていた。コンタクトにすればいいと思ったのだが、

「ブスになる時は思いきりブスになるんだって」

と節子から聞いても意味がよくわからなかった。まあ女子校だからこそ、そんなことが出来たのだろう。

持ってきた和菓子を食べながら、由依はぽつりぽつりと自分の話をした。つきあっている男から、そろそろ挨拶《あいさつ》に行きたいと言われたそうだ。

「私はもうちょっと待って、って言ってるの」

由依は目を伏せた。この後の言葉を言っていいか悪いか、考えあぐねているようで

あった。

「だって翔太のこと、わかっちゃうじゃないの」

「何も言ってないの」

「うーん、ビミョウに伝えてるかなー」

小さなため息をついた。

「ずうっと医大めざして浪人中だって言ってる。それでかなりめげてるって。彼はね、よくある話だね、って言って気にしてないけど」

「引きこもりだって、ちゃんと言えばいいじゃないか」

「イヤよ」

プイと横を向く。矯正のおかげで、形のいいプロフィールだ、気にしていたエラの張りもかなり改善されている。

「弟が引きこもりだなんて、私、絶対に言いたくない」

「おかしなことを言うな。引きこもりなんて、今、日本全国に百万人だかいるんだぞ。医大浪人生なんかよりも、ずっとよくある話だろ」

「あのね、世間にはよくある話かもしれないけど、自分がそのよくある話に関係するのって絶対にイヤ」

「まあ、由依ちゃん、そんなきつい言い方しなくても」

「ママは今回は黙ってて。私は、ママからメールもらって、ああ、やっとこの時が来たって思った。この時が」

「この時」を二度繰り返した。

「今、ちゃんと決断しなきゃ、翔太はこのまま廃人になってしまう」

「ハイジンって何だ？」

「ハイジンは廃人よ。人として終った人。私ね、仕事柄、相続のごちゃごちゃいっぱい見てるの。今ね、いちばん問題になってるのが、廃人のきょうだいよ。親の財産を整理しようにも、どうしようもないの。ねえ、お父さん、はっきりと聞くけど、老後をどう考えてるの。まだ五十代だけどそろそろ考え始めてるよね」

娘の職種は何だったろうかと、正樹は思い出そうとする。損保会社で企画部とか言っていなかったか。そこはこんな口のきき方をするのか。

「お前の世話にはならんから安心しろ」

むっとして言った。

「うちはもう跡継ぎはいないし、適当な時になったらここは閉める。そして家を売った金で、母さんと施設に入る。負担はかけない。安心しろ」

「ほらね、それですっきりすると思ってる。翔太のことなんかまるで考えていない」

「考えてるさ。その時はお前とあいつにいくらかの金を渡すつもりだ。それで何とかしてくれるだろう」

「何とかならないから、こんなに社会問題になってるんじゃないの」

由依はピンク色の唇を思いきりゆがめた。

「ほら、8050よ。知ってるでしょ。親が八十歳になっても、子どもは五十歳でパラサイトしている。引きこもりのまま中年になっているのよ。おっそろしい話よね。親の年金をあてにして生きてる。たいていが男よ。五十になっても、就職も結婚も出来ない、小汚ないさえない初老のオヤジになってくのよ」

こんなに口がまわる娘だったかと、正樹は啞然《あぜん》と見ている。

「どうしてかわかる？　親が甘やかして育てるからよ。今の世の中、女の方がずっと厳しく育てられてるわよね。女だからちゃんと勉強しなさい。一人で生きていける人になりなさいってね。ううん、私、責めてるわけじゃないわよ。私は、おかげでちゃんとした大学出て、いい会社入れたんだもの。私はね、ちゃんと上澄みの人生をおくりたいと思ってた。今だったらね、私はね、歯医者のお嬢さんで、早稲田出ていいる。あちらのおうちだって文句ないわよ。いいお嬢さんとおつき合いさせていただいて、って、あちらのお母さんも喜んでた。だけど翔太がいたら、私、どうなるの。たちまち下の方にいっちゃうのよ。わかる？」

正樹は信じられないもののように、娘の饒舌《じょうぜつ》を聞いていた。この論理が正しいのか、正しくないのかまるでわからない。ただひどく不愉快なのは確かだ。

「お前は、弟がいると下に落ちていくと言うのか」

「そりゃ、そうよ。お父さん、引きこもりなんかありきたりだ、よくあることだって言うけど、そうやって自分を慰めてるのよ、甘いわ。だけど、いくら世間に多いことだからって、こういうことはアクシデントなの。災難なの。災難は災難としてちゃんと対処しなきゃいけない、っていうのが私の考えだわ」

「お前は……」

やっと息をついた。

「弟のことを災難だなんて言うのか。そんな冷たいことがよく言えたもんだな」

「冷たいも何も、こういうことは冷静に考えようよ、お父さん」

その〝お父さん〟という言葉は、〝お客さん〟と同じ響きを持っていた。

「今だから言うけどね。いいえ、ママには話してるけど、翔太のことで、私がどれだけイヤな思いをしたと思ってんの。大学生の時も、一度もうちに友だち連れてこられなかったわよ。一度なんか、あいつと道で出くわして、本当にびっくりした。引きこもりって、自分じゃ気づかないかもしれないけど、ふつうの人とまるで違ってるのよ。えっ、お父さんたち気づかない？　陽にあたってないから肌が白くて、ぶよぶよしている。太ってなくても体に締まりがなくてぶよぶよしているの。歩き方もヘン。たまにコンビニ行くぐらいでちゃんと歩いてないから、ヒョコヒョコしてる。何よりも目つきが不気味なのよ。本当、ちゃんとまわりを見ていないって感じ。一緒に歩いてた子が、なんかキモい、って私に言った。その子、親友だと思ってたから、私は正直に言ったわよ。私の弟で引きこもってるって。そうしたら、彼女、ヒッキーかぁーって……」

そこでひと息ついた。

「へえ、ヒッキーかって。あのね、その言葉聞いたら、私はちょっと安心したの、軽い愛称って気持ち明るくしてくれるのね。そうしたら、その子、何て言ったと思う？でも、将来ヤバいかも。幼女に何かしそうだねって……私、それを聞いて……」

泣くまいとして唇を噛《か》んだ。

「もうダメだと思ったの。私の将来、翔太にやられちゃうかもって」

節子がたまらず声をあげる。

「何てこと言うのかしら。その友だちがおかしいのよ。偏見に満ちていて失礼なのよ。全く……」

「だけどママ、翔太の性生活まで知ってるわけじゃないでしょう」

「そ、そんな」

「翔太だって、健康な二十歳の男の子なら、マスターベーションだけで満足しないことだってあるかもしれない。私は本当に怖いの。あいつが何か犯罪やらかしたらどうしようかって……」

「性生活とか、マスターベーションとか、くだらないことを言うのはよせ」

正樹は怒鳴った。そうでもしなければこの場の空気に耐えられそうもなかった。

「お父さん……」

節子はママで、正樹はお父さんだ。昔はパパと呼んでいたような気もするが。

「だけど大切なことよ、お父さん。私たちは爆弾を抱えているようなものじゃないの」

「爆弾……」

節子がつぶやく。

「そうよ、このあいだ引きこもりの男の通り魔事件があって、同じことをやるんじゃ

ないかって心配したどっかの元事務次官が、自分の引きこもりの息子を殺しちゃった
じゃないの。私、あのニュースにぞっとした。翔太のことを思って」

正樹は黙る。本当にそのとおりだ。あの殺人事件を知って、冷静でいられた引きこもりを持つ家族は誰もいまい。

「私ね、今まで好きな男の人が出来ても、翔太のこと、この人どう思うかなって考えて、いつも引いちゃった。つまりそれだけの相手だったかなあ、って今では思います」

だけど、と身を正した。

「今度のことだけはちゃんとしたいんです。結婚したい相手がやっと現れたんです」

わかった、わかったと正樹は言った。

「翔太のことが障害になるなら、父さんがあちらの方とちゃんと話す。わかって欲しいってちゃんと話す。それでいいだろう。それでわからないような男と家族なら、お前と結婚する価値のない相手だ」

「ほら、すぐそういう風にいくんだから」

由依は叫んだ。

「もうキレイごとはやめて、ちゃんと話しましょうよ。私はそのために来たんだか

ら」

　そして床に置いたトートバッグから、どさりとパンフレットを取り出した。それは節子が口にした「ＫＩＧＡＲＵ塾」のものであった。

「ママから聞いて、私もこのこと、いろいろ調べさせてもらった。最近、いいことばっか言って、お金ばっかりとるところがあるけど、ここはちゃんとしてるわ。ほら、この石井《いしい》友也《ともや》っていう主宰者がいるじゃないの。この人ね、教育評論家として今いろいろ活躍しているのよ。自分もね、引きこもりを経験したけど、その後、筑波大に入って教育を勉強したって。だから話に説得力があるわ」

　さらに二冊本を取り出した。

『引きこもりこそ日本を変える』

『引きこもりの僕が塾をつくった』

　その帯には、流行《はや》りのデザイン髭《ひげ》で顔半分をおおった男が微笑《ほほえ》む写真があった。

「お父さん、ママ、ここだったら信用してもいいんじゃない」

付箋《ふせん》をつけたページを差し出した。そこにはこう書かれていた。

「引きこもって苦しんでいた時、僕はいつも物語のようなことを考えていました。ある日、僕を変えてくれる何かが起こることを夢みていました。が、それは物語でもなく、ごくふつうのきっかけでした。信頼出来る人が現れ、もう一度やり直せと言ってくれたんです」

でも、と読み終った節子が言う。

「もう何度も私たちはきっかけを与え続けてきたわ。カウンセラーにも相談して、うちに来てもらったこともある」

「だからここ読んで」

もう一箇所、付箋をつけたページがあった。

「〝その時〟がいつ来るか、誰にもわかりません。僕の場合は、親が必死になっていた十六、十七の時ではなく、二十三歳の時でした。〝その時〟は必ず来ます。それを見極め、行動するのが最後のチャンスなのです」

由依は本をバタンと閉じた。

「聞いたら、荒療治を始めてるんですって？　そうよ、それがいいと思う。お父さんもママも翔太を甘やかし過ぎてたんだわ。こんないいとこ、出ていくはずがないわ。ねえ、最後のチャンスよ。私も協力するわ。翔太を、絶対にここに行かすのよ。それでこの石井氏に彼を変えてもらいましょうよ」

帯の男をもう一度見る。綺麗な歯並びだ。引きこもりの間はどうしていたんだろう。

帯のコピーにはこう書かれていた。

「自ら引きこもりを体験したからこその真実の教え！」

文字は赤く染めてある。

「まずはお電話ください。専門スタッフがじっくりとお話しさせていただきます」

ＫＩＧＡＲＵ塾のパンフレットのはじめに、フリーダイヤルの数字が並んでいた。

それは、正樹がかつてすがったいくつかの組織を思い出させた。

「息子さんはちょっとした迷路に入っているだけなんですよ」

あるＮＰＯの男は言ったものだ。

「小さなきっかけでも、その迷路から出ることは出来るんです。それを手助けするのが私たちの役目です」

小太りのあの誠実そうな男は、いまどうしているのだろうか。何度かうちに来て説得をしてくれたのであるが、息子はついに心を開かなかった。

翔太は吐き捨てるように言ったものだ。

「人の大事な時間を奪いやがって」

若い女性もいた。この時は翔太は部屋から出てこようともしなかった。彼女はドアの前に立ち、根気強く翔太に話しかけた。

「あのね、私も翔太君と同じなの。中学一年の時に学校に行くのがイヤになってね、それから全部合わせても一ヶ月も行ってない。私は翔太君の気持ちよくわかると思うんだ。だから、ちょっとだけ出てこない？　少しだけ話をしてみない？」

後で翔太は怒りを込めてこう言った。

「あんな芝居じみた気持ち悪い声、ゲロしたくなった」

その後、どれだけ多くのことがあっただろう。希望が芽ばえかけて、ことごとく徒労に終ったのだ。

「これが最後のチャンスだと思うの」

由依は何度も同じ言葉を繰り返す。

「ママもお父さんも、あの子を甘やかしてきたのよ。私ね、いつも思ってた。どうしてドアを蹴破って入っていって、いい加減にしろ、働け。それがイヤなら出ていけーって言わないんだろうって」

同じことを正樹は、かつて実の妹の玲子《れいこ》から言われた。翔太のことを打ち明けた数少ない人間だ。ゼネコンに勤める学生時代の恋人と結婚し、自分も仕事を持ちながら二人の娘を名門女子大の附属に通わせている妹は、呆《あき》れたように言いはなった。

「どうして進学しないならせめて働け、って言わないの。どうしてうちから追い出さないの」

そしてつけ加える。

「うちの娘が同じことしたら、私なら出てけーって蹴とばしてやるわ」

引きこもりと縁のない子どもを持つ親は、必ずこう言うのだ。私ならもっと強気に出る、子どもをそんなに甘やかしたりしないと。

しかしいったいどんな親が、いきなり子どもを外に追いやることが出来るだろうか。もう頼る人がいないからといって、一人発奮して日雇いにでも行くと思っているのか。親に捨てられたことに絶望して、自殺するかもしれないのだ。その前に犯罪に巻き込まれる可能性もある。

だいいちそんな強い人間に育てなかったことは、親がいちばん知っている。外で死なれることを怖《おそ》れて、ずっとうちの中で好きにさせてきたのだ。そして息子は二十歳になった。

肉親である娘も、叔母と同じことを口にする。

「どうしてもっと強く出ないのよ」

今その言葉には切実感がある。なぜなら自分の幸福がかかっているのだ。

引きこもりの家族など、今どき珍しくない。結婚するつもりの相手に、そんなことまで隠すのか、という正樹の言葉に、由依はこのように反論した。昔から弁のたつ娘なのだ。

「もちろん私は、いつかは話すつもりなのよ。だけどね、努力している、改善しようとしている、って姿勢は見せたいと思ってる。だってそうでしょう。あちらのご両親に、今までどうしてたの、随分長い間ほっておいたのね、という印象を持たれるのは嫌なのよ。どこのうちだってマイナスはあるわ。だけどね、そのマイナスをほったらかしにしているうちって、やっぱり軽蔑《けいべつ》されると思うの」

だからこそこのKIGARU塾なのだ。ここは驚くべき就学復帰率を誇る。カウンセラーがマンツーマンでついて、きめ細かい指導をするというのだ。引きこもりの若者に意欲を持たせ、その意欲をうまく向学心へとつなげるのだという。

大学だけではない。アート系の専門学校に進学する者も多いとパンフレットにはある。引きこもっている間に興味を持った、ゲームやアニメの世界に進むらしい。

が、費用の高さに正樹は驚く。五十万、七十万、百万コースとわかれているのは、どのくらい長く、いくつ講座を受けるかで決まるのだ。

翔太が引きこもり始めた七年前、いや五年前にだってこんなものはなかった。もっと素朴といおうか、手づくり感があった。今、引きこもり支援は、確かにビジネス化してシステマティックになっている。引きこもりは商売になるのだ。しかしそれは悪いことではない。立ち直りの方法が明確に多様化してきたからではないかと、いつもどおり前向きに考えようとしている自分に気づく。

「とにかく見学に行ってみるか」

「お父さんだけじゃダメよ。翔太を連れていかなきゃ」

「それが出来れば苦労しないよ」

「いつもそうじゃないの。お父さんかママが行って、ここがいい、ここに通わせようと思っても、本人が頑として行かなきゃ何にもならないじゃないの」

ここ見てと、パンフレットを指さす。

「ほらね、まず第一段階として、説得、お迎え、っていうのがあるの。これって自信がないとやらないと思う。プロの仕事として、確実にやる、って気持ちがあるからよ」

このコースは三万円とある。つまり本人を塾に連れていくのに、これだけかかるということだ。

「しかし、ある日、突然、というわけにはいかないだろう」

「だから、こっち側もいろいろ考えなきゃ。私はこの際だから、将来のことをちゃんと話すのもアリだと思う」

「そんなことしたら、あの子はキーッとなると思う」

節子が顔をしかめた。

「とにかく変わったことをされるのが大嫌いなのよ。このあいだ珍しくあの子が出かけたから、私は窓を開けて軽く掃除をしたのよ。そうしたら怒ること、怒ること、勝手にこんなことするなーって大騒ぎよ」

「だからママ、息子が怒ったからって、いちいちおびえてちゃダメなのよ」

そういう口調は妹にそっくりだった。

——お兄さん、ダメよ、どうして息子にビシっとしないの？　どうして息子にそんなに気を使うのよ。

気を使わなければ、息子の機嫌をとっていなければ、とても同じ家の中で暮らせないのだ。そして引きこもりの場合、機嫌をとるというのは、出来るだけ無視をして、いないものとして扱うことなのである。まともに向き合っていたら、とても自分の精神がもたない。いつか息子が何かに気づき、目ざめた時に、自分の持っているエネルギーをぶっつければいい。そうありもしないことを考えて、ずっと問題を先のばしにしているうちに、時間はたっていった。

しかしもうそれは限界にきていると由依は断言した。

「いい、お父さん。翔太ももう二十歳よ。子どもの時と違って、そろそろ焦《あせ》り出しているはずよ。だってこのままだと〝廃人〟になるもの」

また「廃人」という言葉を聞いた。それは妻と見た、家から強制退去させられる坂本家の息子の姿と重なる。

だらしなく太った体、伸びた髪、ぼんやりとした表情……。

二十年後か三十年後、古びた大澤歯科医院から引き出される翔太の姿が見えるようであった。

正樹はこの七年間、見て見ぬふりをしてきた。出来るだけ視界の中に入れまいとしたうえに、何か目撃したとしても、それについて深く考えまいとしてきたのだ。

たとえばダイニングテーブルに向かうと、その上に残飯を見ることがある。いつもなら先に起きた節子がすばやく片づけるのであるが、何かの拍子にそれを目にすることもある。

そして風呂《ふろ》。正樹には朝風呂の習慣がなかったからかち合うことはない。それでも洗面所に残る湯気のにおいや、散らかったタオルを見るたびに、不快さがこみ上げてくる。この薄気味悪さは、味わった者でないとわからないだろう。

「お前はいつからネズミになったんだ！」

と怒鳴ったことがあるが、そんな生やさしいものではない。

以前、見知らぬ他人が勝手に住みついていた家がニュースになったことがある。ひとり暮らしの中年の男が、留守の間に冷蔵庫の中の食品が減ったり、部屋のものが動いていることを不審に思い、隠しカメラを仕掛けておいた。そこに写っていたのは、天袋に潜む女の姿である。女は家主が出かけたとたん、下に降りて自由に動きまわるのだ。

正樹は心底ぞおーっとした。息子の引きこもりが始まって四年めくらいの頃である。自分の寝ている間に、誰かが勝手に動きまわっているのは、大層気味が悪い。たとえそれが自分の息子でもだ。もし意志の疎通《そつう》があったら、決してそんな感情は持たなかっただろう。

正樹にとって、部屋から出ない息子は、天袋に隠れている他人と同じなのである。

夜中に目がさめると、物音が聞こえることがあった。テレビの音、冷蔵庫を閉める音。食べものを温めているらしく、においを感じることもある。

「あれでも気を使って、出来るだけ音をたてないようにしているのよ」

節子は庇《かば》うけれど本当だろうか。

その日夫婦はしめし合わせて、居間のソファに座っていた。テレビも消し、あかりもスタンドだけにした。

「もうそろそろ来るんじゃないの」

節子がつぶやく。十二時過ぎに夫婦が眠りにつくと、約一時間後に翔太は部屋から出てくるというのだ。

その言葉どおり、廊下をひたひたと歩いてくる音がする。そして蛍光灯のスイッチが押される……。

「あっ！」

翔太は驚きの声をあげた。それはそうだろう。誰もいないと思っていた居間のソファに両親が座っていたのだ。

「チッ、脅かすなよー。いったい何なんだよー」

きびすを返そうとした、そのグレイのニットの後ろ姿は、完全に大人の男であった。

「まあ、座りなさい。ちょっと話がある」

「このあいだもそう言って、話をしたばっかじゃん」

「あの時よりも、もっと重要な話なんだ。そこに座りなさい」

「翔ちゃん、座って……」

節子がすがるように言った。

「その間に、お夕飯をチンしてあげるわ。ええと、今日は鍋《なべ》だったから火にかけるわね」

「もう、いらないよー」

「いらないって、あなた、夕ご飯食べに来たんでしょう」

翔太は黙って、両親のいるソファの方ではなく、ダイニングテーブルの前に腰をおろす。節子がいそいそと夕飯を並べる。今夜は鶏《とり》のつくね鍋であったが、テーブルにコンロを持ち込むことはなく、キッチンの火で温めた。

その他に菜の花にカツオ節をかけたもの、里芋の煮物を翔太は咀嚼《そしゃく》していく。

それを眺めながら、正樹はかすかに安堵した。息子の食事のマナーがさほど悪くなかったからだ。これについては、節子が口うるさく言っていたからだ。

――これならば、まだ何とかなるかもしれない――

そうだ、坂本家の息子のようになる前に、ことは急がなくてはならない。

食事が終っても、翔太はダイニングテーブルの前にいる。両親のいるソファには座ろうとしない。

「まあ、いい。ここで話そう」

翔太は頷《うなず》きもしない。

「お父さんたちもこの間聞いたんだけど、由依が今度結婚するそうだ」

昼の端がかすかに上がった。祝福ではなく、フンという皮肉に見えた。

「これで二人の子どものうち一人が、完全に独立するわけだ。これを機に、父さんたちも将来のことを考えなきゃならない」

何日も前から考えていた言葉を、注意深く続けていく。

「お前は知らないだろうが、町中のこんな小さな歯医者は、年々さびれるばっかりだ。うちにやってくる患者さんは、日に十人がいいところだ。もうこれではとてもやっていけない。おじいちゃんの代からの医院だし、あと十年は頑張るつもりだったけど、そろそろつらくなってきた」

これは半分は脅しだ、息子の出方次第では、あと十年はやるつもりである。近所の年寄りを相手にしていれば、何とか食べていけるだろう。

「由依は結婚に向けて、まとまった金を欲しがっている。すぐにマンションを買いたいそうだ。その気持ちもわかるから、この際はっきりと、うちの財産の額を教えて由依に生前贈与してやるつもりだ」

「このうち、売るのかよ……」

ようやく反応を示した。おお、いいぞと思った。脅しが少しずつ効き始めているのだ。

「いや、この家を売って施設に入るには、俺たちはまだ若過ぎる。だけど医院は近いうちに閉じるかもしれない。だからここできっちりと、お金のこともちゃんとしよう、っていうことだ」

そして正樹は、定期預金の通帳と、証券会社からの報告書を取り出した。

「これがこの家を除いた、うちの全財産だ。小さいマンションもあるが、あれはたいしたことはない。おじいちゃんとおばあちゃんの介護のことがあったから、かなり減らしてしまった。だけど結構あるぞ。そう悪くはない。ほら、見てみないか」

翔太は微動だにしない。

「ここから一千万を由依に渡すつもりだ。お前にもやる。だからこの金を使って、もう一回人生をやり直してみないか。そのためにはこういうのもある」

KIGARU塾のパンフレットをかざした。

「お前がOK出してくれれば、ここの塾の人が、三日後にやってくる。そしてお前をこの塾に連れていってくれるはずだ。うちからも通えるが、お父さんは寮に入った方がいいと思う。下は十二歳、上は三十五歳までが埼玉県で暮らしているそうだ。何の制約もない。個室で毎日自分の好きなことをして暮らしていってもいいんだ。お前がうちの中でしてるのと同じことを、ちょっと違う場所でするだけなんだよ。そう悪い話じゃないだろう」

「マジかよ……」

うなるような声をあげた。

「あのインラン女が結婚するからって、どうしてオレがヤなめにあわなきゃいけないんだよ」

「インラン女って……」

節子の声が震えている。

「アンタら、何も知らないだろうけど、大学生の頃、アンタらの留守に男をひっぱり込んでたことがあるぜ。昼間っからヒイヒイ声あげて、みっともないったらないぜ」

「まさか……」

「勤めるようになって、このうち出ていったら、すぐにその男と暮らしてんだぜ。バッカだよなー。しかもあの女、あの頃フェイスブックやってて、いろいろバラしてやんの。しかもゆるくて、オレもすぐに入れたフェイスブックに、二人で出かけたところを載せてさ、今の彼氏に見られたらどうするつもりなんだろ。笑っちゃうよなー。あの女のせいで、どうしてオレが追い出されなきゃいけないんだよ。えー!!」

これは何かの間違いだと正樹は目を閉じた。今までも乱暴な口を叩《たた》いたことはあるし、ものを蹴ったりもした。が、これほど品のない呪詛《じゅそ》の言葉を吐いたことはない。

これは息子ではない。天袋から這《は》い出してきた見知らぬ人間なのだ。

「オレを追い出そうなんてふざけんなよー。あの女のことなんか知ったことかよー」

四ツ谷駅の近く、新宿通り沿いに寺はあった。

今まで何度もここを車で通ったことがあるが、寺があるとは知らなかった。門はそう大きくないが、建物の後ろには墓地が広がっている。意外な大きさだ。

それほど長い行列ではなかったので、焼香の順番はすぐにやってきた。節子は、祭壇の大きな写真に深く礼をする。

フレームの中では穏やかな顔の老人が微笑んでいた。かつての上司、根元勝治《ねもとかつじ》が亡《な》くなったのは四日前のことだ。通夜《つや》の方に行こうと思ったのであるが、息子とのごたごた続きでそんな気にはなれなかった。ようやく気を取り直して、告別式に参列することにした。

根元には本当に世話になったからである。

結婚前、節子はある大手の自動車メーカーの秘書室に勤めていた。根元はそこの秘書室長だったのだ。

女子大を卒業した節子は、そう深い考えもなく、多少の親のコネがあったそのメーカーに就職した。当時自動車産業は花形で、給与も待遇もかなりよかったのである。

入社してすぐ研修があり、五日間の合宿が終わると、そこで秘書室に行くように命じられた。後で聞いたところによると、何年かごとに新入社員の中から、美人で気のきいた女性を選んで秘書室に配属するならわしだという。

社長秘書は男性が担当したが、節子は三人いる専務の秘書となった。他にも副社長や常務の秘書がいた。

秘書室に入って節子がまず言われたのは、

「他の部署の社員と、必要な時以外は口をきかないように」

ということであった。秘密保持のためだ。

社員食堂へは、秘書室の仲間と連れ立って行く。すると皆がこちらを見ているのがわかった。

「秘書室の女性」というのは、他の女性社員とはまるで違う。美貌《びぼう》も気配りも、家庭環境もすべて兼ね備えた選ばれた女たちだ。

根元は当時五十代半ばであったが、髪が気の毒なほど後退していた。が、それが〃切れ者〃の鋭さをうまく隠し、まわりにとても評判がよかった。やさしく、大らかで、部下たちに慕われていた。節子にゴルフを教えてくれたのも彼である。

もちろん二人で行きはしない。彼が「お嬢さん」と呼んでいたもう二人の秘書室の女性と一緒であった。

その一人、小野奈津子《おのなつこ》の姿を斎場の受付の近くで見かけた。娘時代よりもふっくらとしていたが、くりっとした大きな目はそのままであった。昔の友だちに会う気分にはとてもなれず、出棺を待たずに帰ろうとしたら、すぐに見つけられてしまった。

「野々村《ののむら》さんじゃない」

旧姓で呼ばれれば、振り返らないわけにはいかない。

「あら、小野さん。久しぶりね」

場所柄大きな声をたてられないので、にっこり微笑んで頭を下げた。これで勘弁してくれると思ったのであるが、相手はやけにしつこい。

「野々村さん、久しぶり。何年ぶりだろう」

「斉川《さいかわ》さんの結婚式以来だから、もう二十年以上だと思うわ」

「二十年かあー」

奈津子は語尾を長く伸ばした。その口調は娘時代からまるで変わっていない。当惑した時、感にたえぬ時、しばらく口が半開きになる。その様子はなかなか可愛《かわい》らしかったものだが、今、彼女が同じ表情をすると、口のまわりに深い皺《しわ》が寄る。短大卒の彼女は、節子よりも三つ年長であった。

「よかったら、お茶でも飲んでいかない」

「そうねえ……」

あまり気がすすまなかった。息子が登校拒否から引きこもりの道をたどってくるようになると、次第に昔の友人と会ったりしなくなった。同窓会などいつも欠席の返事を出す。

「このあたり、お茶するところなんかあったかしら。ドトールコーヒーぐらいしか……」

言葉を濁してみた。

「だったらタクシーで、ニューオータニまで行きましょうよ。あそこならゆっくり出来るし」

奈津子は確か見合いで、自営業の男と結婚したはずである。浅草の老舗《しにせ》の仏壇屋とか仏具屋だと聞いている。節子は会社を辞めた後だったので、披露宴に呼ばれなかったが、芸能人が出席し、木遣唄《きやりうた》が流れる派手なものだったらしい。

奈津子に目をやる。黒いコートの生地もよかったし、ネックレスの真珠も上等なものだとわかる。ホテルの高いコーヒー代もどうということない女の、自慢話を聞かされるのだろうかととっさに身構えたが、いつのまにか腕をとられていた。もう片方の手で、奈津子はすばやくタクシーを止めた。

「久しぶりよね、きっと根元さんが会わせてくれたんだわ。二人でゆっくり話せって」

芝居がかった言い方に、節子は抗《あらが》う気持ちをなくしていた。

午前中のコーヒーハウスは空《す》いていた。

「出来るだけ隅のテーブルにしてくれないかしら」

てきぱきと店員に言う様子は、すっかり商家の女だった。

コーヒーが運ばれてきた。

「ついでにケーキも頼まない。ここのはおいしいから」

「私はいいわ……」

「そうよね、野々村さん、相変わらず細くて綺麗《きれい》だものね」

あっ、私もいいわ、と、ウェイターに手を振った。

「お葬式の時って、みんな同じ黒い服を着てるから、老《ふ》けてるかどうか、キレイかババッちくなってるかすぐにわかるわね」

「そうかしら」

「そうよ。ほら、浜田《はまだ》さんなんか」

秘書室の先輩の名を出した。

「髪も白くなってて、パサパサだし、私、いったいどこのお婆《ばあ》さんかと思った」

ここに来る前に美容院に行ってきて、本当によかったと節子は思った。本来は素直でおとなしい息子が、このあいだ初めて暴力をふるった。テーブルの上のものをはらいのけ、椅子《いす》を蹴《け》ったのである。そういうことを始めると、次は親に暴力をふるうケースが多いと本には書いてあった。暴力は父親ではなく、母親に向かうことがほとんどだという。

それを考えると、すっかり気が滅入《めい》ってしまう。外に行く気さえ起こらない。今日は恩のある人の葬式だからやってきたのだ。が、やはり気は進まず、なんとか自分を奮い立たせようと美容院でシャンプーとブロウをしてもらった。それがよかったのだ。

美容院というのは不思議なところで、他人に髪を洗ってもらい、ドライヤーをあてられると、何やら晴れ晴れしてくる。鏡の中の自分の表情が、見違えるように明るくなっていくのがわかる。

「それにひきかえ、野々村さん、相変わらず綺麗だわー。昔と変わらない。びっくりした」

旧《ふる》い女友だちの言葉も、美容院と同じような効果で、じわじわと効いてくるようだ。

「そんなことないわよ。すっかりオバさんよ、自分でもイヤになるわ」

「いえいえ。ほら、総務の室田《むろた》さんいたでしょ」

「そうね。私、ちらっと頭を下げただけだけど」

「あそこらで男の人たち、こそこそ話してたわよ。野々村さん変わらないなあ、相変わらず美人だなあって」

「お世辞よ。そんなの」

男たちの評価がこれほど嬉《うれ》しいとは思ってもみなかった。節子は表情を変えまいと苦労した。

「やっぱりねえ。歯医者さんの奥さんで、何の苦労もしてないと、こうも違うかと思っちゃった」

「とんでもない」

大きく手を振る。

「町なかの歯医者なんて、それはひどいものよ。もはや衰退産業だなって、主人も言ってるし」

「うちだってね。この頃、テレビで派手にCM打つ大手にやられっぱなし」

「そんなあ」

「本当よぉ……」

その後、二人の女は静かにコーヒーを飲んだ。出方をお互いに探ってもいたが、口火を切ったのは奈津子の方だ。

「もうお子さん、大きいんでしょう」

「娘はもう会社員よ」

「野々村さんの娘さんなら、頭いいんでしょうね」

どこの大学を出たのか、遠まわしに聞いているのである。

「早稲田よ」

「やっぱりねえー」

奈津子はカップを置いた。

「いい大学出て、ちゃんとお勤めして本当に羨《うらや》ましい。そこに行くとうちなんか最悪よ。やっと入った三流大学、二年でやめてふらふらしてるのよ」

「えっ……」

いきなりこんな告白をするとは思ってもみなかった。

「一浪してもどこも受からなくてね、田舎にやっと見つけたのよ。偏差値はボーダーフリー。判定も出来ないってところよ。本人はそれでも通い始めたの。だけどね、何ていおうか、学生の吹《ふ》き溜《だ》まり、っていう感じで、すごく頭の悪い子ばっかりだったらしいの。あ、本人だってたいしたことないけど、自分よりもずっとひどい連中に嫌気がさして、一年の終わり頃にはすっかり行かなくなって……」

「そうだったの」

「だけどね、東京に戻る気もないらしいの。毎月、仕送りさせられてるわ。あのバカ息子のために、いったい何してんだかわからないけど、見ぬもの清しよ」

「そうだったの……」

それしか言えない。うちも大変なのよ、という言葉を吐き出しそうなのをじっと耐えている。

「うちは姑《しゅうとめ》がいるから大変。ひとり息子がこんなになったのは嫁のせいだって、毎日ぐじぐじ言われてるわ」

「だけど小野さんのおうちは、立派なご商売があるんでしょう。いずれは継ぐわけだから、まあ、就職するのとは違うし」

「それがね、野々村さん、どうしようもないバカ息子なのよ。いくら小さい仏壇屋でもね、十何人か店員がいるのよ。あんなバカ息子じゃ、その人たちにしめしがつかないわよ」

「そんなの、働いてみないとわからないじゃないの」

「野々村さん、単にバカなだけじゃないのよ。どうしようもない女好きなの。父親にそっくり」

吐き捨てるように言った。

「そりゃね、地方ですることないのはわかるわよ。だけどね、同級生の女の子と同棲《どうせい》した挙げ句、その子を妊娠させちゃったの」

「まあ」

「うちもね、あわてたけど、まあ、これは結婚させるしかないなと思ったの。だけど息子の方はまるでそんな気なくて、知らない間に女の子に子ども堕《お》ろさせて、それを相手の親が知って大騒ぎ。あの時は生きた心地がしなかったわ。その後は、キャバクラの女の子にはまって、親のカードで大金借りてたのよ。弁護士さんにいろいろやってもらって大変だった」

「そんなことが……」

「嫌だわ。久しぶりに会った野々村さんに、こんなことぺらぺら喋《しゃ》べって。でもね、他に話せる人いないのよ。近所の人になんか話したら、たちまち浅草中の話題になるもの。自分ひとりの胸にしまっておくしかないのよ」

「わかるわ……」

思わず声が漏れた。もう止まらなかった。

「うちもそうよ。近所の人の噂《うわさ》になったらって、そのことばっかり考えてる」

「えっ、立派なお嬢さんがいるじゃないの」

「息子がひとりいるのよ。二十歳になるけど、ずっと引きこもりなの」

「まあ、そうだったの……」

奈津子は親身な声を出した。その優しさは、ずっと節子が求めていたものであった。

「引きこもり、今、多いわよね。いろんなところで聞くわ」

「でもね、自分が当事者になるとつらいわ。いくら日本に百万人以上いるって言われても、その一人がうちにいるっていうのはね、本当につらい」

「そりゃ、そうよ。息子が小さい時、新聞やテレビで、中退する子どもや、引きこもる子どものニュース見てて、うちとは関係ない、うちはもっとちゃんとうまくやるものと思ってたけど、そうじゃないのよね」

「そうなのよ、そうなのよ」

いつのまにかにじんできた涙を、節子は中指でおさえた。

「こういう子どもが出るうちは、きっと親や家族に問題があるんだ。母親が支配的でヒステリーなんだ。そして父親がろくなもんじゃないんだって、ずっと思ってたの。だけどね、うちは、何も悪いことはしてこなかったわよ。ねえ、小野さん、子どもを医学部入れようとしたのが、そんなに悪いことかしらね」

「全然悪くないわよ」

「主人がね、もうこれからは歯医者では食べていけない。だけど医者だったら食いっぱぐれがない。家を売ることになっても、息子を医学部に入れたい、って考えるの、悪いことじゃないわよね」

「当然のことよ」

「だからってね、塾に行かせたのも無理やりじゃなかったし、スパルタ式の何かをやったわけじゃない。中学受験をさせて、少しずつ少しずつそっちの方に向かわせようとした。それは、多少厳しいことを口にしたかもしれないけど、母親としてはあたり前のことよね」

「そうよ。そうかぁ……野々村さんもねえ……」

奈津子は何度めかの深いため息をついた。

「何の苦労もない歯医者の奥さんなんだ、若くて綺麗なままでいいなあーって思ってたけど違うんだね」

「そうよ、大違いよ」

「野々村さん、浅草のね、うちのまわりは、早稲田や慶応行ってる息子がごろごろしてるの。古いおうちはね、教育熱心だから。うちの主人も一応明治出てるの。だから姑は口惜《くや》しがるの。どうして息子をちゃんと育てられないんだって。だけどさ、野々村さん、子どもの出来なんて、籤《くじ》みたいなもんだと思わない？」

「そうよ、そうなのよ」

「どんなうちにだって、何本かハズレが入ってる。どんなにちゃんと育てたつもりでも、ハズレが入ってる」

「そうよ、本当にそうなのよ」

「私たちはたまたまハズレをひいちゃった。これは誰も悪いわけじゃない、原因を探したってどうしようもないって、私は思うことにしてるの。だけどね、ハズレだからって、私たちハズレ券を捨てるわけにはいかない。ハズレはハズレなりに、ちゃんとしなきゃ。それが親の務めよね」

「小野さん、私、なんだか救われたような気になったわ」

「野々村さんとこは、娘さんっていう大アタリがあるんだから、それを大切にしていって。ねっ」

そのアタリのために、今、家が大変な局面を迎えようとしているのであるが、そんなことを話す時間は今はない。

「あのさ、ＬＩＮＥしてるよね」

黒いバッグから、奈津子はスマホを取り出した。

「これからたまには、いろんなことを話そうよ」

「私ね、アナログ人間だから、未《いま》だにガラケーのままなの」

節子はスマホに替えようとする気力や必要もなかった、この七年間のことを思う。

「それじゃ、ふつうにメールして」

二人の中年女はガサガサと操作し合った。

「今日は野々村さんに会えてよかった。勇気出して声かけてよかったよ」

「私も。小野さんに会えてよかった」

「これも室長がひき合わせてくれたんだね。有難いよね」

さりげなく合掌したが、その様子はいかにも仏壇屋の女房であった。

KIGARU塾の事務所は、恵比寿《えびす》の駅前ロータリーの向かい側にあった。なんと予備校の隣りである。

大学合格者の人数を大きく書いた看板と張り合うように、KIGARU塾というゴシックの文字が掲げられていた。

小さなビルのドアを開けると右手が事務室になっていて、四人の若者がパソコンに向かっていた。名前を言うと、正樹と節子はすぐに目の前の部屋に通される。八畳ほどの部屋に、主宰者の石井友也が座っていた。グレイのニットにデニムというでたちだ。四十七歳とホームページにはあったが、もっと上に見える。すらりとした体形で、しゃれた髭《ひげ》で顔半分がおおわれている。笑うと案外白い歯が見えた。

「ようこそいらっしゃいました」

ソファはなく、机の前のパイプ椅子に座った。若い女性が無造作に、お茶のペットボトルを置いていく。この気配りのなさになぜか安堵《あんど》した。

「はじめまして。大澤と申します」

名刺には院長と書かれているはずである。

「今日は患者さん、大丈夫なんですか」

「いや、あまり流行《はや》っていない町中の歯医者ですから」

いささか自嘲《じちょう》めいたことを口にしたら、その流れで、息子を医大に進学させようとしたこと、そのために中学受験をさせたことから登校拒否となったことまでをすらすらと言えた。

「中学二年生ですね。子どもが問題を起こすのは、たいていこの年齢です」

それは知っていると節子が頷く。

「十四歳。子どもの終わりで大人の始まりです。ホルモンバランスが変化して、感情がうまくコントロール出来ません。昔の人はこういうことを知っていたんでしょう。十四歳は一回死んで、生き返る年とも言いました。だから元服という儀式をしたんです。男の子に大人になるのだという自覚を促したんです」

石井の口調があまりにもなめらかなのが気になる。おそらく講演慣れしているのだろう。

「この僕も、実は十四歳の時にやらかしました。本屋で万引きをしたんですよ。小遣いをもらっていたし、別にそんなに欲しい本でもありませんでした。ですが、盗みをせずにはいられなかったんですね。親にさんざん叱《しか》られました。が、反省するどころか次はスクーターを盗んで走らせて、塀に突っ込みました」

「まぁ」

「まるで尾崎豊ですよね。だけどそうでもしなければ、心のもやもやをどうすることも出来なかった。そしてそのまま登校拒否、五年間の引きこもりに入りました。だから僕は息子さんの気持ちがすごくわかるんですよ」

石井はデスクの上に目をやる。それは正樹があらかじめ書いて送っておいた、翔太の調査書である。

「おうちもしっかりしている。こういういい中学に通っていたんですから頭は間違いなくいいはずです。翔太君は頭がいいから、大人の嘘《うそ》も見破ってしまったんでしょうね」

「私たちが、嘘をついた、っていうことですか」

と節子が声をもらす。

「いいえ、そうではありません。教師が嘘つきっていうわけでもない。大人のすべてが欺瞞《ぎまん》に満ちていると思う。こういうのってまさに人生の謀略ですよね。罠《わな》にはまってしまうんです」

こういう話はもう何十ぺんも聞いたぞと正樹は思う。自分たちがいちばん知りたいことは原因ではない。治るか、治らないか。そのためには何をしたらいいのか。

すると正樹のその心のうちを見透かしたように、石井はがらっと口調を変えた。

「うちはね、やがて第二のＶ高校になりたいと考えているんです」

「Ｖ高校ですか」

それは数年前に、大手の出版社とＩＴ企業とが創《つく》った、通信制の高校である。ネットの高校として大きな注目を集めた。

「最初は引きこもりの子どものための学校と言われていました。引きこもりはパソコンやスマホが大好きだから、それを使った授業ならオッケーだろうという考えで創られたんですが、今や人気の学校です。有名人も通うようになりました」

「それは初めて聞きました」

「フィギュアスケートの有名選手や、モデルも学んでいます。本当にやりたいことがある子どもたちが、ここに来るようになったんです。大学進学率も上がっています。Ｖ高校から東大合格者が出るのも近いと言われているぐらいですからね。同じように成功した地方の高校もいくつかあります」

　ですがね、と、石井は言葉を続ける。

「V高校で学べる子どもたちよりも、もっと深刻な子どもたちをうちでは迎え入れようとしているんです。パソコンで授業を受ける気力もない子どもたちですね」

　まさしく翔太だと正樹は思った。V高校創立のニュースを聞いた時は、ここで立ち直れるかもしれないと、新聞や雑誌の切り抜きをドアの前に置いてみたがなんの反応もなかった。

　その頃はまだ多少言葉をかわしていた節子からも言ってもらったのだが、

「興味ない」

　のひと言であった。

「まだその時期じゃなかったんです」

　石井は頷く。

「今、二十歳ですね。翔太君の心の中で焦りといらだちがはっきりと生まれてきているはずです。引きこもりには二種類あるんです。立ち直ることが出来ず引きこもりのまま、中高年になっていく人」

　坂本家の息子の姿が甦《よみが》える。母親の死後も、ひとりうちの中に閉じこもっていた男。

生気のない白い顔。太っているというよりも、ぼんやりと膨らんだ体。あの後、彼はいったいどこに行ったのだろうか。

「もうひとつは、あたり前のことですが、立ち直れる子ども、立ち直るどころか、リベンジ出来る子どもですね。しかしこれは本当にレアケースです」

「でもＫＩＧＡＲＵ塾は、たくさんの人がいろんな大学に合格したってパンフレットに書いてあるじゃありませんか」

節子の声には疑惑がにじんでいる。

「レアケースですから、大々的に書くんです。ですけど嘘じゃありません」

あっさりと言う。

「そして、時間と金がかかるのも確かです。僕は最初、ＮＰＯで始めたんですが、これはとてもボランティアで続けるもんじゃないってわかりました。優秀な学生を集めるのにも金が要ります。ところで、やっとのことで家から出た子どもたちに、何がいちばん効くと思いますか。僕はいろいろ試行錯誤した結果、土いじりがとても効く、っていうことがわかったんです」

石井はふふと静かに笑った。こういうところも芝居がかっている。

「まずは畑仕事をさせます。耕す仕事はつらいのでさせません。大根とか芋の収穫をさせます。これをやると子どもはとても喜びます。高校生でもいきいきしてきます。そうしたら今度は、陶芸をやらせます。ろくろをまわしてもらいます。ここまで出来たらしめたものです。それからここ！」

写真をファイルしたものを示す。そこに写っているのは、葡萄棚《ぶどうだな》の下にいる青年たちであった。少年というより青年だ。

「うちは山梨のワイナリーに頼んで、何人かを置いてもらっています。二十歳を過ぎた、かなり改善出来た塾生です」

ここで初めて塾生という言葉を使った。

「葡萄の収穫から始めて、ワインの醸造まで手伝わせると、たいていの塾生が面白がります。こうなったらしめたものです。とことんOBと話してもらいます」

そこでまた笑う。

「ご存知だと思いますが、今はかなりの大学がAO入試を導入しています。芸能人がやたら名門私大に入れるのもそのためです。これには、引きこもりをした塾生というのはとても有利なんです。うちでは小論文の書き方と面接を徹底的に教え込みます。わかりますか。自分はこうやって立ち直った、つらい体験をした自分だからこそ、ここで学び、いずれは社会の役に立ちたいのだと。これでコロッといかない試験官はいませんよ。わかりますか。うちは引きこもりを、有利な材料に変えてみせるんです。こんなことが出来るのはうちだけなんです」

夫婦は同時に頷いた。節子の喉《のど》がごくっと鳴っているのがわかる。ここよ、そうよ、ここなのよ、私たちが探していたのは。喉がそう語っているようだ。

「翔太君のように頭のいいお子さんは、きっかけさえつかめばいいんです。二十歳。いい年齢じゃありませんか。そろそろ出てきてもいい頃です」

もう一度言った。

「僕たちがチャンスをつくります。任せてください、とは言いませんが、信じてください」

正樹はその場で申し込み書にサインをした。寮は無理だろうと判断され、通学コースにする。まずは「お迎え」というオプションに○をした。

晩春というよりも、初夏といいたいような陽ざしと風であった。節子は朝から玄関を念入りに掃除している。もうじきここに「お迎え」担当が二人やってくるからだ。

説得が長引くことを考えて菓子も買ってある。ただ、石井は言っていた。

「一時間が限界です。それ以上になると効果はありません。私たちは引き上げて出直すことにします」

約束の二時になった。インターフォンが鳴る。ドアを開けると、二人の若者が立っていた。一人はジャケット、一人はジャンパーというでたちである。色のとり合わせがなかなかいい。髪も流行の形であった。

「こんにちは。ＫＩＧＡＲＵ塾の松下《まつした》です」

「藤原《ふじわら》です」

「どうぞ、どうぞ、よくいらっしゃいました」

節子はスリッパをすすめる。

二人の若者はソファに座った。松下がすばやくあたりに目を走らせているのを正樹は見た。暴力の跡がないか確かめているのだ。

翔太が初めて暴れたのは、もう二ヶ月も前のことである。しかもテーブルの上のものをはらい、椅子を蹴った程度のものだ。程度のものというのはおかしな言い方であるが、後から本を読んだり、石井から話を聞くと、本当の暴力というのはそんなものではないらしい。金属バットや包丁をふりまわす、というのは決して珍しいことではないと石井は言った。

「感情の吐き出し先が、両親しかないんです。甘えているんです」

ということであったが、息子に刃物をつきつけられると思うと正樹はぞっとする。本当に殺されるはずはないだろうが、どれほど情けなく怖《おそ》ろしいことであろうか。

「翔太君はこの上ですね」

節子が運んできたウーロン茶を飲みながら、藤原が見上げる。

「そうです。昼間はまず出てきません」

「こんな快適なおうちなら、ずっといたくなるのもわかりますね」

二人は顔を見合わせてさわやかに笑った。その表情には何の作為もない。いったいどんな訓練をしたら、こんな笑顔がつくれるのだろうかと正樹は眺める。

「それでは失礼します」

二人は立ち上がり、階段をあがっていく。その後ろをついていこうとすると、

「お父さんとお母さんはここでお待ちください」

おしとどめられた。

正樹と節子はダイニングテーブルの前に座る。階上からは青年たちが何やら呼びかけている声がする。明るい口調はここにまで伝わってくる。正樹はウーロン茶をごくりと飲む。

「これが最後のチャンス、っていうわけではありませんよ」

石井は何度も言ったものだ。

「気長にやりましょう。焦《あせ》ってはいけません。ですけれど、二十歳というのはいい年齢です。この時期を逃しちゃいけません」

いい年齢とはどういうことか。翔太の内面が熟してきたのだと石井は言った。

「いい感じではじけるかどうかは、この半年にかかっていますよ」

青年たちの声がはっきりと聞こえた。

「それじゃ、翔太君、また来るね」

「話せて楽しかったよ」

話せて、ということは彼らと会話をしたのだろうか。

部屋に戻ってきても、彼らは表情を崩さない。笑顔のなごりが、きゅっと上がった口角にあった。

「あの、話せて、って。あの子と話したんですか」

節子がおそるおそる尋ねる。

「まあ、何とかパソコンのメールアドレスは聞き出せました。これからはメールで会話をしてみようと思います」

「また来ますので」

二人を送り出した後、向かい合って座った。何もしたわけではないがひどく疲れていた。

「お迎えって、本当にうまくいくのかしら」

「わからんが、今はこれに賭《か》けてみるしかないだろう」

その時だ。バタバタと大きな音がした。階段を降りてくる音だ。バタンとドアが開いた。ジャージにデニムという格好の翔太がそこに立っていた。

今まででいちばん悪い。

正樹はそう判断した。こちらを睨《にら》みつける目が赤く殺気立っている。唇が小さく震えていた。

「お前ら、いったい何をしようとしてるんだ！」

ここでひるんではならないと正樹は心を決める。

「何をって、お前のためにとてもいい塾が見つかったんだ。そこに行ったらどうかとこちらは考えたんだ」

「うまいこと言って、オレを追い出す気なんだろう。あのインラン女の口車にのって、オレを追い出そうったってそうはいかないぞ」

「翔太、いい加減にしろ」

正樹は怒鳴った。息子よりも大きく迫力ある声をまだ出せると思った。

「お前ももう二十だ。いつまでもこんなことをしているわけにはいかないだろう。だから考えているんだ」

いや、と言い直す。

「一緒に考えていこう。お前の将来をだ」

「うるさい！」

翔太はそこにあった木製の椅子を思いきりもちあげる。それを節子に向けてふりおろした。とっさのことで庇《かば》うことも出来ない。倒れ込む節子に、二度も椅子をふりおろす。

「バカヤロー、うるせえんだ。このババアふざけんな」

正樹は後ろから羽交い締めにした。が、息子の力は思いのほか強く、すぐにふりほどかれた。

「ジジイ、この野郎、邪魔すんのかあ」

「やめるんだ！」

再びもちあげた椅子を正樹に向ける。

「うるせえんだ。オレを追い出すのか。ふざけんなあ」

「追い出すわけじゃない。ただ――」

ふりおろされた椅子を途中で止め、息子の腕を思いきり強くつかんだ。痛さのあまり、翔太は椅子を捨てる。それをよけながら、腕を後ろにひねった。

「痛てえ。痛てえよ」

翔太は叫んだ。腕の骨が折れても構わないとばかりにひねり上げた。

「いったい何なんだ⁉ 何がお前をここまでさせるんだ⁉」

「復讐《ふくしゅう》だ！」

翔太はわめいた。

「オレはただ復讐したいんだよ！」

「復讐」

翔太は確かに今、そう言った。

それはいったい誰に対してのものなのか。復讐を考えながら、こうして親に乱暴を働いたということは、親に向けてのものなのか。

「誰に仕返ししたいんだ」

正樹は怒鳴った。

「俺たちにか⁉」

しかし翔太は何も答えない。そして背を向けた。ゆっくりと部屋から出ていこうとする。

「待て」

正樹は肩をつかんだ。

「お前、お母さんにこんなことをしてすまないと思わないのか。謝れ。手をついて謝れ！」

このあいだから小さな暴力が始まったが、テーブルの上のものをはらいのけるぐらいであった。親に手を出したのは初めてである。正樹の衝撃は大きい。今までさまざまな本で、親を殴ったり、蹴ったりする子どものエピソードを読んできた。それを遠いものとして考えようとしている自分がいた。さすがにうちは違うだろう、と。

しかし今、ここで確かに起こったのだ。息子は木製の椅子を、二度、三度と、母親に向かってふりおろしたのだ。

「お母さんに謝れ」

もう一度言った。〝お母さん〟という言葉に力を込めて。あれほどお前のことを愛し、心配している母親、その母親に対して暴力をふるったのだと。

まだその重みがわかるだろう。

どうか、まだわかる人間でいてくれ、今なら間に合う、どうか謝ってくれ……。

翔太はふり向いた。その目には後悔の怯《おび》えも何もない。光を失ない、ただじっと父を見る。そして言葉を発した。

「うるせえ……」

「うるさい、とはどういうことだ。お前、このやろう！」

肩を思いきりつかみ、ひき戻そうとした時、節子の悲鳴があがった。

「やめて、やめてください」

うずくまったまま叫ぶ。

「もういいのよ。とにかく、今はもういいのよ」

「だけど、こんなことが！」

妻の方を振り返った隙《すき》に、翔太は手をふりはらった。追うことも出来たがやめたのは、節子の声があまりにも切実だったからだ。近寄って手を貸した。妻の体は案外軽く、よろけながらもすぐに立ち上がった。

「大丈夫か！」

「大丈夫」

軽い木製の椅子に替えておいてよかったと、心から思った。脚がスチールの椅子をしばらく使っていたのだが、フローリングの床の傷がひどくなったので、二年前、木製に替えたのだ。節子はとっさに手で頭をかばっていた。だからたいしたことはないと言ったが、額の左半分が赤くなっている。

「医者に行った方がいいんじゃないか」

「まさか」

節子は首を横にふる。

「今はちょっと痛いけど、医者に行くなんて……。いったい何て言うのよ。息子に暴力ふるわれましたって？　そんなこと言えるわけないでしょ」

先ほど節子の上にふりおろされた椅子を戻して座った。二人とも黙り込む。これまた多くの本に、こうして家庭での暴力は隠蔽《いんぺい》されていくと書いてあったことを正樹は思い出していた。

「復讐って言ったわよね」

節子がつぶやく。

「復讐ってどういうことなの？　私たちがあの子に何か悪いことをしたっていうことなの？　何か悪いことをしたから、あの子は私たちをどうかしようとしているの？　だから、だから、椅子持って暴れてるの？」

「少し落ち着きなさい」

正樹は妻の手を握った。妻の赤くなっている目の形が、先ほどの息子のそれとうり二つだとふと思う。俺たちは翔太を愛してきた。そして何も悪いことはしてこなかった。自信を持ってそう言おう。

「あの子が復讐したい、っていうのは俺たちじゃないと思う」

「えっ」

「同級生の誰かだ」

七年前、翔太が不登校になった時、正樹たちは何度も学校を訪ねた。校長室で担任とも話し合った。担任は半田《はんだ》といって四十代半ばのベテラン男性教師だ。この学園の卒業生で、誇りを持って生徒たちに接しているとも言った。

「うちは私立ですから、いじめということに関して、とても慎重に注意深くやっています。年に四回のアンケートをし、校内には相談室とカウンセラーを置いております」

という言葉に、とりつくろう様子はなかった。

「大澤君のことに関しましても、何人かの生徒に聞き取り調査を行いましたが、これといった問題はありませんでした。大澤君には仲のいいグループがいて、昼休みも楽しそうにやっていたということです」

「そのグループの子に会わせてもらえませんかね」

と頼んだところ、それは生徒のプライバシーにかかわるからと、冷たく拒否されてしまった。

しかし今となっては、その仲よしグループというのが気にかかる。彼らは一度も、大澤家を訪れていないのだ。地元の小学校に通っていた頃は、放課後や休日に同級生が時々やってきた。たいていは翔太の部屋でゲームをしていたが、おやつの時間になると、このテーブルに集ったものだ。

節子はそういうことに手をかける女で、手づくりのドーナツやクッキーを並べた。

「うちでつくるなんてすげえー」

共稼ぎの家の子どもたちは、それこそ目を丸くして頬ばった。それを見る翔太の顔は無邪気に得意気だった。が、その光景は小学校で終ってしまう。

電車通学する私立中学では、お互いのうちを行き来することは少ないと聞いていた。それにしても春休みや夏休みに、少年たちが一人もこなかったのは不思議だ。

「休みの時、友だちはどうしているんだ」

とさりげなく聞いた時、

「みんな塾に行ってる」

という息子のひと言で、進学校とはそういうものだと納得した自分は、なんと迂闊《うかつ》だったのか。もっと注意深く見ていればよかったのだ。

「復讐っていうのは」

正樹は言った。

「おそらく同級生のことだろう」

「いじめられてたのね」

「やっぱりそうとしか思えない」

「男の子って、あの年頃になると何も話さないし、うまくいってるとばかり思ってた……」

どこまでお前は甘いんだ、と無性に怒鳴りたくなったが抑えた。痛みがひかず、額に手をあてている妻にむかって、あまりにも残酷であることくらいはわかる。

「あの子、本当に何も言わなかった。先生だって、いじめはなかったって言ってたし」

以前会ったことがある、教育の専門家がこんなことを言っていた。

「子どもは、大人が考えているよりもはるかにプライドが高いんです。男の子の方がその傾向は強い。学校でいじめられたことを、家で話すことはめったにありません」

　思い出したくないが、翔太が学校でいじめられていることは薄々気づいていた。中学二年生の夏休み明け、学校を休むようになった頃だ。しかし優秀な子どもが通う進学校だし、荒れた公立中学とは違う。いじめといってもたいしたことはないだろう、男の子だしいずれ克服するだろうと考えていた自分は、なんと楽天的だったかと、その後何度か自分を責めた。

　そうはいっても、「復讐」という言葉を使うほど、息子が恨みを抱いているとは考えてもみなかった。

「翔太には友だちが誰もいなかったのか」

「堀内《ほりうち》君とは仲よくしてたんじゃないの」

「あの堀内君か」

　同じ小学校に通っていた眼鏡の少年だ。小学校の高学年の頃、二人を近所の釣り堀に連れていってやったことがある。成績もよく、翔太と同じ中学校に進んだ。

「確か七年前、俺たち二人で彼に会ったことがあるよな」

「そう、何か知っていたら教えて欲しいって」

　しかし両親にはさまれて座っていた彼は、

「クラスも違うし、よくわかりません」

と繰り返すだけであった。

「同じ小学校から行っても、クラスが違えばそんなにつき合いはなかったかもしれないわ」

「そう簡単に結論づけるのはやめよう」

自分にも言いきかせる。

「あの中学校は、翔太と仲のよかった生徒たちに会わせてくれなかった。今、たったひとつの糸口は、あの堀内君かもしれない。彼にまず会わなければ」

「会うの？　本当に」

「それしかない。俺は本当のことを知りたいんだ。そうしなければ前に進めない」

小さな家から這《は》い出してきた、あの坂本という男を思い出す。引きこもったまま、立ち直ることが出来なかった男の末路だ。

世の中と全く関わりを持てないまま、五十代になり、そして八十代になった親の寄生虫となる。やがて寄生する親がさらに老いて死んだ時、息子は世の中に一人放り出されるのだ。全く無力な中年男として。

そういう風に生きていく子どももつらいだろうが、そんな子どもを持つ親はもっとつらいはずだ。

自分の人生の失敗をまざまざと見せられることになるのだ。おそらくその親は八十代となるまで、いや、それから先も、幸福や希望というものを得ることは出来ないだろう。息子ともども、絶望という沼にずぶずぶ沈んでいく日々を想像すると、背筋がぞっとするような恐怖をおぼえた。

何とかしなければならない。息子はまだ二十歳なのだ。

「おい、何とかしなければならないぞ」

声に出して妻に言った。

「とにかく堀内君に会うことだ」

「今さらそんなことをしても……」

「何を言ってるんだ。何か始めなきゃものごとは始まらないじゃないか。節子、堀内君の電話番号を知っていないか」

「何かあったような気がするわ」

昔は、世の中はもっと大らかであった。小学校ではクラスごとに名簿を配付していたのだ。そこには保護者名と電話番号も記されていた。

「堀内君のお母さんに、何て言えばいいの？　いきなり息子さんを出してください、って言ったら用心されてしまうわ」

節子は電話をかけるのをためらっていた。事実、七年前に彼のうちを訪ねた時は、彼の両親が同席のうえで会わなければならなかったのだ。

「あの時は中学生だったから仕方ない。だけど今は大学の三年生だ。もう立派な大人だ」

空《むな》しくつらいことの例えに、

「死んだ子の年を数える」

というのがある。それとはレベルが全く違うが、

「引きこもりの学年を数える」

というのも、親にとっては無念このうえない。

成人式のニュースも耳を塞《ふさ》ぎたくなったが、同い年の子どもたちが、今年は大学入学か、そろそろ就職シーズンかなどと思い浮かべるのも、心をがりがりとひっかかれるような感覚があった。

節子が報告する。

「やっぱりものすごく警戒されたわ。でもはっきり言ったの。翔太のことでどうしてもお聞きしたいことがあるって。聞きたいことって何なんですか、ってきつい感じで

言うから、中学校の先生とまた話し合うかもしれないからって……」

相手の母親は極めて不機嫌そうに、

「それでは本人につたえますが、連絡がいきますかどうか。とても忙しくしていますので」

と言ったそうである。

「連絡があるかないかはわからない。だけど俺はあると思う」

「どうしてなの」

「七年たったからだ。これは直感だが、あると思う」

そして正樹の読みどおり、電話がかかってきたのだ。

「もしもし、翔太君の同級生だった堀内真司《しんじ》です。お電話いただいたそうですが……」

大人びた声が受話器から聞こえた時、正樹はどれほど嬉《うれ》しかったか。そして真司は会うことをすぐに承諾してくれたのである。

「どこでも行くので、落ち着いて話せるところを」

という正樹の願いも快く承諾してくれて、早稲田のリーガロイヤルホテルのラウンジでということになった。真司は順調に高等部を卒業して、由依と同じ早稲田の学生になっていたのである。

約束の時間に行くと、奥の方で背の高い青年が立ち上がった。充分におもかげがあるが、眼鏡はメタルフレームのいかにも今風のものになっていた。

「堀内君、久しぶりだね」

「ご無沙汰《ぶさた》しています」

きちんと挨拶《あいさつ》する青年を冷静に見られない自分がいた。一週間前、

「このババア」

と椅子《いす》をふりおろした息子と同い齢《どし》なのだ。同い齢。

「堀内君、早稲田なんだね。何学部なの」

「文学部です。今どき早稲田の文学部、なんて言われそうですが、やっぱりここしかないと思って受験しました」

「何を勉強してるの？」

「これまた笑われそうですが英文なんです。僕はロレンスが好きなもんで……」

「あっ、そう」

文学のことなどまるでわからない。が、ただ羨《うらや》ましかった。

「あ、あの。翔太君、元気ですか」

「元気過ぎて暴れてる」

「はっ？」

「君だから言うけど、このあいだまでおとなしく引きこもっていたんだが、最近になって本気で外に連れ出そうとしたら、突然暴れ出した」

「そうですか……」

眼鏡の奥の目が、せわしなく宙を泳いだ。どんな風に反応しようかと迷っているようだ。

「そしてこう言ったんだ、自分はただ復讐したいだけだと。どういうことかと家内と考えたんだけど、やっぱり中学時代にいじめられたことを指している気がする。堀内君、どう思う？」

「どう思うって言われても」

「七年前、君は言ったよね。クラスが違うからよく知らないって。でもね、何か見たり聞いたりしたことはなかったかな。どんな小さなことでもいいんだ。お願いだ。教えてくれないか」

頭を下げた。

「君だけが頼りなんだ。あの小学校で合格したのは、堀内君と翔太だけだったからね」

もう一度下げる。額がテーブルに触れた。土下座だってしてもいい。翔太の声が甦える。

「オレはただ復讐したいんだよ！」

どうか教えてくれ、復讐というまがまがしい言葉をぶっつける相手は誰なんだ。

「翔太君、可哀想《かわいそう》でした……」

「えっ……」

「あの学校、ちょっとヘンなんですよ。妙にゆるいところがあると思うと、ものすごく厳しいところもある。毎朝、君が代を歌わせます。なんていうか、戦前の海軍のエリートを育てる気風が残ってて、よくびっくりさせられました。もちろん勉強をぎゅうぎゅうさせるから、生徒はものすごくストレスがたまります。翔太君は、そういう子たちのストレスのはけ口になったんじゃないでしょうか」

やっぱりいじめはあったのだ。

「昼休みにいつも呼びつけられて、首を絞められたり、蹴《け》られたりして可哀想でした。でもね、翔太君もやつらがずるいのは、ふざけてるように見せかけるところでした。でもね、翔太君も……、こんなこと言っちゃいけないけど、笑ったりしてました」

「笑ってた？」

「はい、笑ってました」

真司はひとり頷《うなず》いて言った。

「翔太君、ミエを張ってたと思います。決していじめられてるわけじゃない、仲のいい友だちとふざけてるだけなんだって、まわりに思わせようと一生懸命でした。だから余計つらかったと思います」

彼はゆっくりと喋《しゃ》べり出す。

「翔太君、一度、ベランダからさかさ吊《づ》りにされたことがありました」

「さかさ吊り？　それ、本当か」

「ええ、本当です。二階の教室からさかさ吊りにされて、それをみんながはやしたてました」

「それって、ヘタすると落下する、死んでしまうじゃないか」

「そうです。ものすごく危ないことやったんです」

「それをみんな笑って見てたのか。黙ってたのか。君も……」

「そうなんです」

真司はうなだれた。

「僕も黙って見てました。卑怯《ひきょう》でした。七年前も、僕は言おうと思いましたが、でも親に止められたんです。余計なこと言うなって。ヘタなこと証言すると高等部へ進学出来なくなるかもしれないって。だからずっと黙ってました。すみません」

今度は彼が頭を下げた。そしてじっと動かない。不気味なほどに。

「その他に、知ってることがあったら、教えてくれないか！」

そう尋ねる自分の声が、震えていることに正樹は気づいた。

「あの頃、もうみんな携帯を持っていました。といってもガラケーが多かったですかね。それを使って、翔太君に罵倒《ばとう》メールを送りつけていたって聞いています。死ね、とか、クズ野郎とか。それから……」

「それから」

「これは僕が直接見たわけじゃありませんが、休み時間に彼らは寄ってたかって、翔太君のズボンを下ろしたんです」

「パンツもか」

「そこまでは……。まさか、と思いたいですが」

堀内は口ごもる。

「その写真を、A学園の女子に送ったっていうんです」

A学園というのは、翔太が通っていた私立校の近くにある。百年近い伝統を持つカトリック系の名門女子校だ。昔からこの二つの学校は仲がよく、A学園の学園祭ともなると、たくさんの男子生徒が押しかける。

「それはもう犯罪だな」

年頃の少年のいちばん屈辱的なことは、同じ年頃の少年がいちばん知っているのだ。

「それよりも、もっとひどい話を聞きました」

ごくっと唾《つば》を呑《の》んだ。それ以上にひどいことというのは、いったい何なのだろうか。

「校庭の片隅に、当時はまだ大きな焼却炉がありました。放課後、当番が教室のゴミ箱の中身を捨てに行くんです。ある日、彼らの一人が笑いながら言うんです。このないだ、大澤の奴《やつ》を焼却炉の中に閉じ込めたって。あいつ、ぼーっとしてるから、押し込んで外から鍵《かぎ》をかけたって」

「信じられない……」

「誰かがそれはヤバいんじゃないか、とか言ったら、用務員が火をつける前に気づくよって」

「……」

「何時間も彼は閉じ込められたそうです。幸いなことに、用務員さんが気づいて助けてくれたんですが」

「じゃ、その用務員さんから、ちゃんと先生に報告が行っていたんだね」

もしそうならば、教師たちは重要な出来ごとを隠していたことになる。重大な責任問題だ。

「だけど翔太君は、その時もまた弱気なところを見せたようです。悪ふざけでやったことだから、先生には黙っててくれって言ったそうです」

「まさか……」

「どうしてそんな極限状態までいっても黙っていたかですか？　僕はやっぱり親に知られたくなかったからだと思います。あの、僕は今サークルのボランティアで、時々学童支援の勉強見てます。その子たち見ててわかります。小学生ならともかく、中学生ともなると、いじめられたことを、絶対親には言いません。言ったりすると、自分の存在がガラガラと崩れてしまうような気がするんですよね」

「まるでわからないよ。どうして親に相談してくれないのか」

「たぶん、プライドっていうのと、それからいじめられている世界と、家庭での世界を重ねたくないんじゃないでしょうか」

いかにも彼は文学青年らしい言い方をした。

「うちの中は平穏で変わりないものであって欲しい。そのために、こちら側のイヤな世界は自分の力で食い止める、って思うんじゃないでしょうかね」

「堀内君は、うちの翔太もそう考えてたって思う？」

「僕にはよくわかりませんが、翔太君とは、模試の帰りに、ちょっと話したことがあります。そうしたら、僕は絶対に医者にならなければいけないって。歯医者になるの？　と聞いたら、そうじゃない、内科か外科の医者だ。それは親の望みだから、と言ってたのがすごく印象に残っています」

そうだ、彼が小学校高学年を迎える頃から、正樹はよく言いきかせるようになっていたのだ。

おじいちゃんの代からの歯医者だ、お前に継いでもらいたいところだが、今、この仕事は先ゆきそんなにいいことがない。お前が海外で勉強して、最高の技術を学びでもしない限り、この仕事は発展しないだろう。

それよりもお父さんは、お前に医者になってもらいたい。医者の方が活躍の場は拡《ひろ》がるし、いろいろな可能性がある。それにこんなことを言うのもなんだが、歯医者と医者とでは生涯年収がまるで違うんだ。人間は金のためにだけ働くわけじゃない。そんなことお父さんだってわかってるさ。だけど歯医者のお父さんは、お前が内科か外科の医者になる方がずっといいと思うし、なってもらいたい。そのために努力をする人間になってもらいたいんだ……。

釣り堀で、ハイキングの山道で、家族旅行の京都で、きっかけをつかんでは息子に伝えてきたいくつかの言葉、翔太はそれをきちんと心に受け止めて発奮しようとしていたのだ。考えると、目頭が熱くなってきそうだった。

そこまで真摯《しんし》に勉強に向かっていた息子をずたずたにしてしまった同級生たちを、正樹は心から憎いと思った。

「堀内君、教えてくれてありがとう。今、いろんなことがやっとわかったよ」

「いえ、僕なんか、何の役にも立ちません。今頃になって、ああだこうだ言ったところで」

「いや、〝今頃〟じゃないと思うんだ」

「どういうことですか」

「堀内君、翔太をいじめていたグループがいたって言ったよね。その子たちの名前を教えてくれないか」

堀内は、えっと声にならない声をあげる。その目は驚きと怯えで少し形を変えた。

「まさかあ……」

若者らしいイントネーションであった。

「まさかあ、そんなこと、本気で考えているんじゃないでしょうね」

「いや本気だ。僕はね、本当のことを知りたくてここに来たんだ。七年前に翔太にどんなことが起こったのか。今、概要はわかった。だけどね、僕はもっと核心に迫りたいんだ。どうしてその子らがそんなことをしたのか、そしてそのことによって、今、翔太がどれほどの苦しみを背負わされてるのか、ちゃんと話したいんだ」

「それは無理だと思いますよ」

「えっ？」

目の前には、すっかり態勢を立て直した堀内の顔があった。

「大澤さんは、彼らに謝まらせたいんですか」

「場合によっては……」

「無理です。そんなこと絶対に無理ですよ。僕は教育の専門家じゃないけど、はっきり言います。十四歳とか十五歳とかだと、善悪の境いめがぼやけているんです。彼らはおそらく、そんなに悪いことをしていたなんて、これっぽっちも思っていないはずです」

「そんなはずはない」

「いいえ、そうですよ。自殺する子がいますよね、いじめられて。僕はそういうニュースを聞くたび、かわいそうだけど、ちっともわかってないんだなあってせつなくなります。死んだ子は、自分をいじめた子たちは、このことで一生世間から責められ、罪人として一生過ごすに違いないって考えるはずです。でも違うんですよ。いじめた子は、未成年だから名前が出ることもありません。その時は泣くぐらいのことはするかもしれないけど、すぐに忘れます。そして学校出て大人になって、いじめた子のことなんか、どこか遠くへいくんですよ。そしてのうのうと、ふつうに生きてくんです」

いきなり饒舌《じょうぜつ》になった堀内を、正樹はいささか啞然《あぜん》として見ている。

「あのグループとは、このあいだ同窓会で会いましたよ。一人は来ていなかったけど、二人はいい大学に進んでます。一人は、大企業のインターンやっているはずです。それからもう一人は……」

ちょっと口をつぐんだ。

「医大の三年生です」

しばらく沈黙があった。

「でもそれで探そうと思っても無駄ですよ。うちの学校は、毎年五十人は医学部に入りますから。つまり僕が言いたいのは、いくら翔太君のお父さんでも、彼らの人生をかき乱す権利はないってことです」

「かき乱しはしないよ。ただ……」

「とにかく、名前を教えるなんて無理です」

「そうか……」

目の前のコーヒー茶碗《ぢゃわん》を見つめる。やっと探りあてた道が、ここで閉ざされるのは堪《た》まらない。

「わかった、というか、今日はこれで引き下がる。だけど申しわけないが、堀内君、君の携帯の番号を教えてくれないだろうか」

「嫌です」

きっぱりと言われた。

「それは出来ません」

「……わかった。それならば手紙を書く。何かあったら君に手紙を書く。封を切って目を通すぐらいのことはしてくれ。頼む」

堀内は何も答えなかった。

「じゃあ、全然進展がないっていうこと?!」

語尾が咎《とが》めるようにはねている。あれ以来、由依は親に対してこのような口調になることが多い。

テーブルの上には、一枚の紙が置かれている。それはKIGARU塾からの請求書である。コンサルタント料一時間二万円と、〝お迎えコース〟三万円に税がかけられた金額がそこには示されていた。

「せっかく迎えに来てくれたんでしょう。それもプロが。だけどピクリとも動かないって、どういうこと？」

「そんなことはわからない。翔太の気持ちがまだそこに行ってないってことなんだろう」

「まだ、まだ、まだって……。いったい、いつになったら、まだじゃなくなるの」

「少し静かにしなさい」

正樹はぴしゃりと言った。今日は少し娘に言っておかなければいけないことがある。

「正直に言おう。事態はますます悪くなっている」

「それって、どういうことよ」

「母さんから聞いていないか」

節子の方を見る。椅子をふりおろされた跡は赤く残っていて、いちじは紫色になっていたほどだ。

「お前、何も言ってないのか」

節子は頷く。

「由依ちゃんが悲しむだけだと思って……」

「何、それって何なのよ！」

あらましを話してやると、息巻いていた娘の表情がみるまに変わった。これほど深刻なことになっているとは、思ってもみなかったのだ。

「こんなことは言いたくないが、お前の結婚話で、あきらかに様子が変わってきたんだ。それまでは、おとなしく引きこもっていたんだが……」

「それって、まるで私がいけないみたいじゃないの！」

目が吊り上がっている。

「そんなことは言ってやしない。確かに変化は必要だったたし、父さんたちもそう思った。だから行動しただけだ」

「どんどんマズいことになってるなんて……」

由依はつぶやいた。

「引きこもりの弟がいるっていうだけでも大マイナスなのに、暴力ふるう弟がいるってことになったら、私、もう結婚出来ないかも」

娘に言いたい。自分の身の丈に合った、優しい青年を選べばいいのではないか。こちらの境遇を理解してくれ、ひっそりと式をあげるような青年を、どうして選べないのだ……。

いや、娘の身の丈は、親が考えているよりも高いのかもしれない。由依は努力して、一流大学から一流企業への道を辿《たど》った。ひとり息子が学業を放棄して以来、娘の存在がどれほど夫婦の誇りであり、救いであったか。

その娘が自分にふさわしいと考える相手を見つけたというのに、ブランドとは関係ない男を選べなかったのか、と思うのはこちらの見当違いなのか。

「とにかく、今はお前の幸福がだいいちだ」

正樹はいささかしらじらしい言葉を口にした。

「だからこうして、話し合いをしているんじゃないか」

その言葉に表情をやわらげた由依は、ぽつりぽつりと話し出す。早く挨拶に来たいという相手に、由依は初めて弟が引きこもりであることを打ち明けた。しかし事実を変えて。

弟が医大受験に失敗して三浪しているというフィクションは、あらかじめ伝えていた。今回はさらに脚色をまじえ、

「何度も医大に落ちているうちに、だんだん引きこもっていった」

という風にしたのである。

それに対する相手の反応は、この前と同じように、

「よくある話だよね」

ということになった。彼の親戚《しんせき》の中には、六年浪人している者もいるというのだ。

「去年までは五浪丸、なんて笑ってたけど、六浪丸とはさすがに言えないよねーってみんなで話している」

という娘の恋人の明るさに、正樹は救われたような思いになる。

「だけど中学二年で登校拒否になったたって、やっぱり言えないのか」

「そりゃ、そうよ。中学生から引きこもりっていうのじゃ、もう救いがないっていう感じがするもの。大学受験に失敗して引きこもるのとは、えらい違いだわ」

「だけど嘘《うそ》はいつかバレるぞ」

「確かにそうだけど、それは最後に言えばいいような気がする。今はさ、二人でハー

ドルをひとつひとつ越えていくのが大切じゃない？　そしてさ、ハードルを越えた時と越えない時じゃ、私たちの連帯感も違うような気がする。その時に言ってもいいんじゃない？」

　おそらくこのハードルというのは、お互いの家に挨拶に行ったり、結婚式の日どりを決めるという意味であろう。彼女にとってのいちばん大きなハードルは、認めたくもない、見たくもないものに違いない。

「もう少し待ってないの、由依ちゃん」

　これまでほとんど口をきかなかった節子が身を乗り出してきた。

「ねっ、もう少し待ってみてよ。翔ちゃんのことは私とお父さんが何とかするから」

「そんなこと言っても、もう七年たつのよ」

　由依がまた猛々《たけだけ》しくなる。自分の行手を邪魔する者は許さないといった態度だ。

「いったいいつまで待てばいいのよ。翔太がまともになるのを待ってたら、私、お婆《ばあ》ちゃんになっちゃうじゃん。それに――」

　両親を睨《にら》みつける。

「私は、今、結婚したいの、今の彼と」

　そして二週間後の日曜日、約束どおり二時きっかりに青年はやってきた。

この日のために、正樹と節子は翔太の行動を注意深く見守っていた。翔太はすっかり元のルーティンに戻っていた。起きてくるのは、両親が寝た十二時半から一時。二階に降りてくると、節子が用意した夕飯を食べテレビを見る。その間、洗濯をすることもあった。深夜のコンビニに行くこともあるらしい。

そして誰もいない居間でのびのび過ごした後、朝の六時に自室に帰っていく。決して昼間は行動しない。だったらば、昼間のうちに多くのことをこなしていけばいいのではないかということで、親子三人の意見は一致したのである。

「はじめまして、野口啓一郎《のぐちけいいちろう》と申します」

青年はそう背が高くはなかったが、整った綺麗《きれい》な顔立ちをしていた。由依が言ったのだろう、スーツではなく春らしい紺色のジャケットを着ていた。ピンク色のストライプシャツがしゃれている。

「これは皆さんで召し上がってください」

と有名洋菓子店の紙袋を差し出す。

「まあ、まあ、どうもありがとうございます」

妻のこれほど嬉しそうな顔を久しぶりに見たと思った。

「どうぞ、どうぞ、おあがりになって。一階が診療室だから落ち着かないうちですけど……」

「失礼します」

青年は脱いだ靴をそろえた。

その自然な様子に、育ちのよさが現れている。

「やあ、いらっしゃい」

夫婦は微笑《ほほえ》みながらも、神経は階上に集中している。どうか静かに眠っていてくれ。音をたてるな。声を出すな。いつもと違うことをしないでくれ。お願いだ。

正樹と節子は、娘の恋人ととりとめのない話をした。

学生時代、どんなサークルに入っていたのか。今は何か運動をしているのか。趣味は何か。休みの日は主に何をして過ごすのか……。

野口啓一郎は、如才なくひとつひとつ答えていく。

学生時代はラクロスをしていた。同好会とはいえ、練習が結構大変であった。体を動かすことは好きで、今も学生時代の仲間とフットサルをやったりしている。

「休みの日はそうですねえ、映画を観《み》に行くことも多いですね。由依さんとは、映画の趣味がまるで違いますが」

二人は目を見合わせて、くすっと笑った。

「僕はわりと日本映画が好きなんです。黒沢監督のファンなんですよ」

「ほう、黒沢なんてシブいねえ」

　正樹が感心すると、

「いやだあ、若い方の黒沢清監督よ」

　由依がわざとらしい笑い声をあげた。ピンクのツインニットを着ている。おそらく今日の晴れがましい気分そのままなのだろう。

「だけど由依さんは、ハリウッド大作っていうのが好きですね。有名俳優がいっぱい出ているやつ。だからちょっともめることもありますけど」

「この子、頑固なところがありますでしょう」

　つい、声をあげた、という風な節子だ。

「いやあ、たいていは僕に譲ってくれますから、ケンカにはなりません」

「それはよかった」

　どうやら由依は、かなりしおらしくふるまっているらしい。

「それに、映画を観にさっさと出かけないと、僕には労働が待っていますからね」

「ロウドウ？」

　夫婦は同時に声をあげた。

「母が五十過ぎてから、急に家庭菜園に目ざめたんです」

「ほう」

「祖父が亡《な》くなって、自慢の庭をつぶしたんですよ。祖父は道楽で、池をつくったり、松を植えたりしてました。母に言わせると、こんな庭だとものすごくお金がかかる。それよりもっと実用的に使わなければって、突然畑に変えたんです」

このエピソードを、広い敷地に住む豊かさを伝えるものとしてとらえるか、母親の行動力としてとらえていいものかと正樹は一瞬迷った。

「でも、おいしい野菜を食べられていいじゃないですか」

「そうですね、夏にもぎたてのトマトや茄子《なす》を食べると、本当にうまいなあと思いますが、自分ひとりでやって欲しいですよ。僕や親父《おやじ》を頼りにしないで」

夫婦は声をたてて笑った。好意的にとることにした。

「週末、僕がちょっと寝坊しようものなら、草むしりしろ、肥料撒《ま》くの手伝え、と言ってうるさいので、この頃はさっさと逃げることにしています」

と一同を笑わせた後、彼は急にかしこまった。

「あの、由依さんからお聞きになっていると思いますが、結婚を前提におつき合いさせていただいてます」

夫婦は自然に身を正した。

「もっと早くご挨拶にうかがわなくてはいけなかったんですが……」

「それは私が止めたわけ」

由依が割って入る。恋人の失点を少しでもなくそうとするかのようにだ。

「もうちょっと待って、もうちょっとね、って……。私が言ったのよ」

「それでこんなぎりぎりになってしまったんですが」

ぎりぎりと表現した。

「先日、由依さんにプロポーズしたら、オッケーをいただきました。それで年内には式を挙げたいなあと思っているのですが」

まあ、と節子が声をあげた。目が喜びのあまりうるんでいる。

「なんて素晴らしいお話でしょう。由依ちゃん、よかったわねー」

「うん」

由依が素直に頷いた。が、その時、由依が母親に向けてかすかな目くばせをしたのを、正樹は見逃さなかった。

「それで今日は、結婚のお許しをいただきにきました。お許しいただけますでしょうか」

「許すも何も、結婚すると二人が決めたことに反対する理由なんて何もないよ。いいご縁だと思って嬉しいですよ」

すらすらとその言葉が出た。映画やテレビを見るたび、たぶん自分は娘の恋人に対して、こんなことを言うだろう、いや、こんなことは言うまい、とずっと反芻《はんすう》してきたのかもしれない。が、男親として正樹が口にしたのは、ごくありきたりの言葉であった。

「どうか、娘をよろしく頼みますよ」

はい。野口はテーブルごしに深く頭を下げた。

が、ここから重要なことを言わなくてはいけないと正樹は決心したが、それは節子の方が素早かった。

「あの、野口さん、このことはそちらのご両親もご承知なのかしら」

「はい、もちろん。由依さんはもう何度かうちに遊びに来てくれてます。母もとてもいいお嬢さんだと言っていますし、父もこの頃は、式はいつだ、なんてせっつくぐらいです」

「あの……」

節子は今度ははっきりと、娘の方に合図をおくった。

「娘から聞いていると思いますが、由依には二十歳になる弟がおりまして、もう何年か引きこもっています。このことは、ご両親はご存知なんでしょうか」

「ああ、そのことですね」

野口はこともなげにこう答えた。

「母に話したら、ああ、よくある話ねって……」

よくある話……よくある話……。本当にそれで済まされることなのだろうか。

「母方の祖父は政治家だったんですが、医者もやたら多い家系なんです。イトコやハトコにも医者がゴロゴロしてます。するとそういう中に、医大に行けなくて、引きこもった子が何人か出ます。だから母はよくある話だって気にしてません」

やはり由依は自分に都合のいいように、脚色して喋べっていたのだ。しかしこれは許される範囲の嘘ではなかろうか。娘はこの野口と結婚したくてたまらないのだ。

なんとかこの場を切り抜ければいい、と正樹は思った。

息子の本当の状態を隠して、なんとか結婚までもっていけばいいのだ。正樹はすばやくあれこれ計算する。

今どき結納などというものをやるわけがないから、あちらの両親がうちに来ることもないだろう。両家の顔合わせは、ホテルかどこかですればいい。

式を挙げて入籍すればこっちのものだ。医大入試に失敗しての引きこもりか、中学を途中でやめての引きこもりか、たいした問題ではなくなるはずだ。

「じゃあ、引きこもりはたいしたことじゃないって、お母さまは確かにおっしゃったんですね」

節子も同じことを考えていたに違いない。念を押す。

「ええ。あ、そう、どこのおうちも大変なことが、ひとつやふたつあるのね……っていう感じですかね。そう、母の父、僕の祖父にあたる人が、女性関係がいろいろあって、それで苦労したことがあったようなんです」

「ほう……」

野口の母方の祖父は、参院議員を長年務めたと聞いた。副大臣を二回務めた程度であるが、昔の政治家は、女性関係もゆるやかだったに違いない。自分の家の古い恥を持ち出してまで、こちらの気を楽にしようとする青年の気遣いが嬉しかった。

「それに僕も弟が出来るわけですから、何か出来ることは手伝いたいと思います」

「野口さん、そんな無理をすることはないんだよ。息子のことは、こちらで何とかやってきます。だから君は由依と幸せになることだけ考えてください」

「そうよ……。本当にありがとう。その言葉だけで今の私たちにはどれだけ嬉しいか……」

節子は涙ぐんでいる。

その時、夫婦は同時に天井を見上げた。階上からはもの音ひとつしない。そうだ、〝彼〟は何も気づかず、すやすやと眠っているのだ。どうかずっと眠っていてくれ、目が覚めるのは、こちらが眠っている時にしてくれ、と正樹は祈るような気持ちになる。

お前が眠っている間に、なんとかやってみよう。お前が眠っている間に、この家を動かしてみせる。由依は結婚させ幸福にする。だからどうか、今までどおり静かに眠っていてくれ……。

「お祝いにビールでも飲みましょうよ」

節子が立ち上がった。

「それより、シャンパンがいいわね。いただきものがあるけど、すぐに冷えるかしら」

「あ、どうぞお構いなく」

「いえ、いえ。こんなおめでたいことですから」

あまりはしゃぐな、と妻を制しようとして、自分もどうしようもないほど浮き立っているのを正樹は感じた。

「ねえ、ねえ、菊鮨《きくずし》、営業時間じゃなくても、親父さんに頼めば出前してくれるわよね」

正樹は階上をまた見上げる。

いや、油断は出来ない。早く野口をこの家から連れ出さなくては。

「出前じゃなくて、出かければいいんだ。前にも開けてもらったこと、あるじゃないか。今から四人、カウンターお願いします、って、電話をしてごらん」

「そうね、本当にそうね。大切なお客さんだからって頼むわ」

節子は固定電話にとびつくように向かった。

「あの、本当に、どうかお構いなく……」

「ケイちゃん、ごめん。うちの両親大喜びだからもう止められない。ごめんね〜」

こんな娘の声を初めて聞いた。

あの日以来、結婚話はぐんぐん加速していったらしい。

半月後、節子が告げる。

「式場、仮予約したって」

長ったらしいカタカナの名前を告げた。人気の外資系ホテルらしい。

「十一月二十九日、日曜日、大安吉日じゃないけど、この日に決めたって。会社もまだ暮れの忙しさに入るちょっと前だって」

若い二人は、そろそろ新居を探し始めようとしているらしい。貯《たくわ》えの中からいくらかの金を渡すという約束を由依は憶《おぼ》えていて、それを頭金の一部にするという。

「あちらのおうちでも、かなり援助してくれるらしいから、こちらもそれなりの額にしてくれって」

「なにも金持ちのうちに合わせることはない。最初からミエを張っても長続きしないぞ」

「そんなにお金持ちでもない、って由依は言ってる。おうちは確かに大きいけど、練馬のはずれだし、築四十年だって」

相手のうちの査定を始めた娘が不快だ。このうちだって、興信所を使われたら大変なことになるだろう、と正樹は言いたくなる。

あの野口がやってきた時は、何とかやれると考えていた。多少、いやかなり誤解しているが、息子の引きこもりを認めてもらったことに、すっかり浮かれてしまったのだ。

しかし最近になって感じる、このざわざわした不安はどうしたらいいのだろう。世の中、これほどすらすらとことが運ぶものだろうか。

「昨日ね、母に電話したら泣いてたわ」

栃木に住む八十七歳の実母だ。

「これで、ひ孫を見られるんだって」

「ひ孫なら、お兄さんとこにいるじゃないか」

「違うわよ。母親にとって、孫とかひ孫って娘のところの孫よ」

女たちの考えていることは、正樹にはよくわからない。が、あの日以来、節子が変わったのは確かだ。目に見えて明るくなった。ダイニングテーブルに、引き出物のパンフレットが置かれていることもある。

「こんなもの早くしまえ。翔太の目に入ったら大変だ」

と叱《しか》ったほどだ。

「母は翔太のことを忘れてなくて、不憫《ふびん》で不憫で仕方ないみたいだわ。お正月にもお年玉を送ってくれたから、テーブルの上に置いといたら持ってった。その話しただけでも泣いてたもの」

正樹は黙ってテレビのゴルフ番組に見入る。ゴルフは地区の歯科医師会のコンペに出るくらいだ。この何年かは練習場にも行っていない。

いつもどおりの日曜日であった。そろそろ節子は駅前のスーパーに出かけるだろう。夕食の準備をするために。三人分だが、二人分。二人だが三人分という食事が出来上がるはずだった。

その時、玄関のインターフォンが鳴った。

「はーい」

節子が画面を見て、わっと叫んだ。

「まあ、どうしましょう！」

「すみませーん、野口です」

青年の横には、小太りの中年女が立っていた。

「突然すみません。母がどうしても野菜をお届けしたいと」

「は、はい。今すぐ」

インターフォンを切った後、節子は慌《あわ》てるあまり声が出ないほどだ。

「ど、どうしましょう。あ、あちらのお母さんが……」

「落ち着きなさい。みっともないぞ」

正樹は言った。

「突然来る方がおかしいんだ。何もこっちがあたふたすることはない」

二人で玄関に出てドアを開けた。困惑しきっている野口と、にこにこ微笑んでいる母親がいた。母親は野菜を入れた紙袋を息子に持たせ、自分は小さな箱を抱えていた。

「啓一郎の母でございます。いえ、いえ、ここで失礼します。今日は、白菜と小松菜が大収穫でどうしてもお届けしたくって」

「僕はご迷惑だって止めたんですけど」

「でも、新鮮なものを食べていただきたくって」

母親はおそろしく早口で、そしてよくとおる大きな声であった。人生に何の屈託も持たない人独特の、澄んだ明るい声である。

「ごめんなさいね、突然押しかけて。はい、これ召し上って。これ、トマトも入れておきましたわ。じゃ、これで。お騒がせしました。本当にごめんなさいね」

立ち去ろうとしたが、はい、どうも、さようなら、というわけにはいかない。

「あの、散らかっておりますが、どうかおあがりになって」

「それでは遠慮なく」

あらかじめそうするつもりでもあったかのように、野口の母は靴を脱ぎ始めた。

「おい、おい、お母さんったら、野菜をお届けするだけだって……」

「いえ、いえ、せめてお茶を一杯」

両家の食事会は来月ということになっていたが、野口の母はおそらく待ちきれなかったのだろう。

「啓一郎の母でございます。どうかよろしくお願いいたします」

「由依の母です。よろしくお願いします」

「先日は啓一郎が、大変なご馳走《ちそう》になりましてありがとうございます」

「いえ、いえ、近所の鮨屋でお恥ずかしゅうございます」

女二人は長々と挨拶《あいさつ》をする。二人の母はほぼ同世代のはずだったが、節子の方がはるかに若く見える。野口の母はあまり身のまわりに気をつかわないようだ。陽に焼けた化粧っ気のない顎《あご》の肉が弛《たる》んでいた。

「うちは主人も由依さんのこと、大喜びですの。頭のいいしっかりしたお嬢さんだって。私もご両親がよほどきちんとした育て方をされたと思っていたんだけど、やはりそのとおりだったわ……」

「いえ、いえ、とんでもない」

その時、正樹の耳はある異変をとらえた。音が聞こえた。確かに聞こえる。階上を〝彼〟が走っている。近づいてくる。

あ、これは階段をすごい勢いで降りてくる音だ。

近づいてくる。近づいてくる。

「あわわ……」

節子の顔が恐怖でひきつっている。

正樹は恐怖のあまり体が動かない。

大きな音をたてて〝彼〟が階段を降りてくる。

どうやったらこれほど大きな音をたてられるのだろうか。どどどっと、音が雪崩《なだれ》のように落ちてきて、勢いよく居間のドアが開いた。

野口とその母が、ぽかんと口を開けてそちらの方を見る。

ジャージ姿の翔太が立っていた。顔が青ざめている。なぜ？　怒りのためであった。

「ババア、うるせーんだよ」

怒りは節子に向けられた。いきなり胸ぐらをつかんだ。

「ババア、朝っぱらからうるさくて、眠れねえじゃねえか」

「翔ちゃん……」

節子は震える声で言い、自分のニットのタートル部分をつかんでいる息子の手首を握った。

「翔ちゃん……、失礼でしょ。お客さまが見えてるのよ」

「お前、非常識だと思わねえのかよ。人が寝てるとこに、勝手に客を呼んでよー」

「あ、あの、僕たちが急に来たんですよ」

野口は男らしいところを見せようとした。

「翔太くんだよね……。僕はお姉さんの同僚です。こっちは僕の母で、野菜を届けに来たんですよ」

「余計なことすんじゃねーよ。野菜なんてそこらで売ってるだろ」

「翔太、黙れ。お客さまになんて失礼な口をきくんだ」

一秒でも早くこの場を収拾しなくてはと正樹は焦《あせ》るばかりだ。立ち上がると息子の前に立った。

「たまたまお寄りくださったんだ。さあ、早く部屋に戻りなさい」

「だからよー、うるさくって眠れねーんだよ」

この家は鉄筋で建てられ、防音もきちんとしている。下の声が上に漏れることはないはずだ。おそらく翔太は、インターフォンの音や何かの気配を感じたに違いない。

「あ、僕たちはもう失礼しますから。どうかゆっくりお休みください」

野口はソファから立ち上がる。その目にはありありと驚きと困惑がにじんでいた。

母親にいたっては腰が抜けたように座ったままだ。この男はいったい誰なの？　どうやら息子らしいけど、まさかね、まさか……という風に口が半開きになっていた。

「こそこそ帰るんなら、来るんじゃねーよ。お前、あの女の相手なのかよ」

刺激しないように、野口を紹介しなかったが、翔太は察したようだ。

「あのインランなバカ女と結婚する相手かよ。どうりで間抜けな顔しやがって」

「翔太！」

正樹は翔太の腕を思いきりひねり上げた。何とかしなくてはならない。何とか、何とか……。

「お前、今日はどうかしてるぞ。いったいどうしたんだ」

「ふざけんなー！」

絶叫した。

「客の前だからって気取るんじゃねーよ。いつものオレだろ。いつもこういうことしてるだろーが」

このあいだと同じように椅子《いす》を持ち上げた。一度経験している正樹は、椅子の脚を持って止める。

「お客さまの前だぞ。やめるんだ」

「うるせえ」

父に向けた椅子の方向を変え、窓に向かって、思いきりぶっつける。大音響と共に、ガラスが割れて落下した。

「ふざけんな、ふざけんじゃねー」

次々とガラスを割っていく姿のすさまじさに一同は声も出ない。

やっとのことで正樹は後ろにまわり、翔太を羽交い締めにした。が、怒りが彼に魔力を与えているかのように、すぐに父の手を逃れた。

「ふざけんじゃねー」

次々とガラスが割られていく。

「野口さん、お帰りください！」

はい、と言ったものの野口の母は動けない。ソファから立ち上がることも出来ない。

「早く帰るんだー、このババア！」

椅子が今度はテーブルに向かってふり下ろされた。ジノリのコーヒー茶碗やクッキーが、いったん空中に浮かび、四方にころがっていく。

「テメーらぶっ殺すぞ」

翔太は背伸びするように、もう一度椅子をふり上げた。体をしならせ、勢いをこめる。向かった先は食器棚だ。ワイングラスとウイスキーグラスが並べてある。下段は節子が集めている海外ブランドのコーヒー茶碗だ。

力を込めてふりおろす。扉の桟に脚がひっかかった。もう一度力を込める。ガラスが大量に割れる音が部屋中に響いた。

「一一〇番だ」

正樹は叫んだ。自分たちだけなら耐えただろう。しかし今は野口母子の安全を考えなくてはならない。

えっ、と節子は怯《ひる》んだ。

「早く一一〇番するんだ」

「は、はい」

受話器をとり、節子は何やら叫び始めた。食器棚に二度、三度と椅子がふりおろされる。受話器の向こうでも、この音が聞こえていることを正樹は願った。

息子が犯罪者扱いされても構わない。この場を救ってくれるなら。

パトカーの音とは通り過ぎるものだと思っていた。災難が近づいてくるようで一瞬びくっとするが、すぐに遠くに去っていくものだった。

しかし今、パトカーはうちの前に停まった。サイレン音が聞こえて、翔太はぴたっと動きを止めた。その隙《すき》に野口母子はあわてて外に飛び出す。かかわり合いになるのを避けたのだろう。

「本当に申しわけない。みっともないところをお見せして……」

正樹がドアのところで頭を下げると、いえ、いえ、と野口の母は目をそらしたが、啓一郎は口早に言った。

「あの、大変なことになってしまい、かえってすみませんでした」

「とんでもない」

優しい男だと思った。なんとかこの青年と娘を添わせてやりたいと思うが、今となってはもう遅いだろう。

母子と入れ違いに、警官が二人入ってきた。自分の家の中で、警官を見るとは思わなかった。街中で見るのと違い、表情までよくわかった。一人は若く、一人は中年であった。どちらも親し気ではないが高圧的でもなかった。

「大澤さんですね」

若い方が尋ねた。

「一一〇番なさいましたね」

「はい」

「あ、こりゃあすごいなー」

中年の警官があたりを見渡した。ガラス窓はすべて割られていたし、床には食器棚のガラスが散らばり、中でグラスが砕けている。

「こいつです」

正樹は息子を指さした。

「おまわりさん、こいつが暴れました。何とかしてください」

そのとたんに翔太が声を発した。

「お父さん……」

お父さんと言われたのは何年ぶりだろうか。これほどの恐怖と怒りを与えた相手が、今、媚《こ》びるように「お父さん」と言う。

「お父さん、僕が悪かったです」

「息子さんですか」

中年の警官が尋ねた。

「はい、僕は息子です。今、父とちょっと喧嘩《けんか》してこういうことになりました」

「それにしてもひどくないか」

「ひどいです」

「ふつうだったら、器物損壊ってことで即逮捕だよ」

「わかってます」

ふつうだったら、というのはどういうことだろうかと正樹は混乱する。それではこれはふつうではないということなのか。ふつうでないということは、息子は逮捕されないのか。しかし、息子を本当に逮捕してもらいたいのか、自分でもよくわからない。

一一〇番したのは、警察でなければこの事態を止められないと、そして、息子を罰してもらいたいと、とっさに考えたからであった。そうだ、罰してもらいたいのだ。何か大きな力で、息子に罰を与えてほしい。そして悔悛《かいしゅん》させてもらいたいのだ。

しかしパトカーが到着してから、翔太は急に態度を変えた。背中を丸め、伏目がちに立っている。そのしおらしさが本当に不気味で、正樹は肌が粟立《あわだ》ってきそうだ。息子の中に「狡猾《こうかつ》」という一面を見た。考えてみると、進学校に合格した彼は、頭は決して悪くなかったのである。

「喧嘩して、ついカーッとなってやってしまいました」

「でも、これはちょっとやり過ぎだろう」

「本当にそうです」

「あのね、いくら頭にきてもさ、うちの中をめちゃくちゃにするというのは、よくないよ。ご両親の気持ちにもなってみなさい。わかった？」

いつのまにか、中年の警官の口調が、諭すようになっていったではないか。

「ちょっと待ってください」

正樹は言った。

「これで終わりなんですか」

「しかし息子さんは反省しているようですし……」

「もう少しでこちらは、ケガさせられるところだったんですよ」

「でも、どなたもケガをされてないじゃないですか」

確かにそのとおりだった。翔太は窓や家具は破壊しても、両親や野口母子は避けていたのだ。

「あのね、お父さん、家の中のことは、家の中で解決してくださいよ」

「ちょっと待ってください」

正樹は叫んだ。

「これだけのことをした人間を、警察はほっておくんですか」

「親子じゃないですかー」

警官は語尾を奇妙に伸ばした。

「じっくり話し合ってください。息子さんももう落ち着いたようですし」

そして警官は去っていった。部屋の中のガラスの破片に春の陽ざしがあたり、それがキラキラと光っている。

まっ先に声を発したのは翔太だ。

「ふざけんじゃねえ……」

体の奥からの声であった。

「親のくせに一一〇番しやがって」

「あたり前だ。こんなことをした人間は、たとえ息子でも許さないぞ」

が、翔太は正樹の視線を避けた。

「オレの方こそ、絶対に許さないからな」

音をたててドアを閉め、居間を出ていった。

正樹と節子は立ちすくんだままだ。今起こったことが現実だとはどうしても思えなかったのだ。

その時、インターフォンが鳴った。反射的に節子がボタンを押す。

「はい、どうもすみません……。お騒がせして、ええ、息子がちょっと父親と喧嘩をしたものですから……。ええ、ええ。たいしたことないんですけど、たまたま一緒にいた方があわてて一一〇番したんですよ」

切った後に、節子は窓に駆け寄った。あらかたガラスがなくなった窓から外をのぞいた。

「どうしよう……。近所の人が集まってるわ。パトカーどうしたんですかって」

「もういい、いいんだ」

正樹は一歩を踏み出すために、大きなガラスの破片を拾った。

「もう近所に知られたっていい。世間体なんてどうでもいいところに、俺たちはいるんだ。今日はそれがよくわかったよ」

そして静かに泣き始めた妻に向かって言った。

「覚悟をしておけ」

第二章 苦悩

二日後の夜、診療を終えた待ち合い室に、正樹と節子、由依の三人がいた。どうしても二階の居間に行きたくないと由依が言い張ったからだ。

「あいつが、いつ上から降りてくるかわからないのよ。私、絶対にそんなところに行きたくない」

由依は眼鏡をかけていた。泣き腫《は》らしてコンタクトレンズをつけられないというのだ。

由依はフィアンセから一部始終を聞いたという。帰り道、車の助手席で母親はまずこう言ったという。

「早くわかってよかったわ」

結婚してからあんな弟がいることがわかったらどうしようもない。その前に実態がわかったことが、せめてもの救いだというのだ。

その後、

「まさかあなた、これでやめにしない、っていうことはないでしょうね」

と野口に迫ったというのである。

由依は昨夜野口に会い、いろいろと話し合ったという。彼は結婚の意志はまったく変わらない、と断言した。

「僕が結婚するのは由依ちゃんで、弟さんじゃないからね」

この言葉を聞いた時、由依は号泣したという。

「よかったわね、由依ちゃん。野口さん、本当にいい人で」

節子もつられて泣き出した。

「でもね、今年中の結婚はとても無理だっていうの。もう少し時間をくれって……」

由依はティッシュペーパーで、鼻をちんとかむ。化粧っ気がなく、眼鏡をかけている顔は、中学時代を思い出させた。コンタクトをいくら勧めてもつけようとせず、

「ブスになる時は思いきりブスになる」

と言いはなった。おそらく勉強する時は、余計な雑念はいらないということだったのだろう。

娘は努力して、一流大学から一流企業への道を歩んだ。そして努力しない弟をなじ

るようになったのだ。

翔太の突然の暴力化は、改善を求めた姉の発言がきっかけであった。

「このままでは私は結婚出来ない。なんとかしてほしい」

という娘の言葉に分があると思って、自分たち二人は行動を起こしたのだ。が、それはあきらかに凶と出たのである。

「彼は言うの。椅子《いす》を持ってあいつが迫ってきた時、本当に殺されるかと思ったって」

「そこまでは……」

と言いかけたが、警察を呼んだのは自分なのだ。現に自分も恐怖を感じたが初めて翔太を見た人間ならば、その恐怖は何倍にもなっただろう。

「彼のお母さんは、もう少しで気絶しそうになったって言ってたわ」

「……」

「彼はね、最初は同情的だったのよ。医大受験に失敗して、引きこもりになっているなんて、ものすごくつらいだろうって」

まだその嘘《うそ》を信じているらしい。

「だけど彼はあいつを見てはっきり言ったわ。正直あそこまでひどいと思わなかった。

今までどんなことをしてきたのかって言うから私は話した。そうしたら彼は言ったの。もう精神科に診せるべきだって。おそらく精神疾患だって」

「ちょっと待て」

正樹は娘を睨《にら》んだ。

「翔太はそんなんじゃないよ。いくらフィアンセだからって、それは立ち入り過ぎだろう」

「いいえ、引きこもりの多くは、どこか心が病んでるのよ。ねえ、もうこうなったら、あいつをどこかに入院させてよ。そして一生出られないようにしてよ」

そうじゃないと、と続けた。

「私は一生幸せになれない。もし結婚できなければ、私がいつか自殺するかも」

この娘の言葉ほど、夫婦を震え上がらせたものはない。

息子を手にかけた元高級官僚の事件を思い出した。彼の息子もまた、長いこと引きこもりで家族に暴力をふるうようになっていた。その事件が起こった時、父親への非難の声よりも、同情の方がはるかに多かったと正樹は記憶している。なぜならば、殺された息子には妹がいたが、兄のことで結婚が破談になり、それを苦にして自ら命を絶ったと報道されていたのだ。

「自殺だなんて、脅しにしても、なんて嫌なことを言うのかしら」

節子は〝脅し〟と決めつけることで、なんとか安堵《あんど》しようとしているようであった。

「お母さんはともかく、野口さんとはうまくいっているんでしょう。いざとなったら、二人で勝手に結婚すればいいんだし」

それに、とつけ加える。

「由依は自殺するような子じゃないわ。あの子はしっかりしているし、少々のことではへこたれないわよ」

もちろんそうだ、と正樹は答えたが、あの野口という青年が母親に「お母さん」と呼びかけた甘やかな口調が甦《よみが》える。都会の中流家庭の男の子なら、程度の差こそあれほとんどがマザコンといってもいい。だからそれは構わないとしても、彼のどこか優柔不断なところが気になった。

今のところ、由依にひきずられて、別れを口にしないだけであろう。いずれ母親、あるいは両親の説得に負けるはずだ。それは由依にとって大きな衝撃になるに違いない。

これまで努力して順調に人生の階梯《かいてい》を上ってきた娘は、おそろしくプライドが高い。

自分は選ばれた人間だと考えているらしく、それはドロップアウトした弟への、情け容赦もない言い方に現れている。こういう人間こそ挫折《ざせつ》に弱い、ということは容易に想像出来た。自殺はしないにしても、おそらく何らかの破綻《はたん》があるはずだ。

「由依は本当に可哀想《かわいそう》だわ。自分は何も悪いことをしていないのに、そのために幸せを壊されるなんて」

「そんなことはわかっている」

「でも、病院に入れろ、なんてとんでもないことだわ」

病院に弟を閉じこめろ、という娘の精神状態こそ、かなり問題があるのではないかと正樹は考える。

自分の子どもが精神疾患になっているとは思えなかった。七年前まで、彼はごくふつうの、いやふつう以上に優秀な子どもだったのだ。その子が全く別人となり、荒れ狂っているさまを見た。それはやはり精神に何か異常を来《きた》したのではないかと、医学を学んだ者として正樹は考える。が、それは一時的なものだ。決して由依の言うように、

「どこかに入院させてよ。そして一生出られないようにしてよ」

というものではない。時間がたつにつれて、不快感がこみ上げてくる。翔太の陥っ

ている精神状態に、娘も呼応しているのではなかろうか。

病院に閉じこめろ、と言いはなつ娘に向かって節子は言った。

「あなた……なんて怖《おそろ》しいことを言うの。弟をそんなところに閉じこめろ、なんて」

「じゃあ、お父さんとママが警察呼んだってどういうことなの？」

口の立つ娘なのである。

「翔太を留置場にぶち込んでもらうつもりだったんでしょ。暴力行為で逮捕させて、罰を与えてもらう気だったんでしょ。それと入院とどこが違うのよ」

違う、と正樹は心の中で叫んだ。あの時自分が警察に願ったことは、戒めであり説得だったのだ。公《おおやけ》の機関から、

「こんなことをしてはいけない。君は非常に間違ったことをしている」

と決めつけてもらいたかったのだ。しかしそれは空《むな》しい試みだった。駆けつけた警官は、家庭内のことは家族で解決してほしい、と立ち去ったのである。

「ほらね」

由依は無言の正樹に向かい、勝ち誇ったように笑った。

「お父さん、何かあってからじゃ遅いわよ。きっとね、あいつは何かしでかすわよ。今は家の中で暴れているけど、そのうちに刃物持って外に出るわよ。そして何かあっ

たら、私たち家族はそれこそ破滅よね」

ハメツという言葉を思い出す。その前に娘は「廃人」という言葉を使った。

ハメツ、ハモノ、ハイジン……。凶々《まがまが》しい言葉は、どうしてハ行が多いのだろうか。

由依がそれを連発して帰って行ったのは三日前だ。

「精神科病院にハンソウ、なんて出来るものか」

「えっ」

「搬送だよ」

「やめてよ、脅かすのは」

節子はきっとなって睨む。

「私たち、少し由依に毒されてるのよ。確かに翔太はあの時暴れたけど、普段はおとなしいじゃないの。あちらのお母さんの声に刺激されたのよ。それに翔太は、もともとどこもおかしいところはなかったじゃないの。そうでしょう」

「そうだ。そうなんだよ」

由依に言われてからいろいろ調べたのであるが、一度も診断歴のない人間を、いきなり入院というのは到底無理だとわかった。

「しかし、翔太を一度診てもらうというのは必要かもしれない」

椅子を持って窓ガラスを叩《たた》き割っていく息子の姿を思い出した。何かに取り憑《つ》かれたようであった。その憑いたものを調べるということは、決して無駄ではないはずだ。

「たぶん鬱《うつ》とか統合失調症という診断が下されるだろう。引きこもりはたいてい、どこかタガが外れているんだ。あんな生活を七年間もしていれば、誰だってどこかおかしくなる」

いつか節子は頷《うなず》いていた。

「由依の言い方は乱暴だ。病院に閉じこめろ、なんていうのはあり得ない。だけどきちんと診断してもらうことは必要だろう」

精神科の医者の心当りは何人かいる。大学時代、正樹は軽音楽のサークルに入っていたが、そこで親しくなった医学部の連中も含め、何年かに一度集まることがあった。その中に精神科の医者がいて、携帯の番号も知っている仲だ。

「由依の言葉にまどわされちゃいけない。あの子はいま、自分のことしか考えられなくなっている。あの子にひきずられていくと、わが家は……」

ハタンするかもしれない。

旧友の精神科医に電話をしようと、診療室に降りていった。今日の午後は、三時と四時に予約があるだけだ。

パートの受付の大村百合子が、こわごわといった感じで声をかける。

「先生……、あの、さっきガラス屋さんが請求書をこっちにおいていきましたけど……」

「ああ、どうも」

さぞかし近所の噂《うわさ》になっているに違いない。あれだけの破壊音をたてたうえに、パトカーがやってきたのだ。

「あのう、先生」

百合子はもじもじとその場を動かない。

「翔ちゃん、大丈夫なんですか」

「ああ、驚かして悪かったね。さぞかしびっくりしただろう」

といっても先週の日曜日のことだ。クリニックも休みで、百合子は出勤していなかった。

「やっぱりお二階の窓ガラス割ったのは翔ちゃんなんですよね」

「まあ、ちょっと僕とやり合ってね。こっちも大人気ないことをしたと思ってるよ」

「私はね、翔ちゃんが子どもの時から見てるし、どういうお子さんかもよくわかってるんですけどね……」

まわりには口さがない者たちがいっぱいいるということらしい。

「あの、予約を取り消した人がいて……。上から窓ガラスが降ってくるんじゃないかって」

覚悟はしていたが、翔太のことはすっかり知られてしまったのだ。

「まあ、仕方ない。いろんな人がいろんなことを言うさ」

「なんでもパトカーが三台来て、大変だったらしいですねえ」

「三台じゃない、一台だよ。それにすぐ帰っていったよ」

やりきれない思いになる。が、古くからの従業員に怒鳴ったりすることは、正樹のプライドが許さなかった。

「ちょっとトラブルがあっただけなんだよ。もうあんなことはないと思うので安心してください」

そして診療室に入り、胸からスマホを取り出した。大学病院勤務なら、今頃が昼休みではないかという正樹の狙《ねら》いはあたって、すぐに清水《しみず》の声が聞こえた。

「どうした。珍しいな」

「実は相談ごとがあって。今、電話いいかな」

「構わないよ」

正樹はひと息に喋《しゃ》べる。七年間引きこもっていた息子が、突然暴力をふるい始めたということ。もはや精神科の治療が必要ではないかと思われることを伝えた。簡潔に喋べったつもりだが、長くなってしまった。

「もともと自閉症とかじゃないんだろう」

「ごくふつうの子どもだった。私立の進学校に進む頭脳はある」

「診断してみないとわからないが、統合失調症の疑いはあるな。まあ、長く引きこもっているケースでは、統合失調症のことがよくあるな」

それは感情をうまくコントロール出来ない病気だ。

「治療すれば治るんだろうか」

「個人差が大きいから何ともいえないが、まあ、ほっとけばどんどん悪くなるばかりさ。最近ウチにも引きこもりの息子を持つ親からの相談が増えてるよ。８０５０問題がこんなに取り沙汰《ざた》されるようになれば親はそりゃあ不安になるさ。七十代の親が、自分が死んだ後の子どもを心配して、今ごろになって入院させたいと言ってくるケースもある」

「その、入院して治療は可能なんだろうか」

「入院させたいのか」

スマホの向こうで、唇をゆがめて笑う相手の顔が見えるような気がした。昔からそういう笑い方をする男だった。

「いや……やはり……徹底的に治して……」

「まあ、そうだろうな。親は入院させたいさ。統合失調症は個人差が大きいが、たいていは薬でよくなる。だけど一発で治る、ということはない。まずは二、三ヶ月かかるだろう。ひどければ入院ということになるが」
二、三ヶ月の入院か……。思わず安堵のため息を漏らしそうだ。それだけあれば、時間稼ぎには充分だろう。
「とにかく連れてくることだな」

「よろしく頼む」

「もし時間がわかったら、この番号にかけてくれ。最優先で診るようにするから」

スマホを切った後、正樹は反射的に階上を見上げた、あれ以来習い性になっている行為だ。

時計を見る。息子はおとなしくしているだろうかと気になって仕方ない。予約の患者がくるまではまだ時間があった。

正樹は内階段を上がって二階へ向かった。キッチンでは、節子が昼食の片づけをしているところであった。そこから浴室の脇《わき》を抜け、三階へと通じる階段を上がった。この階段を上がるのは久しぶりだ。いつも二階で息子が降りてくるのを待っていた。しかし、今は自分から行かなければいけないと正樹は覚悟を決めていた。夜ではなく昼間にしたのは、部屋で多少暴れられても近所に音が届かないのではないかと判断したからだ。

ノックをした。なぜだかわからぬが、反応があるような気がした。

「翔太、眠っているのか」

返事はない。

「ちょっと話をしたいんだが、開けてくれないか」

中で動く音がする。

「なんだよー」

くぐもった声だ。

「そこで話せよ」

「わかった」

息を整える。

「翔太、いいかよく聞いてくれ。このあいだのことは、父さんや母さんにとってとてもショックだった。いったい何があったんだろうって。今でもよくわからない。たぶん、お前だってわからないだろう。何かカッとしてやってしまったことなんだろう」

全く返答はなかった。正樹はドアの木目を見つめる。こうして見ると安っぽいドアだ。仕方ない。亡《な》くなった父がこの家を建てる時、診療所の方には金を遣って、住居の方は出来るだけ安上がりに仕上げたのだ。天井も含め壁紙は一度貼《は》り替えたが、ドアには手がまわらなかった。無数の傷がある。翔太の勉強部屋になって、乱暴に開け閉めするようになったからだ。

「それでな、翔太。お父さんと一緒に病院に行ってみないか。お父さんが歯学部に通ってた時、医学部にいた友だちがいるんだ。昔からよく知っている仲間だから、お前のことをちゃんと話した。そうしたらそれは薬で治る病気だと言っていた。おい、聞いているのか……」

思わずドアを二度強くノックしてしまった。

「お父さんは、どうやったら昔の翔太に戻ってくれるんだろうかとずっと考えてた。そうしたらやっぱり、病院に行くのがいちばんいいと思ったんだ。どうだ、お父さんと一緒に行く気はないか」

物音ひとつ聞こえなくなった。ベッドで耳をふさいでいるのではないだろうか。正樹は傷だらけのこのドアを、蹴破《けやぶ》って入っていきたい衝動をぐっとこらえた。

「まあ、いいさ。お父さんは毎日ここに立つよ。ドア越しでもいいからちゃんと話をしよう。な、わかったか」

返事はない。

階段を降りていくと、節子がそこに立っていた。どうやら正樹の話を聞いていたらしい。

「無理なんじゃない……」

「どうしてわかる」

「だって七年間引きこもっていた子を、どうやって病院に連れていくっていうの？首に縄かけて、っていうわけにはいかないでしょう。麻酔でもかけるつもり？……」

「馬鹿《ばか》なことを言うんじゃない。説得して連れていくさ」

「あのね、説得聞いて一緒に行くような子だったら、七年間も引きこもってはいないわ」

今日の節子は、やけに食ってかかる。その理由を正樹が知るのは、夜のことであった。

「実はね、由依からメールをもらってるの」

「またあいつか」

今度はどんな入れ知恵をしてくるのだろうかと身構えた。

「由依にね、翔太を精神科に連れていくのはとても無理よ、って言ったら、ぴったりのところがあるってメールをくれたのよ」

「あの子の言うことはあてにならない。KIGARU塾とか言うところも、結局コンサルタント料と、お迎え料金をとられただけじゃないか」

コンサルタント料はわかるとしても、お迎え料金というのは奇妙であった。青年が二人やってきて、

「一緒に塾に行きましょう」

と誘うだけだ。

相手は最低五回はやらせて欲しいと言ってきたが、一回でやめてもらった。翔太が彼らに教えたというパソコンのアドレスも、全くのでたらめだったのだ。

「ほら、これを見て」

節子は古い型のガラケーを差し出す。そこには「ママへ」とあった。

「とにかくあいつを病院に連れていって閉じこめてほしい。そのためには専門家の力を借りて。ここはお金がかかるけど、ちゃんと病院に連れていってくれるはず」

　そこにはホープ移送サービスという文字があった。

「引きこもりやＤＶでお悩みの方、きめこまかいサービスを誇る移送サービスにご連絡ください。必ずご本人を病院に移送させていただきます」

　説明文の横には、救急車のような仕様の車の写真があった。

　由依の文章。

「暴れまくる人間も、ちゃんと連れていってくれるって。その替わりすごくお金かかるみたい。五百万とか」

　信じられない金額であった。

　夜の十一時半、正樹は息子の部屋の前に立った。おそらく翔太は、もう目覚めているに違いない。パソコンをいじりながら、階下の様子を窺《うかが》っている。そして両親が完全に寝室に入ったかどうか、慎重に聞き耳を立てているのだ。

　だからこの時間に父親が来たのは意外だったろう。

「翔太、ここを開けてくれないか」

　予想していたことだが、何の反応もない。

「だったら、ここで話させてもらうぞ。時間がかかりそうだから座るからな」

　ともすればひるむ気持ちを落ち着けようと、廊下にべったりと腰をおろした。

「このあいだお前は随分暴れたな。ガラス代がいくらかかったか知っているか。はやらない歯医者には、かなり痛い出費だったぞ」

まずはやわらかい話題から入り、しかしそのことは咎《とが》めまいと続けた。

「お前はあれで、由依の結婚を破談にしたかったんだろう。しかしお母さんの方は何だかんだ言ってるらしいが、彼氏の方はびっくりしただけらしい。見かけによらず、肝っ玉がすわった奴《やつ》だとちょっと見直したが、気の強い由依にひきずられているだけかもしれない。まあ、いずれにしても先のことはわからないさ……」

翔太はドアの向こう側で聞いている。正樹はそう確信した。

「由依はお前を病院に連れていけと言ってる。お父さんもそう思う。お前は確かに今、精神を病んでいる」

体を弓なりにしている息子の姿を思い出した。そのまま思いきり、力を込めて椅子をガラス窓にぶっつけた息子。あれが病んでなくて何だろう。

「昼も話したが、お父さんの学生時代の友人に、精神科医がいるんだ。彼は親切ない い男だ。たぶんお前のことをきちんと診察してくれると思う。どうだろう、お父さんと一緒に、彼のところに行く気はないか」

カサッと紙が動く音がした。翔太が机の上のものに触れたのだ。

「七年前の医者のことを思い出しているのか。お前が学校に行かなくなってすぐの頃だ。区の相談センターで紹介してくれた医者へ一緒に行ったな。が、あまりいい医者とめぐり会えなかった。お前の話をあまり聞こうとせず、持論ばかり喋べる奴だったな。あれはお前の不運だった。つくづくそう思うよ」

ここでひと息ついた。

「翔太、ここではっきりと聞く。お前は病院に行く気はないか。父さんがとことんつき合うぞ」

またカサッと紙の音がする。それしか反応はなかった。

「お前はこれから一生、自分の不運をひきずっていくのか。不運を幸運に変えようとは思わないのか」

最後の言葉は、自分でもあまりに陳腐だと思った。このところ短期間にたくさんの本を読んでいるからに違いない。本屋に行けば専門コーナーがあるほど、引きこもりに関する本が多くてびっくりする。

「不運を幸運に変えよう」

とは、KIGARU塾の主宰者の言葉であった。

「由依は父さんに、強硬手段をとれと言ってきたんだ。五百万円出せば、どんな引きこもりでも、病院や施設に連れていってくれるところがあるってな。最低五百万はかかるが、ちゃんと移送してくれるって聞いて、お父さんはびっくりしたよ。五百万っていえばすごい大金だ。サラリーマンの年収だ。そんな大金が本当に必要なんだろうか。どうして、そんな金額になるのか、お父さんはいろいろ調べたよ。そして新聞記事も読んだ。その業者はひどいところだった。嫌がる者を無理やり車に乗せ、遠いところに連れていくんだ。そこは病院の隔離施設の時もあるが、たいていはアパートの一室だ。スマホも取り上げ、親に連絡出来ないようにする。このあいだ、監禁された人が逃げ出したが、おむつをされて脱水状態だったそうだ……」

いつのまにか正樹の声は震えている。

「父さんはいろいろなことがわかって、絶望的な気持ちになったよ。由依はここがどういうところか知っていて、この業者を俺たちに推してきたんだろうかと考えると、怖しくて目の前が真暗になった」

こぶしで涙をぬぐった。

「お前たちは、仲のいい姉弟《きょうだい》だったじゃないか。由依は気が強くて、昔からお前のことをいじめていたな。よく泣かせて母さんにこっぴどく叱《しか》られていた。だけどあの頃、お前がよその子にいじめられていると、棒を持ってその子を追いかけていったりしたぞ。受験の時もいろいろ心配してくれたな。そんな姉らしいことをしてくれたのに、由依は今、自分の幸せのために目がくらんでしまったんだ。家族が、こんな風にもう一人を追い込もうとしている。父さんはそれが怖しい。うちの家族は今、崩壊しようとしているんだ。おい、翔太、聞いているか……」

自分が涙声になっていることに気づいた。泣くことで息子をふり向かせようとしているようだが仕方ない。

「父さんが、一生懸命つくってきた家庭ってやつは、もうおしまいだ。由依をあんな風な人間にしてしまったのは、父さんと母さんの責任だからな。だけど人間、仕方ない、ってことだってある。由依は今、幸せをつかまなければ、一生手に出来なくなるかもしれないんだ。最低の娘だと思うが、由依の望みをきいてやらなきゃいけないのかもしれない。それで翔太、答えてくれ。お父さんと一緒にお父さんの友だちの医者のところに行くか、それとも知らない男たちに、有無を言わさずどこかに連れていかれて、病院とは名ばかりの隔離された施設に入るか。さあ、お前が決めてくれ。お前が黙ったままだと、父さんはその業者に電話をかける。驚くよな、どこかが摘発されても、ネットを見れば、同じような業者がいっぱいいるんだよ。五百万出せば、彼らは喜んでお前を連れていってくれる。これは脅しじゃない。そうしなきゃならないところまでうちは来てるんだ。そしてここまで皆を追い込んだのは、残念ながらお前なんだ……」

ドアを叩いた。

「おい、翔太、聞いているのか。このまま返事がなかったら、父さんは二十四時間いつでもオッケーとかいう業者に電話をかける。さあ、どうなんだ。はっきりしてくれ。お前はいつも肝心なことは言わない。だがな、もう静かに暮らせる時は終わったんだ……」

その時だ。

「あっ」

正樹は驚きのあまり声をあげた。ドアがいきなり開いたのである。そこにはジャージ姿の翔太が立っていた。殴られるのか。反射的に身構えたが、そんなことはなかった。なんと翔太の目が赤くふくらんでいる。どうやら涙と戦っていたらしい。

そして声を発した。

「オレは狂ってない」

「わかってるさ」

「オレは病気じゃない」

「いや、違う」

この時だと正樹は押していく。

「お前は感情をコントロール出来ない病気なんだ」

「だけど狂ってはいない」

「そうさ、狂ってはいない」

こんな風に向かい合ってみると、息子の背が伸びていることに気づく。彼が暴れた時、止めることに一瞬躊躇《ちゅうちょ》したのは、本能的にそれを感じていたせいかもしれない。

「狂っていないことを証明してもらおう。病院で」

「だけどオレは病院になんか行きたくない」

「駄目だよ、翔太。お前は行かなきゃいけないんだ」

「オレは……」

口ごもった。

「オレは病院に行っても本当のことは言わない。どんなに親切な医者だって真実は話さない。だから行っても無駄なんだ」

「じゃあ、今だ、本当のことを言ってみろ。父さんに言ってみろ」

「……」

「お前はこう叫んだことがある。オレはただ復讐《ふくしゅう》をしたいんだって。お前が考えているのは今復讐をしたいっていうことなんだろう」

「……」

「たぶんそれは怖しい復讐だろう。それは口に出せないことだから、お前はこんなに苦しんでいるんだろう」

何も答えない。が、瞼《まぶた》が重く腫れている目に驚きの光が一瞬走った。

「はっきり言え。ここで言え。お前は自分をいじめた三人の同級生に復讐をしたいと考えているんだろう」

「あいつらのこと、どうして知ってるんだ」

つい本音を出してしまったことに恥じて、翔太はまた口をつぐんだ。しかし表情が先ほどとはまるで違っている。

「俺はお前の父親だ。お前のことを全部知りたいと思う。いや、全部じゃない。そんなことは無理だ。ただお前はどうしてそんなにつらそうで苦しんでるんだ。それが知りたい。話さなくてもいい。父さんが調べなきゃいけないことなんだ」

翔太は顔をあげる。赤く腫れた目。何か話そうとしているが、もがき苦しんでいる目。

その時、考えもしなかった大きなものが正樹を揺り動かした。正樹は翔太の肩をつかんだ。

「お前、復讐をしろ」

「えっ」

「とことんやれ。父さんが手伝ってやる」

「マジかよ……」

驚きのあまり口がぽかんと開いた。

「アンタまで犯罪者になるだろうが」

その言葉で、翔太が何を考えているのかがわかって、背筋にひやりとしたものを感じる。が、ここでひるんではいられない。何年ぶりかで、自分への信頼というものが、ほんのかすかに芽ばえようとしているのだ。

「よおし、決めた。お前を病院には行かせない。二人で弁護士のところに行こう。これでどうだ」

「ベンゴシ……」

初めてその言葉を聞くようにつぶやいた。

「父さんはずっと悩みながら、五百万っていう金を用意した。定期を崩したんだ。心配するな、うちにはまだ金はある。お前の出方次第では、この五百万で移送業者に頼むつもりだったが、よし、わかった。この五百万で弁護士を頼もう。そしてお前の復讐をするんだ」

「無理だよ」

翔太は叫ぶ。

「今頃、そんなことしたって、無理に決まってるじゃん」

「だけどお前は復讐をしたいんだろ」

「……」

「どういう復讐をするつもりだったんだ。まさか殺すわけじゃないだろう。せいぜいが殴ったり、どこかからつきとばすぐらいのことだろう」

翔太は静かに首を横に振る。

「いや、本当にぶっ殺す。いつも、どうやって殺そうかって、考えてる」

その言葉が過去形でなく、現在進行形であることに正樹はぞっとした。

「少し待ってくれよ。もっと別の復讐の方法がある。父さんが弁護士を頼んで、お前が殺したいほど憎んでいる奴らに、きっと制裁を加える」

「だから無理だよ。もう七年もたってるんだから」

「どうしてそう決めつけるんだ？　父さんはすぐにでも弁護士さんのところへ行く。そしてまだ復讐が可能だったら、お前、ちゃんとやるな。父さんと一緒に」

「……」

「約束しろ。もし復讐が今も可能なら、父さんと一緒に戦うと」

翔太は妙に血色のいい下唇を噛む。それは幼ない頃の彼の口惜しさの表現であった。今、父親の提案を呑《の》もうとしている自分が腹立たしいのだ。

「よーし、決まりだ」

正樹は息子の肩に手を置きかけ、そしてやめた。

ふつうの人間が弁護士に依頼しようとすると、それはたやすいことではなかった。

ネットではいくつもの弁護士事務所が出てくるが、どこか信用出来なかった。弁護士はやはり誰かの紹介、ということになるのだろうが、その筋がまるでわからないのである。しかも今回の場合は、少年時代のいじめという特殊なケースである。扱える弁護士がそう多くいるとは思えなかった。

予想していたことであるが、節子は大反対だ。

「もう七年も前に、自分をいじめた同級生を訴えるんですって？　そんなことが出来るわけないじゃないの」

信じられない、という風に首を振った。

「そんなことをすればするほど、あの子は過去にこだわることになってしまう。過去のつらいことから逃げ出せなくなってしまうのよ。それよりも、今、お医者さんに治療してもらうのが先決じゃないのっ」

「だけど、あいつはそれは嫌だと言ってるんだ」

「だから、由依が言うように、移送業者を頼めばいいじゃないの。私も調べたけど、ちゃんとしたところだってあるのよ」

「だけど、あいつはそれも嫌だと言ってる。嫌だということを無理にすれば、あいつがまた暴れることはわかっている」

「だから、それがイヤだから、早く移送してもらおうって……」

議論は堂々めぐりである。途中で釘《くぎ》をさした。

「このことを由依に言うなよ。またどんな横やりを入れてくるかわからない」

「わかってますよ。こんな馬鹿馬鹿しいことを、あの子に聞かせられるはずないわ。

またキーッとしてしまうわよ」

そんな言葉を聞かないふりをしながら、正樹は親しい歯科医仲間の真鍋《まなべ》のことを思い出していた。真鍋はインプラントの料金をめぐって患者から訴訟を起こされたことがある。その時はこちらも弁護士を頼んで、いろいろ大変だったと酒の席でさんざん愚痴られた。

彼に電話であらましを正直に話した。するとやはりスマホの向こう側で、うーんとうなる声がした。

「七年前のいじめねえ……それを訴えられるかどうかっていうことだな。うちの弁護士先生は医療が専門だけど、きっと誰か紹介してくれるんじゃないかな。ちょっと時間をくれないか」

その電話がかかってきたのは、十日後だった。

「湯村《ゆむら》先生といって、少年事件に詳しい弁護士がいるそうだ。この先生なら力になってくれるんじゃないかと言っている」

住所と電話番号を教えてくれた。住所が大塚であることになぜか安心した。銀座や麹町《こうじまち》といった華々しいところは、少年のために戦う弁護士にはふさわしくないと思ったのだ。

そこの番号にかけると女性が出た。紹介者の弁護士の名を告げると、やや間があって、

「それならばあさっての二時はいかがでしょうか」

と事務的な声で答えた。その時間は一人、予約患者が入っていたが、こちらから電話をして日にちを替えてもらうことにした。こういうことをすると、患者はすぐに別のクリニックに行ってしまうが、それでもいいと思った。大切な第一歩だ。どんなことをしても踏み出さなくてはならない。

そしてその夜、正樹は十日ぶりに翔太の部屋の前に立った。

「おい、聞いているか」

何の音もしない。

「父さんはあさって弁護士の先生のところに行くぞ。人に紹介してもらった。その人にちゃんとお前のことを話してくる。七年前のことを、今、訴えることが出来るか聞いてくる。父さんはもう、やり始めてるんだ。きっとうまくいく。父さんは信じている」

音はしないが、息子がベッドで起き上がる気配を感じる。正樹はドアごしに言った。

「殺す前に二人でやろう。わかるな、翔太。復讐だ」

大塚の駅に降りたのは久しぶりだ。もう二十年近く前、恩師の退官祝いが料亭とも会館ともつかないところで開かれ、そこに行ったのが最後だったか。

駅前の広場を過ぎ、ひとつ角を曲がったところに、めあてのビルはあった。一階が大きなコンビニになっているのですぐにわかるはずですと電話の女性は言ったが、確かにそのとおりであった。

エレベーターで四階にあがる。正樹は少なからず緊張していた。何かの縁で、弁護士と酒を飲んだことはあっても、法律事務所の中に入るのは初めての経験である。エレベーターを降りて、右手に向かうと「湯村法律事務所」というプレートを貼ったドアを見つけた。ノックをする。

やがて内側からドアが開いた。まだ若い女が立っていた。

「二時にお約束いただいている大澤と申します」

「こちらへどうぞ」

そう広くない部屋だ。もう一人若い男がいてパソコンに向かっている。その傍を通って奥の個室に入った。無理やり部屋の片隅につくった感じの、ちゃちな個室であった。

中に案内されると、テーブルと椅子《いす》が二脚置かれていた。飾りものひとつない。出された緑茶のペットボトルも、この場に非常に似つかわしいそっけなさであった。

ややあって、後ろのドアが開き、恰幅《かっぷく》の良い中年の男が入ってきた。一度電話で話した声からもっと若い男を想像していたので、こめかみに白いものが目立つのが意外だった。

「はじめまして、大澤と申します。西村先生のご紹介でまいりました」

その西村先生という、真鍋の友人の弁護士には一度も会ったことがない。しかしそう言うのがマナーであろう。

「湯村です、どうぞお座りください」

湯村弁護士は名刺をくれた。名前の上に「東京弁護士会所属」とある。

「息子さんのことで、ご相談にいらしたんですね」

「はい、そうです」

愚鈍な親と思われたくなくて、正樹は出来るだけ要領よく話し出した。いちばん不安だったのは、最後のこの質問である。

「先生、七年たっても、息子をいじめた同級生を訴えることは出来るんでしょうか」

あまりにも荒唐無稽《こうとうむけい》だと言われたらそれで終わりであった。

「時効とかは、もう成立しているんでしょうか」

「出来ますよ」

「はっ？」

　こちらが拍子抜けするほど、あっさり言われた。

「大丈夫。出来ると思いますよ」

「本当ですか」

　正樹は身を乗り出す。大きな扉がひとつ開いたような気がした。

「お話を聞いてみると、この場合、暴行罪が成立します。焼却炉に閉じ込められたケースも、監禁罪に問えますね。しかし、今おっしゃったとおり、刑事訴訟は時効があり、たとえば監禁罪は五年です」

「はあ……」

　それならば、なぜ出来るとはっきり言ったのだろう。

「ところが大澤さん、民事で過去のいじめの損害賠償を命じる判決がいくつか出ているんですよ。ちょっとこれを見てください」

　それはさっきから正樹が気になっていた、弁護士がテーブルの上に置いた青いファイルである。

「大澤さんにお電話をいただいてから、簡単にまとめてみました。ちょっと見てください」

ファイルから抜いた何枚かのプリントを差し出す。

それは神戸地裁での裁判のニュースであった。二十八歳の男性と母親が、中学時代の同級生や町に対して、一億九千六百万円の賠償金を求めているというものであった。そしてもうひとつの記事は、やや古いものであったが、二十一歳の女性が十三年前のいじめを訴えたもの。これは五百二十万円で示談が成立している。

「少し前だったら、そんな昔のいじめのことを言っても、仕方ないだろうと受理さえしてもらえなかったと思いますよ。だけど時代があきらかに変わってきています。僕はずっと少年事件を専門にやってきましたけれど、いじめという定義が変わってきているんです。いじめはダメだと、社会がはっきり認識するようになったんですね」

「なるほど」

正樹はその記事を食い入るように見つめる。提訴した女子大生は二十一歳、翔太と同じような年齢ではないか。

出来るんだ。

やれるんだ。

不可能じゃない。

今、この言葉をすぐにでも翔太に伝えたい。

「ただ、その記事に書かれているように、条件は二つあります」

「ここに書いてある、心的外傷後ストレス障害、ＰＴＳＤを発症しているということですね」

「そうです。このＰＴＳＤによって、今も就業出来ていない、すなわち後遺症がある、ということを証明しなければなりません」

「わかりました。息子はすぐに病院に行かせます」

「えっ。ということは、今まで一度も行ったことがないのですか」

「いや……七年前に一度、精神科へ行き、アドバイスを受けてきたことがあります」

「それだけですか……」

弁護士は不快そうに、鼻でふむと答えた。

「民事の時効は損害の事実があってから三年です。息子さんの場合は、精神的な損害が発生した時点を消滅時効の起算点と考えることができます。まずはこのハードルを越えなければなりません。それから証拠を充分に揃《そろ》えるということですね。いいですか、訴訟を起こせるのと、主張が認められるというのは、別のものだということを知っておいてください。息子さんの場合も、七年も時間が経過しているのです。証拠は散逸している可能性が大きいと思っていいでしょう」

「ということは、証拠さえつかめばいいのでしょうか」

「それも非常に困難なことですよ」

「しかし、やってみますよ。それしか息子を救う方法はないんですから」

「大澤さん、ご質問させていただいてもいいですか」

弁護士は背筋を伸ばした。するとたんに傲岸《ごうがん》な雰囲気が漂い始めた。

「失礼な質問になるかもしれませんが、お聞きします。今、それしか息子さんを救う方法はないとおっしゃいましたが、どうして七年前に始めなかったんでしょうか」

「それは……」

「大澤さんは、この七年間、いったい何をしていらしたのかお聞きしたいと思います」

正樹は深呼吸した。あまりにもいちどきに多くのことが溢《あふ》れてくる。失礼、と言って目の前のペットボトルの緑茶をひと口飲んだ。

「最初は、すぐに元どおりになると思っていました。登校拒否といっても、受験してせっかく入った学校です。そんなに簡単に手放すはずはない……」

それよりも、学校を信じていたのかもしれない。世間に名が通った進学校である。私立だから世間体を気にするだろう。そんなところでいじめがあるはずはないし、あったとしても、学校側が必死になって解決してくれると考えていたのだ。

「だからほっておいた、というのとも違います。あまりことを荒立てると、息子が学校にいづらくなると考えていたのだと思います」

「お気持ちはわかりますよ。親御さんならたいていそうするでしょう」

「しかし裏切られました。息子が登校拒否になった直後、何度か学校に行きましたが、いじめはなかった、年に四回のアンケートにも、その事実は書かれていないと、学校側は全くとり合ってくれませんでした」

　そんなはずはないだろ、と、テーブルを叩《たた》けばよかったのか。マスコミにこの話を持っていこうかなどと、滑稽な言葉を吐けばよかったたか。が、当時は「モンスター・ペアレント」という言葉が流行《はや》り出した頃で、自分はその一人になるものかという正樹の矜持《きょうじ》が、追及への手を緩めてしまったのだ。

「その後、息子は引きこもりになりましたが、もちろんいろんなことをしてみました。怒鳴ったりすかしたりしましたし、彼の大好きな田舎の祖母に説得してもらおうと思ったこともあります」

　その祖母から、節子は怪し気な占い師を紹介されたのだ。家に伝わる因縁が子どもにとり憑《つ》くと言う占い師であった。霊視すると節子の背後に、鳥の羽をむしっている男が見えるという。

「どうやらうちの祖先は、鳥をつかまえる猟師だったらしいの。何万羽っていう、殺された鳥の怨念《おんねん》が、翔太にとり憑いているって言うの」と報告する妻の言葉に正樹は激怒した。そんなものに近づくぐらいなら、翔太に変化があらわれなくてもいいとさえ思ったほどだ。

「それに息子はこの七年間、おとなしかったんです。ですからいずれは今のうちを売ってアパートを建てる。そうすれば自分たちが死んでも、その家賃で一生なんとか暮らせるかなあと考えたりもしました」

「つまり、クサいものには蓋《ふた》、ということだったんでしょう」

「確かにそうなります」

「大澤さん、最初に言っておきます。この裁判は勝たなきゃ意味がありませんよ。あなたが恥をかくだけですよ」

「えっ？」

「もう七年もたっています。私がお話を聞いていると、息子さんの問題は、いじめによるものなのか、それとも家庭の問題なのか、とても曖昧《あいまい》になっています」

「曖昧とはどういうことですか」

「あなた方が、お子さんを七年もほっておいたことです。これを裁判所がどうみるか、むずかしいところですね」

「ですから、いろんな事情があったんです。最初の頃はこちらも、必死で手を尽くしました」

自分の声が荒くなるのがわかる。しかし今、手に入れたたった一つの手がかりを、弁護士との諍《いさか》いで失ないたくなかった。

「大澤さん、これは半年や一年で済むものとは思わないでください。非常に時間がかかります。それでもおやりになりますか」

「やります」

正樹は反射的に答えた。もしここで言い澱《よど》んだりしたら、自分はもう二度と翔太に会えないと思ったのだ。

その日大塚から帰ってきて、二人の患者を治療した。それが終わると白衣を脱いで三階に向かった。

「おい、もう起きてるだろ」

強くノックした。

「今日はちゃんとさしで話をしよう。父さんは今日、弁護士事務所へ行ってきた。いい知らせだ。七年たっていても、お前をひどいめに遭わせた連中にちゃんと償わせる。損害を賠償させることが出来るんだ。おい、聞いているか」

今までの静寂とは違う。耳をそばだてているのがわかる。翔太の動悸《どうき》を聞いたような気がした。

「父さんはやるべきことをやり始めている。だからお前も約束を守れ。そこから出てこい。そして訴えたい連中の名前を言うんだ。そうしなければ何も始まらないんだ」

やがて小さな声がした。「夜」と聞こえた。今夜、自分が動きまわる時間なら会う、ということらしい。

「よし、わかった。夜中の十二時に居間で待っている。それでいいんだろう」

ああ、という声がかすかにした。

その夜、節子はどうしても同席したいと言ったが、正樹は許さなかった。

「わかるか。最後のチャンスに賭《か》けているんだ。これが失敗したら、翔太は永遠に部屋から出てこないだろう」

風呂《ふろ》から出た後も正樹はパジャマに着替えず、静かにその時を待った。

深夜ニュースを見ているとドアがそっと開いた。Tシャツにジャージ姿の翔太が立っていた。確かに腹のあたりはだぶついていたが、そう目立つほどではない。こうしてみると、街でよく見かけるふつうの青年である。あんな狂ったような行動をとった青年とは思えない。

「まあ、座れよ」

翔太はソファの端に座り脚を組んだ。そうすると白く硬くささくれ立った踵《かかと》が目に入った。

「今日、弁護士さんのところへ行ってきた」

どさりとファイルを置く。それは湯村法律事務所でコピーしてくれた、近年のいじめ裁判の記事である。

「父さんも知らなかったが、お前が引きこもっている間に、世の中は変わっていたんだ。何年も苦しんでいる人間がいるなら、それを証明出来るんだったら、時効は関係ないんだよ」

「マジかよー」

翔太はじろりとこちらを見る。その目の凶暴さに正樹は一瞬たじろいだ。試されていると思った。

「お前に渡そうと思っていた金がある。お前を世の中に戻すために使うつもりだった。これを、俺は裁判に使うつもりだけどいいか」

「いいかって……別にィ……」

「俺の金を、お前のために使おうっていうんだ。別にとは何だ！」

と怒鳴った。

「父さんはこれから、お前の人生を狂わせた連中を探し出して裁判にかける。わかるか。本当にやるんだ。これに父さんも人生を賭ける。大げさじゃない。本当にやるんだ」

翔太の目に驚きと困惑が走る。まさか……と唇が半開きになる。

「父さんは本気だ。お前も本気になれ」

息子を見据える。父の目の強さに、息子はたじろいでいる。

「お前は本気になれるか。なれなかったら……」

正樹は言った。

「父さんと死のう」

「えっ!?」

「お前が窓ガラスを割ってる最中に、父さんは決心したんだ。お前をこの世に残してはおけない。皆に迷惑をかけるだけだ。七年間、たいしたことをせずに、すべて先送りしてきた俺が、お前をここまでに変えたんだ。別人、全く見たこともない人間にお前をしてしまった。正直に言う。このままではお前への愛情はなくなってしまう。それが本当に怖い。今なら俺の愛情はたっぷりある。だから今やるしかない。お前がノーというなら俺がお前を手にかけ、自分も死ぬしかない。だけどお前が本気で復讐をしたいって言うんなら、とことんつき合ってやろうってな。どうだ、お前は本当にやるか」

返事はない。翔太は目を見開いたままだ。異国の言葉を聞いているように返事はない。喉《のど》ぼとけがごくっと鳴った。健康な若い喉ぼとけであった。この喉を絞めるのはたやすいことのような気がした。

「返事は今じゃなくてもいい」

最後に告げた。

「その替わり必ず返事をしろ」

翔太は黙って背を向ける。そして静かに去っていった。

それは十日前のことだ。

正樹はドアを蹴《け》破《やぶ》ってでも部屋に入り、返事を聞きたいところであるが、それが出来ないのは、

「父さんと死のう」

という言葉に、正樹自身がかなり驚きとまどっているからだ。ガラスを割り、暴れ狂う息子の姿を見た時、

「こいつをこの世に残してはおけない」

と決心したものの、正直なところ本当に殺そうとまでは思っていなかった。裁判が出来るかもしれない、という事実に、ほとんど反応しない息子への怒りが、最大級の言葉を言わせたのだ。

焦《あせ》ってはいけない。正樹は必死で自分をなだめている。

それにしても湯村弁護士からの連絡が、なかなか来ない。

「まずは学校をあたってみましょう」

ということであったが、いったいどうなっているのか。

湯村弁護士の話は、じっくりと節子にした。

「裁判だなんて……」

節子はしばらく言葉が出てこない。

「そんな、お金も時間もかかるし、裁判所に行って、あれこれ問い詰められたりするんでしょう。怖い人にいろいろ言われて……」

「お前はドラマの見過ぎなんだよ」

「だけど七年前のいじめを裁判にするなんて、そんなこと聞いたこともないわ」

「いや、出来るんだよ」

弁護士からもらったファイルを見せる。それをざっと見ても、節子の顔は晴れなかった。

「だけど、こんな新聞記事になってるじゃありませんか。うちがもし裁判やることになったら、こんな風に新聞に出たりするんでしょう」

「そんなことはわからないさ」

「このあいだのことで、うちは近所の人たちのいいさらし者になっているのよ。患者さんも減ったんでしょ……」

パトカーで警官が来たことは、節子によほど大きな衝撃を与えたのであろう。それは正樹も同じだ。しかしそれをきっかけに、裁判という一歩を踏み出そうとしているのだ。男親と女親の違いだろうか。裁判と聞いて、節子は震え上がっているのである。

「弁護士は絶対に勝たなきゃダメだって言ってる」

勝たないと恥をかきますよ、という言葉は妻には伝えない。

「ということは、勝算があるんだろう」

「そんなことあり得ない。七年も前のことでしょう。ほら、翔太と仲よかった堀内君だって、そんな昔のことは言いたくないって、いじめた子の名前を教えてくれなかったじゃないの」

「だから、それを翔太から聞くんだ」

「だけど、あの子、相変わらず部屋から出てこないじゃないの」

正樹を睨《にら》む。

「裁判なんて無理よ。そんなことすれば、世間の噂《うわさ》になって、由依のことだってどうなるかわからない」

「由依の彼氏と母親にはすべてを見られた。もう隠すものは何もない」

「だからって……」

「じゃあ、お前にはどんな考えがあるんだ。言ってみろ」

「引きこもりの子を収容してくれる施設とか病院に、しばらく入れるとか……」

「バカ野郎！」

大声が出た。

「俺が調べただろう。ああいう施設がどういうところか。郊外の劣悪なアパートに、鍵《かぎ》をかけて閉じ込めるんだ」

「でも探せば、ちゃんとしたところがあるはずだって由依が言ってる」

「もしあんなところに翔太を入れたら、翔太は一生俺たちのことを許さないし、信用しなくなるだろう。本当に犯罪者になってしまうかもしれない。裁判をやる。裁判をやって戦う。そうでもしなければ、翔太を救えないんだ」

「だけど、あの子は、裁判なんかしたがっていないじゃないの」

節子は反撃に出る。

「自分をいじめた同級生に本気で復讐しにいくんだったら、裁判やる気になるわよ。すぐにその子たちの名前を言うわ。だけど翔太は何もしないじゃないの。相変わらず部屋の中に閉じこもってるわ。ねえ、裁判なんてやめてよ。あなたの自己満足じゃないの？」

正樹は我慢して妻の饒舌《じょうぜつ》を聞いていたが、

「黙れ、黙れ」

と、ついに声をかぶせた。

「翔太はいま迷っているだけだ。とにかく俺はやる。やるって決めたんだから」

「あなたのそういうところがいけなかったんじゃないの」

「何‼」

「いつだって自分はエラい、自分の言うことは正しい、っていう態度だから、翔太はそれに耐えられなかったのよ」

こんな風に責められるのは初めてではない。翔太が不登校になった頃、夫婦は責任をなすりつけ合ったり、汚ない言葉をぶっつけ合ったものだ。そうでもしなければ、気持ちのやり場がなかったからだ。しかしあの時は、

「お父さんもママもやめてよー」

泣きながら止めてくれる大学生の娘がいた。今は二人で不毛な口論を続けるだけだ。

「だいたい子どもの教育なんて、母親の責任だろ。お前はその点失格だったんだ。そのことを素直に認めたらどうなんだ」

「認めるわけないでしょっ」

こういう時、節子は決して譲らない。普段の顔とは全く別の一面を見せる。

「私は一生懸命やるべきことをやってきましたよ。あなたにそんなこと言われる憶《おぼ》えはないわ」

「お前は専業主婦っていう、恵まれた立場にいたんだ。充分に子どもと向き合う時間もあったんだ。それなのに息子がまともな道から脱落するのを見落としたんだよ。玲子なんか自分でもあれだけ働いてるけどちゃんと子どもを二人、いい学校に入れてる

だろ」

玲子というのは正樹の妹だ。海外の食器メーカーの管理職をしている。

こういう身内の名を出されると、節子の顔色が変わった。

「最低よね」

立ち上がる。目から涙が溢れ出していた。

「すべて私の責任なのよね。わかったわよ、私が悪いのよね。私が首くればあなたの気が済むっていうならそうするわよ」

「馬鹿《ばか》野郎、そんなこと言ってないだろ」

「いいえ、あなたは言いました。すべて私が悪いと。私の責任だって。私は忘れないから。絶対」

バタンと大きな音がして扉が閉められる。後に正樹が残った。

ずっと心の中に溜《たま》っていたことを口にしただけだ。いや、七年前にも全く同じことを口にした。

「お前の責任だ。お前はちゃんと子どもと向き合ってこなかったんだ」

一言一句が鮮明に甦《よみが》える。そして、

「やめてよー、二人ともやめてよー」

と部屋に入ってきた由依のカーディガンの青い色も。

つくづくわかった。七年前というのは遠い昔ではない。手を伸ばせば届くところにあるのだ。あの時は途中でやめた。しかしもう逃げない。妻と娘が泣き叫ぼうと自分は続けるのだ。

次の日正樹はドアの前に座った。

「昨日はさんざんだったな。コンビニの弁当が置いてあってびっくりしただろう。今夜も弁当だ。俺が買ってきた。仕方ない。母さんが怒って夕飯をつくってくれなくなったんだからなァ……」

そこでひと息ついた。ドアの向こうからは相変わらず何の音もしない。

「お前に謝らなきゃいけないことがある。今日、弁護士から手紙が来た。味もそっけもまるでありゃしない手紙だ。手紙っていうよりも報告書だな。あの弁護士は、学校に通知書っていうのを出したそうだ。七年前、おたくの学校でこういういじめがありませんでしたか、それについて教えてくれませんかってな。返事は俺だってわかる。いいや、そんなものはありませんでした、アンケートでもそうした事実は認められていません、だとさ。それでな、裁判はやっぱり無理だときたもんだ……。翔太、小便に行っていいか。年をとるとダメなんだ。酒を飲んでるそばからトイレに行きたくなってくる……」

二階に降りていくと気配を感じた。おそらく節子が様子を窺《うかが》っているに違いない。おといから口もきかないし、食事もつくらないが、弁護士からの報告が心配なのだろう。

用を済ませ、正樹はまた三階にあがっていった。

「何の役にも立たなかったが、ちゃんと請求書は入ってた。最初から、なんだかいけすかないオヤジだった。お前をちゃんと育てたのか、って何度も聞かれた。だけどそんなこと聞かれて、はい、って言える親が何人いるっていうんだ。みんなおっかなびっくり、迷いながら、自信があるふりして、時には怒鳴ったり、機嫌とったりして子どもを育てているんだ。なあ、翔太そうだろう」

ドアごしにはっきりと沈黙が伝わってくる。今はベッドであおむけになり、父親の繰り言を聞いているような気がした。

「お前がこうなったのは、俺たちのせいかもしれない、だけどそれだけじゃないはずだ。なあ……七年前にいったい何があったんだ。お願いだ、ちゃんと話してくれないか……」

正樹は口元をぬぐった。少し酒を飲み過ぎたと思った。

「だけどな、父さんは決めたんだ、決めたんだよ、裁判をすることにな。翔太、今、お前は父さんを信じてないかもしれない。なんだ、やっぱりダメだったじゃないか、と思ってるだろう。だけどな、お前に言っておくぞ。父さんはこのことを隠さなかっただろう。弁護士からこんなひどい手紙が来ても、お前にはっきりと教えただろう。もうすべてを話す、って決めたんだよ。俺の今の正直な気持ちを言うぞ」

そこで息を吸った。

「弁護士のバカヤロー！　何の役にも立たない三百代言め。憶えてろ、お前はすぐに諦《あきら》めたが、俺は諦めない。裁判をちゃんとしてみせるぞー！」

最後にドアを叩いた。

「また明日くるぞ。今日もコンビニ弁当だが、我慢しろ。俺も我慢しているからな」

その夜遅く、節子はこんなＬＩＮＥをうった。

「階段の下で聞いていて、泣けて泣けて仕方ありませんでした。夫は今、ドン・キホーテになる覚悟を決めているんだなと。私はさしずめサンチョ・パンサ。夫を止めることしか出来ない」

相手はかつての同僚、小野奈津子である。浅草の仏具店に嫁いだ彼女とは、上司の葬式で再会した。その時、アドレスを交換し合って、スマホに替えた今では二日に一度はLINEで語り合う。

中年女たちのLINEは長く何行にもわたり、途中で、

「もう直《じか》に話そう」

と電話で話し合うこともあるほどだ。

奈津子の息子は都内の大学のどこも失敗し、地方の私立大学に入った。偏差値はボーダーフリー、低過ぎて判定不能だという。そこで同級生の女の子とつき合い妊娠、堕胎させさんざん慰謝料を取られたという。

「その時も弁護士さんを頼んだけど、全く役に立たなかった」

LINEですぐに返事がきた。

「どうも相手の母子にまるめこまれた、っていう感じがする」

「え、こっちが頼んだ弁護士さんでしょう」

「そんなことしょっちゅうらしいよ。日本はアメリカと違って法廷で争うのを嫌うの。その前に示談金でなあなあにしましょうって」

「そうなんだ」

「すごく口惜しい思いをしたのよ。その時にある人に教えられた。弁護士さんも相性があるって。おたくはたまたま、その弁護士さんと相性が悪かったたって」

「詳しいことは話してくれないけど、最初は出来ます、って調子よかったのに、学校に当たったらダメだったたって」

「なんかひどい話よね」

「夫が意気消沈して可哀《かわい》そうなくらい。せっかく裁判を思い立って張り切ったのに、出鼻くじかれたんだから」

「私もその弁護士ぐらいしか知らないけど、誰か思い出したら連絡するわ」

「ありがとう」

「それから、このあいだ話した冷凍のコロッケ送っといたから、食べてみて。近所の行列が出来る店の」

「ありがとう」

昔からそうだった。奈津子はよく気がつく女で、旅行の土産も欠かさなかった。長い連休の後など、どこへ行ったかなどと誰も聞くわけではないしと、節子など知らん顔をきめ込んでいたものだが、奈津子は必ず各地の名産を持ってきた。バブルの頃だったので、ハワイやヨーロッパの菓子もあったと記憶している。

自分でも用心深いと認めている節子が、再会してからぐいぐいと距離を縮めていったのは、やはり奈津子の同じような息子の悩みゆえだ。ＬＩＮＥでとりとめもないことを語り、面白い動画を見せ合うたびに、ああ自分はこれまで孤独だったと節子は思わずにはいられない。

息子の不登校により、母親同士のつき合いは全くなくなった。娘の〝ママ友〟に対しても、翔太のことが知れてはと、ついに心を許すことはなかった。

「奈津子さんがいてくれて本当によかった」

以前にＬＩＮＥで打ち明けたことがある。

「息子のことをちゃんと聞いてくれる人、親以外にいなかったから」

奈津子の返事は、「ミー・ツー！」とおどけたネコのスタンプである。こういうところも節子は気に入っている。

その週の木曜日、さすがに夕食をつくらないというわけにもいかず、節子は筍《たけのこ》ご飯とアジのフライをつくった。いつものように、翔太の分をラップでおおい、食後の皿を洗っていた。

「おーい」

正樹の声がした。

「スマホが鳴ってるぞ」

ダイニングテーブルの上のスマホが、小さく音をたてている。今時分、電話をかけてくるのは身内ぐらいだ。少し身構える。

「あのね、今、大丈夫？」

奈津子の声だった。

「大丈夫よ。なにかあったの」

「あのね、こみ入った話だから、LINEなんてもどかしくて」

「ちょっと待って」

節子は廊下に出た。テレビを見ている夫のそばで電話をする、というのは気を遣う。

「弁護士さん、まだ探してる？」

「ええ、そうだと思うわ」

あれ以来、正樹とはほとんど口をきいていないが、何か進展した様子はない。

「あのね、見つかったのよ、弁護士さん。全くどうして、このことに気づかなかったんだろうってさ。本当にびっくりしちゃって」

ひどく興奮していた。

「あのね、息子の同級生のお兄さんに弁護士してる人がいるのよ」

それなら単なる知り合い、という程度ではないだろうか。

「あのね、同じ都立でも、うちの息子みたいなバカばっかりがいく高校があるの。弁護士さんもそこの卒業生なのよ。兄弟で朝、うちに自転車を置いてたからよく知ってるのよ。でも、聞いたこともない私大出てから、国立の法科大学院行ったんだからエラいわよね。うちの息子と今日、電話で話したら、プチ同窓会に行ったって言うのね。で、シンスケの兄ちゃん、忙しいらしい。あの高校で弁護士になったのは、あいつの兄ちゃんだけだから、車ぶっつけた、離婚したい、とかみんな相談に行くんだって。シンスケの兄ちゃん、すごくエラいらしい、なんて言うのよ。いじめられた子どもに替わって学校に乗り込んでいくこともあるんだって。ねえ、おたくにぴったりの弁護士さんじゃない!?」

第三章 決起

元同僚の小野奈津子から聞いた、一風変わった弁護士のことを、節子は夫に伝えなかった。

「息子があんなになったのは、母親の責任だ」

という言葉が、ずっと胸に刺さったままだったからだ。これを言われたのは初めてではない。七年前、翔太の登校拒否が始まって以来、夫婦は大小とり混ぜてたくさんの諍《いさか》いをしてきた。

「お前のせいじゃないか。お前がしっかりしてたら、こんなことにはならなかった」

という言葉は何度となくぶつけられたが、それをはね返すことが出来たのは、まだ節子も若かったし、希望を捨てていたわけではなかったからだ。

まさか登校拒否から引きこもりが七年も続くとは思わなかった。その間、夫と自分とは同じように悩み、苦しんできたと思っていた。息子の暴れまわる姿も見て、今、最終的なところまで追いつめられている。

それなのに、ごく単純でいちばん粗雑な、

「お前の責任だ」

という言葉をまたもや投げつけられたのだ。

節子は混乱と怒りの中にいる。今さら、新しい情報を夫と共有しようとは思わなかった。

日曜日、節子は近くのターミナル駅に向かっていた。娘の由依が、うちで会いたくないからと、駅中のレストランを指定してきたのだ。

レストランといっても、ファミリーレストランをやや高級化したイタリアンで、やたら家族連れが多かった。既に由依は席に着いていて、スマホをいじっている。

グレイのワンピースに、白いカーディガンを羽織っているのも、いかにも初夏らしい装《よそお》いだ。髪をくるんと無造作に、頭のてっぺんで結んでいるのもしゃれている。眼鏡をかけ、外見にまるで構わなかった、由依の中学時代をふと思い出した。

「それで、野口さんとはどうなの？」

オーダーを済ませると、まずいちばん心配なことを尋ねた。

「まあ、うまくいってる。仲いいよ」

「よかった。それが何よりよ……」

「あっちは、ああだ、こうだ言われてるみたいだけど」

野口の母のことを言っているのだろう。目の前で、息子の恋人の弟が、いきなり窓ガラスを割り暴れ出したのだ。反対するのも当然だと思う気持ちもあるのだが、そんなことを由依に言ったら大変だ。いきり立つのは目に見えている。

「あっちのお父さんと一緒に、とにかく別れろ、別れろ、の大合唱らしいけどさ。最近はかなり面白い展開になっているんだって」

先に運ばれてきた、アイスティのストローをいじりながら、ふっと唇をゆがめた。

「あのねえ、彼のお祖父《じい》さん、参議院議員だったたって前に話したよね」

「ええ、聞いてるわ。長く務めたんでしょう」

「そう、そう。参議院だしさ、副大臣を二回やったけど、もう忘れ去られた議員さんよね。とっくに死んじゃったし。だけど、今頃になって、彼にお祖父ちゃんの跡を継がないか、っていう話が持ち上がったんですって」

「ええ!? 野口さん、立候補するの」

「まさか。彼にはそんな気なんて、まるでないわよ。ちょっと変わったこと言って、彼を脅かそうっていうお母さんの作戦よね」

「だからって、政治家になれなんてねえ」

そこに前菜の皿が運ばれてきた。貧相なサーモンやタコが、マリネされてプチトマトと並べられている。

「お金だって地盤だってない。ただ地元のお爺《じい》さんたちの中に、おかしなことを言い出す人がいるってことらしいよ。だいいち、彼に政治家ができるわけないじゃん」

なぜか勝ち誇ったように、由依はタコを頰張る。

「そんなことより、翔太のことはどうなってるの？　私が教えたところに、ちゃんと連絡した？　その後どうなった？　お父さん、やる気あるの」

早口で畳みかけてくる。

「それがねえ、お父さんは移送業者について、いろいろ調べたらしいわ。そうしたら、悪質なところが多いって。中には病院とは名ばかりの、山の中の施設に監禁するところもあるって。なんでもこのあいだ訴えられて、新聞沙汰《ざた》になったところもあるらしいわよ」

「それは極端な不良業者よ」

由依はナイフとフォークを乱暴に置く。

「でも、そのくらいの荒療治しなきゃダメだって、私はこのあいだママに言ったじゃないの。私が教えたところみたいな、ちゃんとした業者だっているのよ」

「そういう、ちゃんとした業者さんなら、どういうところに連れていくの」

「精神科に決まってるじゃないの。世の中には、家族の手に負えない人間がいくらでもいるのよ。そういう人たちを警察が何とかしてくれるわけじゃない。家族が最後に縋《すが》るのは、そういう業者さんなの。ねえ、ママ、あのままだったら、いつか翔太に殺されるよ」

真昼のレストランの光の中で、由依ははっきりと「殺される」と発音した。

「ねえ、ママ、いい加減に目を覚ましてよ。ガラス割って暴れまわったんだよ。次は何しでかすかわからないよ。ヤバいよ。あいつはもう私たちの知っている翔太じゃない。もっと割り切って考えてよ」

「だけどね、お父さんは移送業者のことを調べれば調べるほど、これはいけないって。もう最終手段をとろうって、この頃毎日翔太の部屋の前に行ってるわ」

「部屋の前に行ってどうするのよ。事態は全く変わらないじゃないの」

「いや、あのね、お父さんはお父さんなりに、今いろいろ考えているのよ。あの暴れた姿見てね、覚悟を決めたっていうかね、もうとことんやろうって……」

「お父さんって、いつもエラそうなこと言うばっかりで、実は何もしないじゃん。今度こそやるって言っても、何にも変わらないじゃないのよ」

いつのまにか由依は涙ぐんでいる。パスタが運ばれてきたが、白いクリームをからめたそれに手をつけようとはしない。節子のパスタは赤だ。節子も全く食欲をなくしていた。

翔太とのことも堂々めぐりであるが、由依とのことも同じだ。いつも娘はなじり、親たちが甘いと怒って涙する。

「私だってネットみて、移送業者のこと調べたんだよ。都や区の支援制度も調べてみた。それでママに教えても、ずっと無視されてる」

「そんなことないわ。だからお父さんだって、いろいろ調べたんじゃないの」

「だけど進展はないじゃない。一回は試そうとするけど、やっぱりダメ。いつもそうだった。こうしてる間に、あいつは凶暴化しながら年くっていくんじゃないの。お父さんなんか、実は何もしてないんだわ」

「そんなことないわよ。このあいだは裁判をやろうとしたし」

「裁判ですって!?」

節子はしまったと思った。このことは娘の耳には絶対に入れないつもりだったのに、話の流れでつい口が滑ったのだ。

「それ、どういうことよ。裁判って、どういうこと」

節子が仕方なくあらましを話すと、由依は予想どおりの反応を示した。

「馬鹿馬鹿《ばかばか》しい」

なぜか荒々しくパスタを口に運び出した。

「馬鹿馬鹿しくって、お話になんない。七年前のいじめで、今頃訴えられるわけないじゃん。いじめた方だって、とっくにそんなこと忘れてて、ハーッ？っていう感じだよ」

「それがね、弁護士の先生は、七年たっても訴えることが出来るっておっしゃったんですって」

「まさか。時効っていうものがあるじゃない」

「だからその時の、精神的なダメージが今も続いていたら、裁判は起こせるって」

「そんなこと信じられないわ。そのいじめた友だちはどう言ってるのよ。学校は？その弁護士にうまいこと言われてるだけじゃないの？」

「最初の弁護士さんはダメだったみたいね。お父さん、翔太の部屋の前で泣いてたわ」

「ほらね」

由依は唇についたクリームを紙ナプキンでぬぐった。

「そんなの、最初から無理だとわかってるのに、お父さん、どうして始めようとしたんだろう。イヤになっちゃう。いい加減にケリをつけて欲しいわよ」

「でもね、希望はあるかもしれない。諦《あきら》めてはいけないんだわ。お父さんも、そして私もね」

私も、と言ったとたん、あの風変わりな弁護士のことを、夫に告げようと節子は決心した。


今度の法律事務所は渋谷にあった。警察前で曲がって六本木通りをしばらく行くと、中ぐらいの雑居ビルがあり、事務所はその七階であった。

「渡辺《わたなべ》法律事務所」と書かれたドアの前で、節子が不安そうに正樹を見上げる。節子にとって、弁護士に会うのは初めての経験なのだろう。

ドアをノックする。はい、と女性の声で返答があるのは、このあいだと同じだ。白いジャケットを着た、若い女性がドアを開けてくれた。

「二時にお約束していた大澤と申します」

「はい、お待ちしておりました」

すぐ右の応接室のドアが開く前に、正樹はざっとあたりを見渡した。このあいだの事務所よりもはるかに広い。六人ほどの男女が、パソコンに向かっていた。そのうちの一人が、顔をあげ、ニコッと笑いかけた。まだ若い男だ。シルバーフレームの眼鏡をかけ、前髪をやや垂らした流行の髪型をしている。右側が少しはねていた。

「こちらでお待ちください」

応接セットが置かれていたが、前のように殺風景な印象を持たなかったのは、飾られた絵と野球のペナントのせいだ。所長とおぼしき中年の男性が有名野球選手と笑顔で並ぶ写真もあった。どうやら阪神のファンらしい。

それを眺める余裕のない節子は、じっと下を向いている。かなり緊張しているに違いない。

四日前、節子から弁護士の話を聞いた時は驚いた。あれほど裁判に反対していたからだ。

「ここまで来たら、進むしかないと思って……」

という口調は妻には珍しいもので、いったいどうしたのかと尋ねたら、昔の友だちからある弁護士のことを聞いたという。

「彼女もね、息子さんのことでとても悩んでたから、こちらの気持ちをよくわかってくれるの」

　妻の話だと、学校でのいじめに対して、法律によって立ち向かっていく弁護士だという。

「泣き寝入りはさせないって。学校やいじめた子どもの親と、きちんと話し合ってくれるらしいわ」

「だけど、それは子どもの話だろう。うちみたいに、もう二十歳を過ぎた息子をやってくれるかわからないじゃないか」

「でもきっと大丈夫って、奈津子さんは言ってた。それでね、もう彼女から電話をかけてもらったわ。ねえ、行きましょう。また今度も失敗しても、それはその時のことよ」

　そんなやりとりがあり、半ば妻にひきずられるようにしてここにやってきた。が、肝心の妻の方は、初めてのことで表情が硬くなっている。

「ほら、見ろよ」

　正樹は指さした。

「優勝した時の有名なピッチャーだよ。えーと、名前は……。出てこないなあ、あの有名な」

「井川慶ですよ」

という声と共にドアが開いた。やはりあの眼鏡の若い男だった。さっきはワイシャツ姿だったが、紺色のジャケットを羽織っている。

「失礼しました。つい声が聞こえたので。私は高井守《たかいまもる》と申します」

「大澤です。よろしく。こちらは家内の節子です」

名刺を交換するやいなや、高井は大きな声をあげる。

「小野君から突然電話がかかってきました。母ちゃんの友だちだから、ちゃんとやらないと承知しないって。その後、お母さんからも電話があって同じことを言われました」

「奈津子さん……」

節子は微笑《ほほえ》んで、ぐっとなごやかな雰囲気になった。

「奈津子さんの息子さんと、先生の弟さんが同級生だったそうですね」

「そうなんですよ。それで小野さんには、何かとお世話になっていました」

「奈津子さんの息子さんは、地方にいらした時、いろいろ大変だったそうですね」

「まあ、そうらしいですねえ。僕はもう何年も小野君とは会っていませんが」

うまく話をそらした。やがて彼の前にも、ペットボトルの緑茶が運ばれてきて、それをごくごくと飲む。

「お母さんには本当にお世話になりました。毎朝自転車を置かせてくれたうえに、ハンドルにおやつの袋をかけてくれたりしたんです」

「まあ、あの人らしいわ」

節子はおかしそうに頷《うなず》いた。

「小野さんからお聞きになったと思いますが、僕らの行ってた高校は、都立でも最低レベルのところでして、同級生で大学に行った者はほとんどいません」

「今どきそんなところがあるんですか」

高井はいったい幾つなのだろうかと、正樹は白い歯を見つめる。歯と肌が綺麗《きれい》なので三十くらいだろうか。それならば、もうほとんどの高校生は進学していたはずだが。

「それで僕はひょんなことから弁護士になったんですが、そういう高校出てるから仕事には困りません」

「それ、どういうこと」

節子が急にくだけた調子で尋ねる。奈津子の名前が出てから、この青年弁護士は、まるで世間話をしているような話しぶりなのだ。

「同級生がいっぱい地元に残ってるんですが、やれ離婚だ、やれ車ぶっつけた、会社潰《つぶ》れた、って言って、やたら依頼してくるんですよ。まわりに弁護士なんて人種は僕一人しかいませんからね。ものすごく重宝がられるんです」

「なるほどね」

今度は正樹が頷く番だ。どうやら下町に密着した庶民派の弁護士だということはわかった。

「だからいじめの問題もすごく多いんです」

彼はいきなり本題に入った。

「小野さんからちらっとお話を聞いて、これは僕なら出来ると思いました。僕は今まで、いくつもの学校と戦ってきたんです。学校はやっかいです。個人情報の名の下にすべてを隠そうとします。学校と戦うのは、絶対に一人じゃ無理なんですよ。お父さんと息子さんが本気で戦うというのならば、僕は全力を尽くしますよ。どうでしょう。本当に戦う気はありますか」

はい、と答えようとした時、一瞬躊躇《ちゅうちょ》したのは、前の弁護士の言葉が、ずっと頭の中に残っているからだ。

「大澤さん、この裁判は勝たなきゃ意味がありませんよ。あなたが恥をかくだけですよ」

恥になる。世間の笑い物になってもいいかと、前の弁護士は念を押したのだ。あの時、自分は何と答えたか。

「やります」

と言ったのだ。だから今、同じ言葉を正樹は口にする。

「もちろんやります」

「よかったです」

高井は笑った。すると上顎《うわあご》左側に犬歯の突出が見えた。

「でも必ずしも勝つ必要はありませんからね」

「えっ！」

二人が同時に叫んだ。

「弁護士がこんなことを言っちゃいけないんでしょうが、こういう裁判は負けたっていいんです。負けてもそれで終わりじゃない。子どもさんは、親が自分のために戦ってくれた、ということでとても心強い気分になります。そして自分が今こうしているのは、自分がいけないんじゃない。ちゃんと理由があった、いじめた奴《やつ》らが悪いのだと世間に言うことが出来た、これで充分なんです。だから僕はやります。いいですね。とにかくすぐに、翔太君に会わなくてはなりません」

高井弁護士は言った。

「会わなければ、何も始まらないでしょう」

「ありがとうございます」

「明日はどうですか」

手帳も見ずに言う。あまりのテンポの速さに、正樹は節子と顔を見合わせた。

「お仕事のご予定がありますか」

「午後に一時の患者さんが一人と、あとは夕方からです」

「だったら、明日の二時にうかがいます」

「あの、先生……」

今のうちに説明しておかなければならないと正樹は思った。

「いらしていただいても、息子は会わないかもしれません。前にも引きこもり塾の人たちが迎えに来ましたが、全く応じようとはしませんでした」

「お迎え料金をとる自立支援塾だの移送業者だのですね」

「……」

「そんな奴らが猫なで声出したって、嫌がるのはあたり前じゃないですか。いいですか、僕はやる時はやりますから」

「あの、そんな……」

節子が口をはさむ。

「さっきお話ししましたが、このあいだは暴れて窓ガラスを叩《たた》き割ったんですよ。パトカーが来る騒ぎになりました。もし無理やり何かしようとして、あの時のようなことになったりしたら……」

「大丈夫ですよ」

高井は白い歯を見せた。

「やるって言っても、手荒なことをするわけじゃありません。翔太君の中には、今、いろんなものが溜《た》まっているんですよ。僕はそれを上手に爆発させてやりたいんです。大澤さん、一日も早い方がいいですよ。僕に任せてください」

それでも弁護士が来るとなると、二人はやはり緊張した。初夏らしい暑い日で、昼食はそうめんだった。無言ですする正樹に、節子が問いかける。

「先生のお茶請け、焼き菓子でいいわよね。いつ頃お出しすればいいのかしら」

「何言ってるんだ。お茶飲みにくるわけじゃないんだぞ」

ひとつの場面がたやすく想像出来た。空《むな》しく部屋のドアを叩きつづける高井弁護士。しかし何の反応もない。そして二階に降りてくる。やっぱりダメでした、と茶をすするかもしれない。そんな時にどうして茶請けの焼き菓子が必要なのだ……。

という言葉を呑《の》み込んでいるうちに、正樹は自然と無口になった。昼食を終えて一階の診療室に降りていく。一時からの予約があった。

以前から通っている歯槽膿漏《しそうのうろう》の初老の男性である。何度注意しても、いい加減な歯磨きと加齢のために、奥歯がひどくぐらついている。

「やっぱり抜かなきゃならないかなア」

「先生、ダメですかねえ」

ライトの下ですがるような目だ。

「いろいろやってみたんですけどねえ……」

いったい何本の歯を抜いてきただろうかとふと考える。

若い時のツケは、すべて中年になってから表れる。歯磨きの仕方が雑なうえに、極端な偏食ですべての奥歯を失なった女性がいた。彼女は三十代で奥歯を全部入れ歯にしたのだ。その後に結婚をしたのであるが、夫に絶対に知られたくないために必ず夫より早く起き、入れ歯を装着すると言っていた。

今、四十代半ばになっているはずである。彼女の秘密は未《いま》だ夫に知られていないのだろうか……。

「来週抜歯しましょう」

目の前の患者にそう宣言すると、彼は悲し気に目を伏せた。年をとると、歯を失なうことがどれほどつらいか、正樹はよく知っている。生命の一部が削られていくようなのだ。

やや鬱屈《うっくつ》した思いで、二階に上がっていくと、節子が三階への階段の下に立っていた。目で合図をする。既に高井弁護士が来ているというのだ。声がする。かすかな怒りを含んだ声だ。

「翔太君、聞いているだろう。僕は君のお父さんから頼まれた弁護士なんだ。そう、弁護士だよ。このあいだお父さんが依頼した、中途半端《はんぱ》な弁護士じゃない。僕はね、学校のいじめ問題にも取り組んでいるんだ……」

そして返事を待つ、応答はなかった。

「弁護士が来たんだ。どうして来たかわかるだろう。君のお父さんは、君をいじめた連中を本気で訴えるつもりなんだ。そのために僕は雇われたんだ。わかるかい」

予想したとおり、ドアの向こうからは何の気配もない。

「おい、聞いてんのか！」

高井の口調ががらっと変わった。

「このままずっと知らん顔してるのか。このままずっとその中に閉じ籠《こ》もる気か。いいか、お前が行動しなきゃ、何ひとつ始まらないんだ。黙ってたらそれきりなんだ。お前がしなきゃダメなんだ。オレは下で待ってる。偉そうなのは、家族に対してだけか！　降りてこい。わかったか」

足音がして高井が降りてきた。このあいだと同じ紺色のジャケットを着ている。中は白いポロシャツだ。唇に笑みをたたえていた。

「きっと降りてきますよ」

「まさか……」

思わず声が出た。

「そんな……」

「いや、きっと降りてきます」

そして彼はソファに座った。節子が紅茶を出す。添えられたマドレーヌを、高井はうまそうに口に入れた。

「ここで待ってましょう」

「まさか……」

節子も同じ言葉を口にしかけ、途中であっと叫んだ。音もなくそこに翔太が立っていたからだ。

Ｔシャツにジーンズという服装であった。あの破壊の日よりも髪が短かくなっている。いつ美容院に行ったのかと考えると、安堵《あんど》と不気味さが混じった奇妙な思いにとらわれた。

「やあ、翔太君、はじめまして」

高井はソファから立ち上がり、にっこりと笑った。そして胸元から名刺入れを取り出した。なぜか渋い色の甲州印伝《こうしゅういんでん》である。中から一枚を抜き出すと、それをきちんと両手で持ち、翔太の目の前に差し出した。

「弁護士の高井っていいます。どうかよろしくお願いします」

とまどいながらも、翔太はそれを受け取った。

「翔太君、ここに座って話をしないか」

「いや……」

首を横に振る。

「だったら立ったまま、手短かに言おう。僕は弁護士だ。これから君と、君のお父さんとの三人でチームを組むんだ。よろしく」

翔太はじっと高井を見つめる。言葉ひとつひとつを理解しようとしているように正樹には見えた。

「チームとして何を最初にするかだ。僕と君のお父さんは、これから一緒に学校に行く。そのためにも、君をいじめた三人の名前を知らなきゃならない。わかるね。もうチームは動き出している。だからその三人の名前を教えてくれ。もちろんここで言えとはいわないよ。僕の名刺に携帯番号も、メルアドも書いてあるから、そこに送ってくれよ、わかるね。それから……」

一瞬、間があった。

「翔太君、君がこのまま黙ってしまったらそれきりなんだ。君が君を味方にしないと、他に誰もいないんだよ」

返事はなかった。無言のまま翔太は背を向けた。しかし手にはしっかりと名刺が握られていた。考えてみると、十四から引きこもった息子にとって、名刺をもらうというのは初めての体験だったのだ。

その日の夜、正樹は高井からのメールを受け取った。

「大澤さん、やっと始まりましたね。翔太君、僕のところに三人の名前を送ってきました。次の三名です。

寺本航《てらもとわたる》

佐藤耀一《さとうよういち》
金井利久斗《かないりくと》」

その三人の名前を正樹は見つめる。しゃれた名前を持つ少年たちは、もう青年になっている。彼らがどんな人生、いやどんな青春をおくったのかを知りたいと激しく思った。自分の息子がじっと閉じこもっていた間に。

息子の学校に行くのは、七年ぶりである。校舎も校庭もほとんど変わりない。
「私立の教師は、校長も含め七年ぐらいでは替わらない、ということですがね。それがいいことか、悪いことかわかりませんが」

校庭の横の道を、高井と歩いている。放課後のグラウンドは、ラグビー部の練習の真最中だ。ラグビーボールを追って少年たちが走っていく。文武両道をうたうこの学園はラグビーが盛んで、高等部は花園にも行ったことがあるほどだ。中学校にもラグビー部があり、願書を出した翔太が、いっとき興味を持っていたことを思い出した。
「校長はちゃんと会ってくれるんでしょうかね」
「もちろんですよ。前の弁護士はひとつだけ仕事をしました。いちど通知書を送っていますね。それで学校側も態勢を整えているはずです。必ず会うはずです。すごく警戒しながらね」

放課後の校舎はひっそりとしていた。高井は事務室の窓口で声をかける。

「こんにちはー」

「はい」

事務員らしき中年の男性が出てきた。

「四時に村上《むらかみ》校長とお約束した高井と言いますが」

「あ、そうですか」

男は全く無表情に答え、一枚の用紙を差し出す。

「これに来校時間とお名前、ご用件を書いてください」

高井は用件の欄に、大きく「面談」と書いた。

教えられたとおり、廊下を右に折れさらに進んだ。かすかに記憶がある、ここの右側に校長室があるはずだ。

記憶のとおりだった。高井がノックする。中から「どうぞ」と声があった。ドアを開ける。中に三人の男がいた。二人は見憶《みおぼ》えがある。村上校長と元担任の半田だ。もう一人は初めて見たが教科主任と名乗った。

白い布カバーのついた椅子《いす》も昔どおりだ。全員が座ると、先ほどの事務員がペットボトルの水を配った。

「先日、こちらがお送りした通知書、読んでいただけましたね」

まずは高井が切り出す。

「はい、それでお返事をしたはずです。何しろ七年前のことですから、こちらの記憶も定かではありません。ですので、すぐに当時の記録を探し出して調査をいたしました。しかしいじめの事実は見あたりませんでした。そうお答えしたはずです」

昔から担任の半田は弁が立つ男であった。なめらかに理路整然とした言葉が出るのだ。容姿もそれにふさわしく端整な顔立ちであったが、七年たつとさすがに弛《たる》みと白髪が目立つようになった。五十代になっている。

そこにいくと村上校長はまるで変わっていない。もう七十近いはずであるが、ぴんと伸びた背筋は剣道のたまもので、初めて会う者を圧倒する。

が、高井は臆《おく》する様子がまるでない。

「ご覧ください。これは大澤翔太君の診断書です。ようやく先週、精神科で診察を受けてくれました。その結果、ＰＴＳＤとわかりました」

「ほう」

教科主任が、まるで興味がないという風に声を出した。痩《や》せた小柄な男だ。髪が気の毒なほど薄い。ふつうなら貧相な男ということになるのだろうが、妙な押し出しの強さがあった。

「この診断書と本校とに、関係があるとおっしゃりたいのですか」

「そのとおりです。大澤君は七年前、こちらの学校で行われた悪質で執拗《しつよう》ないじめの結果、登校拒否となり、今も家の中に引きこもっています。そしてこのような精神疾患をかかえてしまったのです」

「何か証拠があるんですか」

校長が尋ねた。

「あります。今回、大澤君が自分をいじめた三人の同級生と、そのいじめの内容を私に話してくれたんです。これを元に、私どもはこの三人を訴えることにいたしました」

「訴える、ねえ……」

信じられない、という風に校長は首を横に振った。そして元担任に話しかける。

「半田先生、大澤君のことを憶えていますか」

「はい、もちろんです」

彼は大きく頷いた。喋《しゃ》べりたくてうずうずしていたに違いない。

「登校拒否というのは、本校にとって非常に珍しい事例でしたので、当時はご両親と何度も話し合いました。アンケートも取り、ホームルームで数回話し合いの機会を持ったはずです。その結果、いじめはないという結論になり、ご両親も納得していただいたはずです」

「納得なんかしていませんでしたよ」

正樹はつい声をあげる。

「いじめはない、そんなものはない、の一点張りだったんで、それからまるで前に進まなかっただけじゃないですか」

高井がそれにつづけた。

「当時はそれで済んだかもしれませんが、今は違います。情報開示が義務づけられているのではありませんか。そのアンケートをぜひ見せてください」

「それがですね……」

と教科主任が顔をしかめた。

「そのアンケート用紙は、とうに廃棄してしまって、今はもうありません」

「そうですか。そう言うと思いましたよ。それではさっさと、こちらで調査を進めることにします。学校はこの三人の生徒さんの今の住所を把握されてますよね」

半田は露骨に顔をしかめた。

「これは個人情報保護法に反するものではないでしょうかね。当校の卒業生の住所を、私どもがお教えすることは出来ません」

「そうですか。そう言うと思いましたよ」

高井は同じ言葉を繰り返す。

「幸いなことに、当時はまだ生徒の連絡網というのがありました。大澤君のお母さんがちゃんと保管されていたので、それは手元にあります。三人の住所も電話番号もはっきりわかりました。もし引越ししていても、住民票を追いかければすぐに調べられるはずですよ」

しばらく沈黙があった。窓の外からはラグビー部の生徒たちの声が聞こえる。

「そーら、行け、行けー」

「タックルかけろってー」

それは七年前、翔太からもぎとられた健康な少年の声であった。

村上校長は姿勢を正してこう告げた。

「大澤さん、責任者として申し上げたい。七年前に不幸な出来ごとがあったかもしれません。しかしそれをすべて教育現場の責任とされるのはまことに遺憾《いかん》です。そして今、訴訟という手段をとられるのは、私どもとしては、非常に残念ですし、ご協力いたしかねます」

「そうおっしゃると思いましたよ」

また高井が言いはなった。

「当時の同級生については、こちらからあたります」

「無駄なことだと思いますよ」

と校長はおごそかに言った。

「その三人の進路については、本学としてはお教えできませんし」

「そう言うだろうと思っていました。彼らは今大学の三年生ですね」

「そうです、大学の三年生です。そろそろ就活に入らなくてはいけない時です。本学の卒業生ですから、みんなそれなりの大学に入学しています。そういう彼らを、七年前の出来ごとでわずらわせたくはないですね。もし彼らの名前が新聞に載るようなことがあれば、就職にも悪影響が出るかもしれません。どうか将来のある若者を混乱させないでいただきたいと、お願いしたいですね」

「校長先生、お言葉ですが、大澤翔太君も将来のある若者ですよ。でも、彼らによって過去、現在をもぎとられてしまったんです。未来も、かなり努力しなければ破壊されたままです」

「おおげさな……」

「おおげさじゃありません。その三人の少年が、高校、大学と進んで、旅行に出かけたり、女の子と遊んでいる間も、心を壊された大澤君はずっとうちの中に引きこもったままでした。学校にも行っていない。そうして今、ＰＴＳＤと診断されました。彼らに責任を負ってもらうのはあたり前でしょう」

正樹は憤《いきどお》りをおさえるのに骨を折っていた。七年前、どうして彼らの言葉を受け容《い》れたのだろうか？　仕方ないと、どうして思ったのか。こんな狡猾《こうかつ》な人間たちの言葉を、どうしてふつうに聞いたのか？

「ですが彼ら自身も憶えていないかもしれませんよ。他愛ないじゃれっこのように考えているかもしれない」

「ズボンをおろして写真撮ったり、それで脅したり、焼却炉に閉じこめるのが他愛ないいたずらですかね」

「それは本人の認識の問題でしょう」

「そうです、まるで違う認識を争うのが裁判っていうもんですよ。もうここで争っても仕方ありません。ところで校長、おたくの用務員さんに会わせていただけませんか。

まさか、それさえ拒否することはないでしょうね」

「用務員さんですか……」

その時、教科主任の唇が、微妙にゆがんだのを正樹は見た。

「用務員さんなら四年前にやめて今は別の者です」

「本当ですか」

「本当ですよ。疑うなら直接会ったらいかがですか」

「そうですか。では前の用務員さんの名前と連絡先を教えていただけませんか」

「それはちょっと……」

「また個人情報保護法っていうんですね。まあ、いいです。調べれば名前ぐらいすぐにわかりますから」

男たちは一瞬顔を見合わせた。名前くらいいいのではないかと校長が頷く、教科主任がしぶしぶと答えた。

「益田《ますだ》さんって言ったかなあ、私もはっきりとは憶えていませんが……。そうですね、生徒たちが、マッさん、マッさん、って呼んでいたから間違いありません」

「わかりました、益田さんですね」

高井はわざとらしく手帳を取り出し、ボールペンで名を記した。

「本当に調査するんですか」

教科主任がおそるおそる、といった感じで尋ねた。

「しますよ、裁判のためです」

「本当になさるんですか。私たちにとっては、実現不可能なとっぴなことに思えますが」

「しますよ、弁護士ですから」

手帳をしまった。そして立ち上がる。

「またこちらにうかがうことがあるかと思いますが、その時もよろしくお願いします」

三人は返事をしなかった。

駅前のスターバックスの二階に入った。ひどく喉《のど》が渇いていて、正樹はアイスコーヒーをひと息に飲んだ。

「どうなんでしょうか」

尋ねずにはいられない。

「学校側はどう出てくるんでしょうか。非常に感じが悪かったですが。あんなひどい連中とは思わなかった……」

「大澤さん、これから元生徒たちを訴えようという相手に感じよく接してくれるわけ、ないじゃないですか」

高井は笑った。

「それは、そうですが。校長や元担任は、七年前よりもさらに非協力的で嫌な感じでした」

「七年前、翔太君はまだ生徒でしたから。授業料をもらっていたら、多少親身になるのは当然です」

「あの、これから私はどんなことをすればいいんでしょうか。私はどのようにお手伝いすればいいのか」

「お手伝い」

高井が顔を上げた。眼鏡ごしの目がキランと光る。

「お手伝い……なんて。大澤さん、弁護士は探偵ではありません。ドラマではいろんなことやっていますが、尾行したり、聞き込みするほど弁護士はヒマではありませんよ。事実を整理して、いかに有利にもっていくかが仕事です」

「……」

「弁護士の仕事は二割、そして大澤さんのやるべきことは八割だと思ってください」

裏切られた感じがしなかったのは、先ほどの学校での様子を見ているからだ。

「これからのことを、ちょっと考えてみましょう」

高井はデイパックから、小さなノートを取り出した。そしてボールペンで「ケイタイ」「用務員」と書いた。

「七年前、翔太君の使っていたのはガラケーですか、それともスマホですか」

「ガラケーでした。最新のスマホを欲しがったんですが、贅沢《ぜいたく》だと叱《しか》った記憶があります」

「当時の十四歳ならたぶん三人の同級生もガラケーでしょう。画像は残されていると思いますが、今回のことで、おそらく彼らはすぐに古いガラケーを捨てるでしょうね」

「証拠隠滅」という言葉が頭をかすめた。

「ですが、送られた先には画像が残っているはずです。大澤さん、翔太君は以前のガラケー、まだ持っていますよね」

「それはちょっとわかりません」

「翔太君のガラケーに、画像が残っているといいのですが。それよりももっといいのは、第三者の携帯に残っていることですね。こちらの方が証拠価値が高いです」

「第三者というのは、かつての同級生ということですね」

「そうです。このあいだ僕に話してくれた、小学校から一緒だった堀内君という青年にもう一度聞いてもらえませんか。それから彼がこう言ったそうですね、大澤君のズボンをおろした写真を、近くの女子校の生徒にも送ったと」

「はい、そう聞いています」

「その女子生徒を見つけられないでしょうかね」

近所のカトリックの女子校だ。昔からお嬢さま学校として有名であったが、この頃は進学校として評判が高い。高等部を出たほとんどの生徒が外部受験して、親大学に進むのはわずかだ。とはいうものの、可愛《かわ》い女生徒が多くいるのは変わりなく、学園祭には毎年、近くの男子校の生徒が押しかける。

「その中から、一人を見つけるというのは……」

「こういうことは徐々にわかってきますよ。その女の子が鍵《かぎ》を握っているのではないかと僕は見ています。七年前、ズボンを脱がされた同世代の男の子の画像を見て、その子はどう思ったか。それが、いじめがあったかどうかの重要なひとつのものさしだと思います」

「そうですか……」

弁護士は探偵ではないと高井は言ったが、今の口調はまさしくそうではないかと正樹は思った。

「僕はさっそく三人への接触を始めますが、大澤さんにはこちらをお願いします」

「用務員」という文字を指さした。

「ちょっと待ってくださいよ。学校側が住所を教えてくれない用務員さんを、どうやって調べればいいんですか」

「いろんな手を尽くしてください。すべては翔太君のためですよ」

といわれても、全く方法がわからない。

次の日、正樹がまずしたのは学校に電話をすることであった。事務員らしき女性に向かって、

「以前そちらにいらした、用務員の益田さんの知り合いなんですが、連絡先を教えていただけませんか」

と問うてみた。

「そういうことは、こちらではわかりかねますが……」

「益田さんは、別の学校に移られたんですか」

「いや、そうじゃないと思いますが、こちらではわかりません」

の一点ばりである。校長や誰かに口止めされているという感じでもない。

「わかりません」

という口調に、それほどの警戒感はなかった。

「用務員さんねえ……」

学校には必ず一人はいて、裏方作業をする。自分の学生時代を思い出した。小学校、中学校、高校には作業服を着た初老の男がいた。いや、初老と感じたのは自分だけで、彼らは案外若かったのかもしれない。

翔太の部屋の前まで行ってノックする。

「おい、聞いてるか」

「……」

最近、動く気配で返事をする。

「お前が中学校の時、学校に益田さんという用務員さんがいなかったか」

「……」

気分を害したのかもしれない、焼却炉に閉じこめられたことをどうして知っているのかと、拒絶する気配が、ドアの向こうからじわじわと伝わってくる。

しかしもはや正樹は躊躇しないことにした。

――三人でチームを組むんだ。

――これからは翔太君を出来る限り、調査に参加させてください。

という高井の言葉に鼓舞されていたところがある。とはいうものの、配慮は必要だ。

焼却炉のことはまだ口にせず、

「当時のことを知っている人に、いろいろ聞いているんだ」

ドアの向こうに小さく叫んだ。

「その益田さんっていう人は、年とってたか、若かったか」

しばらくして声がした。

「じいさんだった」

そして、

「すごくいいじいさんだった」

もしかすると、自分も小説やドラマに毒されているのかもしれない。

「行き詰まった時は現場に戻れ」

という言葉を憶えている。

あれこれ考えた揚句、正樹は再び学校にやってきた。平日の午後の校舎は、門が固く閉ざされている。昔と違い、勝手に出入り出来ないようになっているのだ。

「ご用の方は、インターフォンを押してください」

という文字をしばらく見つめていた。

もしここに子どもを通わせている父親だったら、なんとセキュリティがしっかりしている学校だと感心しただろう。しかし今の立場では、ただただ自分を拒むものにしか見えない。今日はここに用はなかった。

「さてと……」

まわりを見渡した。あたりには数軒の店が並んでいる。用務員が出入りしていそうなのは、そのうちの三軒だ。一軒は文房具も売っている小さな本屋。そして小さな中華料理屋と、パン屋である。パン屋のウインドウには菓子も並べられていて、中がイートインになっている。イートインといっても、カウンターに座面が破れた丸椅子が四脚置かれているだけだ。いかにも少年たちの食欲を満たしているような店であった。

「こんにちは」

声をかける。奥から白い三角巾《さんかくきん》をかぶった中年の女性が出てきた。ここで何も買わずに、ものを尋ねるということは出来ないだろう。

ウインドウを見ると、アンパンやクリームパンが八十円という値段だ。その中に珍しく「シベリア」があった。正樹はそれを三つとクリームパン三つを包んでもらう。

「懐《なつ》かしいなあ……」

羊かんをカステラではさんだシベリアのことを言ったつもりであったが、女性は別の風にとったようだ。

「卒業生の方ですか」

「はい、そうです」

とっさに嘘《うそ》をついた。

「卒業生の方は、近くにくるとよく寄ってくださいますよ」

女性はにっこりと笑いながら、パンの袋を渡してくれた。その笑みが、はずみを与えてくれた。

「えーと、以前、益田さんっていう用務員さんがいたけど、ご存知ないですかね」

「さあ、うちに来るのは生徒さんだけだから」

首をかしげる。

「どうもありがとうございました。懐かしかったですよ」

包みを持ったまま隣りの中華料理屋に入る。暖簾《のれん》がかかっているものの、客はいなかった。隅のテーブルで主人が新聞を読んでいた。

「えー、らっしゃい」

立ち上がるので、やはり正樹は注文せずにはいられない。カウンターに座った。

「ワンタンメンをお願いします」

好物であるが、もう何年も食べる機会がなかった。

「お待ちイ！」

やや油っこいつゆをすすりながら、正樹はこう切り出した。

「息子がそこの卒業生なんですよ」

先ほどと同じ嘘をつくのは憚《はばか》られたし、この人懐こそうな主人に、何年の卒業生かと問われそうだ。

「息子がよく、ここのラーメンはおいしかったと言うんです」

「そりゃよかった」

主人は顔をほころばした。五十代前半というところか、大きな二重の目に愛敬《あいきょう》がある。

「中学の時に、用務員の益田さんにとてもお世話になったんですが、益田さん、今もお元気でおつとめなんですかね」

「益田さんなら、何年か前にやめたんじゃないのオ」

「そうですかあ、残念です」

時間を稼ぐために、ゆっくりとれんげでつゆをすする。

「益田さん、どこにいるかおわかりですかね。本当にお世話になったんで、一度お礼を言いたいんですがね」

「さあねえ」

主人は首をかしげた。

「益田さん、よく食べに来てくれてさ。うちのお袋とも、なんか気が合っていろいろ話をしてたね。だけどもう何年もこないねー」

「あの、お母さんは益田さんのことご存知ですかね」

「それがさ、お袋、去年ぽっくり逝《い》っちゃって。前日まで店で皿洗いしてたからびっくりだよ」

「そうですか……」

つゆの味がとたんに消えた。これで手がかりの糸は切れた。

「ご馳走《ちそう》さまでした」

千円札を置き、釣りをもらった。

「あの、益田さんのことで何かわかったら教えていただけますかね」

「そうだね。その時はね」

「私は、こういう者です」

歯科医の名刺を渡したが、店主はまるで興味を示さない。少々汚れた白衣のポケットに入れてしまった。

「益田さんがうちに来たら、住所聞いとくわ。でもね、もう来ないんじゃないかな。えーと、確か埼玉の方だったし……。あ、ちょっと待ってくれよ。思い出した」

しばらく奥へ引っ込んだかと思うと、一枚のハガキを手に戻ってきた。

「益田さんって、なんで憶えてたかっていうとさ、このあいだお袋の一周忌にハガキくれたんだよ。お悔やみ言ってさ、律儀《りちぎ》な人だよね。ほら……」

ハガキの表には、

「万平軒《まんぺいけん》御中」

とあり、その左側に、

「埼玉県朝霞《あさか》市」の住所と「益田好之《よしゆき》」という名が確かに書かれていた。

朝霞駅からの、バスの乗り方を教えてくれたのは益田である。

「バスに乗る前にお電話ください。停留所の前で待っています」

バスの時刻表を見ると三十分後であった。タクシーで行こうかと一瞬迷ったのであるが、それだと出迎えてくれる彼の厚意に反するような気がした。

何よりも、タクシーに乗るなどということをまるで考えない人に対して、荒っぽい第一印象を与えることは憚られた。

結局、駅中のカフェで時間をつぶし、教えられたとおりのバスに乗った。停留所は五つめである。

益田とおぼしき老人が、そこに立っているのが窓から見えた。降りたのも正樹一人だったので、益田もすぐにわかったはずだ。

「はじめまして、大澤です」

「益田です。遠いところすみません」

手紙の返事の丁寧さから想像していたとおり、益田は朴訥《ぼくとつ》で優し気な男である。痩せて背中がやや曲がっているが、顔立ちははっきりとしていて、大きな二重の瞼《まぶた》はまだ垂れていない。手入れのされていない、長い眉毛《まゆげ》の方は垂れ下がっていたが。

「わざわざ自宅まで申しわけありません。駅まで行こうと思っていたんですが、このところ体調があまりよくなくて」

「急に暑くなりましたから、体調を崩しやすいですよね」

あたりさわりなく応《こた》えたのであるが、

「このあいだ肝臓の癌《がん》で手術したばかりですので」

と益田が突然口にする。

「それは、それは……」

正樹は返事に窮した。

「でも今はすっかりよろしいんでしょう」

「癌の手術なんて、たいてい成功しますよ、悪いところを切るだけですからね。まあ、再発するかどうかは、神のみぞ知る、っていうところですかね」

そんな話をつぶやくように語りながら、益田はブロック塀に挟まれた狭い道を歩いていった。すると突き当たりの路地に沿ったフェンス越しにかなり広い庭が見えた。

「益田」という表札がかかっている。平凡なモルタルの二階家であるが、みすぼらしい感じがしないのは、窓ガラスや外壁がきちんと手入れされているからだ。前庭にはスズランが植えられていた。

「夫婦二人なんで散らかしておりますが、どうぞ」

益田がドアのノブに手をかけると、内側から開いた。妻であろう、白髪の女性が頭を下げる。歓迎しているとは思えない、硬い表情である。おそらくあらましを聞いているに違いない。

ダイニングルームの片隅の、ソファに案内された。彼女は麦茶を置いて去ろうとする。

「あの、これ、つまらないものですが」

節子が用意してくれた、老舗《しにせ》のクッキーを渡した。

「まあ、ありがとうございます」

受けとると、隣室に下がった。

「学校を辞めてから、こっちに引越してきました。私たちは子どもがいませんが、甥《おい》一家が近くに住んでいるもんですから」

「そうなんですか」

「この家は借家なんですが、甥の知り合いの持ちもので、とても安く貸してくれたんです。夫婦そろって庭いじりが好きなもんですから、広い庭っていうのが希望でした」

「お庭、綺麗《きれい》に手入れされてますね」

「ええ、私が入院の時も、家内がよくやってくれました」

益田は話好きで、にこっと白い歯を見せる。その不自然な白さから、入れ歯だろうと正樹は見当をつける。六十をいくらか越したところか。

「あの学校には、実は六年ぐらいしか勤めていないんですよ」

「そうだったんですか」

「私、その前は教材関係のセールスをやってたんです。五十を過ぎまして、ちょっと精神的にもつらいなあ、と思ってたところに、つてがあって、用務員の仕事を紹介されました。子どもを相手にのんびり働くのもいいかなあ、なんて思ったんですよ」

「なるほど」

「結構楽しくやってました。ところが四年前に肺に癌が見つかって、退職しましてね、こちらに引越してきたんです」

「大変だったんですね」

前置きはもういいかな、と正樹は切り出した。

「手紙にも書いたと思うんですが、今日は息子のことを伺いに来ました。益田さん、七年前か八年前に、うちの息子が焼却炉に閉じ込められていたところを、助けてくださったそうですね、その節はありがとうございました」

「その件なんですがね……」

益田は目をしばたたかせた。

「いったいいつの時のことだろうかと、日記をひっぱり出してみました。なにしろ、焼却炉から生徒を出してやったのは、二年に一度ぐらいありましたからね」

「何ですって！」

「お父さんもご存知のように、あの学校は昔、海軍兵学校に何人入った、っていうのを自慢しているようなところがありました。質実剛健をうたってるんだけど、受験校もやりたい、っていう、ちぐはぐなところがありましたね。だから生徒の心も落ち着かない、っていうか。荒っぽくなるんですよ。それでね……」

「それで一度じゃなかったっていうことですか」

かなり強引に話に割り込んだ。

「そうなんですよ。おたくの息子さんのことは、八年前の最後のときですね」

「念のために息子の写真を持ってきました」

七年前の十四歳のスナップだ。制服を着てまっすぐに立っている。家の中でいったい何の用で撮ったのか。こうして見ると何の特徴もない、ふつうの中学生だ。

「この子だと思いますね……」

頷《うなず》いた。

「当時、あの学校には、珍しいぐらい大きな焼却炉があって、放課後、当番の子がゴミを捨てに行く決まりでした。年頃だからふざけ合って、中に押し込まれる子がいたんですよ。ほとんどは笑いながら、すぐに出してもらえるんだけど、中にはずっと閉じ込められる子も……」

「何人かいたんですね」

「そう、そう、秋の終わりでしたね。校庭の枯れ葉をまとめて持っていったからよく憶えてるんですが、中から扉を叩《たた》く音がしてね」

「それで助けた」

「そうそう」

「生徒が閉じ込められたことは、学校側に報告したんですね」

「もちろんしましたよ。泣いてたし、かなり怖がっていたから用務員室に連れていきました」

正樹の息が荒くなる。まだ十三歳の子どもだったのだ。暗い密室に入れられて、どれほどの恐怖だったろうか。もし自分があの時いち早く気づいていたら、すぐに警察に通報しただろう。それでも「いじめはなかった」と言い張る校長や教師を、心から憎いと思った。

「益田さん、もう一度よく見てください、その泣いていた男の子は、この子でしたか」

「……この子だと思うんですが。顔の感じに見憶えがあるから……」

「その時、その男の子は何て言ってましたか。ご記憶に残っていること、何でも教えてください」

「そうだなあ……」

日記に目をやる。

二重の目が突然大きく開かれた。

「そう、そう、泣きながら、リクトを殺してやる、って言ったんですよ。リクトって、どういう意味かって考えてね。考えたら、同級生の名前じゃないかって思いついて、リクトって変わった名前だから、なんとなく憶えているんですよ」

動揺のあまり前にのめりそうになった。リクト。間違いない、翔太がいじめの犯人としてあげた三人の同級生のうちの一人の名が、太字になってまざまざと甦《よみが》える。

「金井利久斗」

やはりそうだ、益田が最後に救い出した少年は翔太なのだ。

「益田さん」

姿勢を正した。

「手紙にも書きましたが、息子を苛《いじ》めた同級生を訴えるつもりなんですよ。どうかこのことを証言していただけませんか」

「その件だけどねえ……」

頭をぼりぼりとかく。

「家内に相談したら、そんな裁判みたいなこと、やめろって、かかわり合いになるんじゃないって」

「お気持ちは充分わかりますし、出来るだけご迷惑をおかけしないようにいたします。本当にお約束しますから」

再び前のめりになって顔を下げた、額にテーブルのガラスを感じる。このままぶち破ってもいい思いだ。

「益田さん、お願いします。息子がこれからちゃんと生きられるかどうかの瀬戸ぎわなんです」

「そうですよね。お父さんは心配ですよね」

頭上でしみじみとした声が聞こえた。

「ですが、私も癌が転移しちゃったからね、やるからには早くやってくださいね。私もいつまで生きてられるかどうかわからないもの」

伏せたままの正樹の目頭がかっと熱くなった。

「そうですか、用務員さんが証言すると言ってくれたんですね、よかったです」

電話の向こう側で、高井の声ははずんでいる。

「用務員さんの言葉は、とても有力です。ちゃんと学校に報告したと言っているのですからね」

益田は学校にも報告したと言った。それなのに、なぜ何もしなかったのだ。いじめを放置した学校側にも復讐《ふくしゅう》するべきなのではないか――。

「やっぱり学校も訴えた方がいいのでしょうか」

「私は当然訴えるべきだと思いますよ」

「しかし学校を辞める時に、今後この学校のことをいっさい話さない、ってことで一札《いっさつ》入れていると聞きました」

「それはこの場合、効力がないと思いますよ。学校側にそんなことを強いる権利はありません」

「そうなんですか」

「それから三人の同級生に、それぞれ連絡をしました。僕の名前で内容証明を送っています」

「さぞかし驚いたでしょうね」

いい気味だと思った。弁護士からお前を訴えるぞという書類が届いたのだ、あわてふためいたに違いない。

「それはもちろんです。事務所に確認の電話がかかってきました。詐欺《さぎ》や悪戯《いたずら》じゃないとわかったら、金井利久斗の両親はさっそく弁護士をつけてきましたよ。どうやら、彼のうちは病院を経営しているようですね。長男の利久斗は医大の三年生です。私大の中でもかなり偏差値が高いところですね。大切な跡取り息子に、傷がついたら大変と用心しています」

「リクト、ですね」

正樹の中ではそれは人名ではなく、特別の意味を持っている。八年前、息子は泣きながら言ったという。

「リクトを殺してやる」

それから、と高井は続ける。

「佐藤耀一は国立大の経済学部の三年生です。父親が対応してきました。お前、バカじゃないのかと、えんえんと怒鳴られました。そろそろ就活が始まるっていう大切な時に、一人の人間に傷をつけようっていうのかと。息子に聞いたら、七、八年前にちょっとふざけたことがあったそうで、そんなこと、中学生の男の子だったら、よくある話じゃないかと言われました。もちろん、こういうのは想定内ですよ。もしもし、大澤さん、聞いてますか」

「もちろん、聞いてます」

こうした話を聞くたびに、十三歳の翔太の姿が目の前に浮かび上がってくる。焼却炉の中に閉じ込められて泣き続けていた。

「ところが大澤さん、もう一人、寺本航がわからないんですよ」

「どういうことですか」

「母親も、今どこに住んでいるかわからないって言うんです」

「それは誤魔化そうとしているのではありませんか」

「僕もそう思っていろいろ調べてみました。そうしたら重要なことがわかってきたんです。寺本航は高等部を卒業していないんです」

「それは途中で転校したということじゃないんですか」

「いや、あれだけ名の通っている学校ですから、転校ということはあり得ないでしょうね、海外でも行かない限りは」

「では海外留学したとか」

「母親の話ではそういう感じではありませんでした。ドロップアウトした可能性があるんですよ」

「そんなはずはないでしょう。その同級生たちは、息子を徹底的にいたぶったんですよ。自分自身がドロップアウトするとは思えませんね」

「大澤さん、いじめの場合は、加害者が被害者に、被害者が加害者にたやすく入れ替わります。この寺本っていう同級生の行方を知ることは、とても大切なことだと思います」

「それも私が調べるんですか」

「お願いします」

　高井は言ったものだ。自分たちは探偵ではない、親が八割のことをやってほしい。自分たちがするのは、あとの二割だと。

　その夜、正樹は翔太の元同級生、堀内に手紙を書いた。長い手紙を書くなどというのは何年ぶりだろうか。仕方ない。彼が携帯の番号を教えることを拒否したのだ。

「久しぶりです。このあいだはお忙しいところ、わざわざ時間をつくってくださってありがとうございました。

今、君に手紙を書いているのは、いよいよ本格的に裁判をすることになったからです。いろいろまわり道をしましたが、本当に翔太のことを考えてくれる、とてもいい弁護士さんにめぐり合うことが出来ました。

堀内君はあの時、私に言いましたね、そんなことをしても無駄だと。若い人がそう考えるのは当然でしょう。若い人に時間というのは、目の前にたっぷりといくらでもある。そしてすごいスピードで通りすぎていく。過去に一回躓《つまず》いたものは、もうそれでゲームオーバーじゃないか。今さらこの時間の流れにのっていけるはずがないじゃないかと。

しかし人間五十を過ぎると、まるで考えは違ってきます。先に待っている時間はどんどん残り少なくなっていく。それに比べると、二十歳の翔太が失った七年間など、短かいものに思えてしまう。

まだほんの子どもです。その子どもが一回や二回ころんだからといって何だろう。いくらでもやり直しが出来るのではないか、というのは、君にとっては親のエゴイズムと思えるかもしれません。

しかし私は君の感性に賭《か》けようと思っています。英文学を専攻する君は、おそらく他者への想像力というものに長《た》けているはずです。父親の私が、息子を救うために必死になっている気持ちを、おぼろげながらも感じてくれているはずです。

翔太がやっと、自分をいじめた同級生の名を教えてくれました。不甲斐《ふがい》ないことですが、私ではなく、弁護士の先生に打ち明けたのです。

金井利久斗
佐藤耀一
寺本航

君もこの名前に憶《おぼ》えがあるでしょう。予想どおり金井君も佐藤君も、順調な道を歩んでいるようです。しかし寺本君だけ行方がわかりません。もし君が知っているのなら、どうか教えてくれませんか。

私は彼らを憎んで裁こうと思っているわけではないのです。いや、これは嘘ですね。憎いことは憎いし、恨んでいることは恨んでいます。しかしそれは憎悪《ぞうお》という名前ではない。私はただ真実を知りたいんです。

そして真実は、法廷でしか明らかに出来ないということがわかり、私はこんなに必死になっているのです。

どうか力を貸してください。お願いします」

第四章　再会

「携帯のアドレスが書かれていたので、メールで失礼します。

大澤君をいじめた同級生三人の名前が書いてあったのにはびっくりしました。大澤君が言ったんですね。だけど僕には疑問があります。本当にこの三人だけだったのか。中学生のいじめなんて、クラス全員が加担しているようなものだと、僕は思います。

裁判をするそうですが、僕は協力出来ません。はっきり言います、寺本君も多分そうだと思います。

寺本君ですが、初台の『ＮＯＴＥ』というバーに勤めています。僕の知っているのはそれだけです。もう連絡はしないでください。

堀内真司」

インターネットというのは便利なもので、「初台」「ＮＯＴＥ」と検索したら、すぐに三軒の店が出てきた。一軒はレストランで、もう一軒は紙製品を扱うショップらしい。バーで「NOTE」は一軒しかなかった。地図を見ると、新国立劇場の裏手に位置している。診療が終わった火曜日、正樹は京王新線に乗った。

新国立劇場に来るのは初めてではない。歯科医師仲間にオペラ好きがいて、何度か誘ってくれたことがあるのだ。

エレベーターで上がり、劇場には向かわず左手に進む。飲食チェーン店が並ぶ通りの一本裏手に、「NOTE」という看板を見つけた。

扉を開ける。思っていたよりも広い店だ。カウンターの傍には大きなスクリーンがあったが、カラオケのためではなさそうだった。

「いらっしゃいませ」

白いシャツを着た青年が、やや訝《いぶか》し気な視線をこちらに向ける。常連ばかりの店に違いない。

「いいですか？」

「もちろんです。どうぞ、どうぞ」

青年がさっと笑顔になる。自分のせいで、大切な客をおじけづかせてしまったのではないかという気遣いだ。さらにカウンターの椅子《いす》を勧めた。

「どうぞお好きなところにお座りください」

「ありがとう」

まだ早い時間なので、客は他に誰もいなかった。

「何にいたしましょうか」

おしぼりを出してくれる。

「ウイスキーをもらおうかな」

「何がお好きですか。いろいろありますが」

「バーボンをロックで」

「承知いたしました」

ライトの小さなあかりの下でも、青年の肌に張りがあるのがわかる。二十歳そこそこといったところだろう。寺本航に間違いないと思った。

今どきの青年らしい小さな顔の中に、切れ長の目と形のよい鼻、薄い唇がバランスよくまとまっている。美青年といってもいい。

動悸《どうき》をおさえるために、正樹はまずウイスキーを半分ほど飲み、あたりを見わたした。

「このスクリーンは、何なの？　随分大きいね」

「映画を流すんですよ。昔の名画だけじゃなくて、最近のドラマを流すこともありますね」

「ほう……」

「この店は脚本家の桜井潤太郎《さくらいじゅんたろう》が趣味でやっているもんですから」

「失敬……。僕はドラマをあんまり見ないもんだから」

「そうですよね、ふつうの方はご存知ないかもしれません。おととしは『ドクター刑事』っていうのを書いてましたけど」

「ああ、そのドラマなら聞いたことがある」

嘘《うそ》だが、そう答えるしかなかった。

「それならよかったです」

青年はにっこりと笑った。子どもの時に矯正をしただろうと思われる揃《そろ》った歯並びであった。感じのよいこの綺麗《きれい》な青年が、翔太に「復讐《ふくしゅう》」を誓わせるほどむごい行為をしたのか。息子を焼却炉に閉じ込めたのか……。

「同じのをもう一杯」

「はい」

グラスを空にすると、やっと余裕が出てきた。

「君も脚本家なの……」

「とんでもない。桜井さんに拾われて、この店を手伝っているだけですよ」

「拾われて」という言葉が、正樹を動かした。

「違っていたらごめん。君は……寺本航君だね」

「えっ」

青年の目が大きくひらかれ、正解と告げた。

「僕は大澤翔太の父親です」

「……」

寺本は顔をこわばらせ、視線を落とした。

「大澤翔太を憶《おぼ》えているね」

頷《うなず》いた。

「端的に言います。君たちにいじめられたせいで、息子は登校拒否になり、七年間引きこもっている。七年間です。僕たち家族は、この七年間を取り戻すために裁判を起こすことにしました」

「サイバン？」

全く理解出来ない、という風に彼はつぶやく。もっと苦しめ、と正樹は思う。これはほんの手始めだ。脅しじゃない。本当にやるんだからな。

「我々の弁護士が――」

弁護士という単語を重々しく発音した。

「君たち三人のところに連絡をしたんだけれど、君だけはどうしても見つけられなかった。だから僕が見つけて、ちゃんと話をしようと思ってここに来たんだ」

「あとの二人って誰ですか」

「金井利久斗と佐藤耀一だ」

いつのまにか、彼らの名前を口にする時は、呼び捨てになっていた。

「そうですか……」

「君たちにはちゃんと責任をとってもらおうと考えている。だから君も逃げないで、ちゃんと裁判にのぞんでほしいんだ」

寺本は黙って目を伏せたままだ。ここにくるまでいろいろな場面を想像していた。驚いて怯《おび》えるか、「ふざけんじゃない」と怒鳴るかのどちらかだと。しかし寺本はそのどちらでもなかった。静かな表情には諦念《ていねん》のようなものさえ浮かんでいるのだ。

もっとこの青年を憎めると思っていた。だが、さっきから肩すかしをくっているような気分だ。彼があまりにも冷静なせいだろうか。

「大澤さん」

彼は声を発した。

「お考えはわかりました。僕は逃げも隠れもしませんので、今日のところはお帰りいただけますか。今、僕の携帯番号をお教えします。住まいはここの二階ですからご心配なく」

「君は、自宅にいないの？」

弁護士の高井は、寺本はうちを出ているようだと言っていたが、それはどうやら本当らしい。

「はい、二年前からここの二階です」

「大学はどうしてるの？」

と聞きかけた時、扉が大きく開いて、カップルが入ってきた。男のくだけた格好はサラリーマンには見えず、金色の髪の女は何が職業か見当もつかなかった。

「コウちゃん、ビール！」

女は鼻にかかった声で叫んだ。

「今、そこの中劇場で、シス・カンパニー見てきちゃった。すんごくよかった」

「わー、超プラチナチケットのあれですね。いいなー」

寺本の顔がいっきに晴れやかに変わったのがわかる。救いを得たという晴れやかさである。正樹は一瞬、この青年が不憫《ふびん》だと思ったが、そんな考えはすぐに打ち消す。

そして、

「お勘定」

とだけ告げた。

「いやー、よく寺本航を探し出しましたね」

携帯の向こうで、高井の声がはずんでいる。

「彼の母親にも、しつこく聞いたんですけれども、こちらから電話をしてもブロックされているの一本槍《いっぽんやり》でした」

「そうでしたか。実は息子のかつての同級生がやっと教えてくれましてね」

ことのあらましを手短かに話した。

「なるほど。バーの店員をしているんですね。あの進学校の生徒としては、ドロップアウトと言ってもいいんじゃないですかね」

「気のきく感じのいい青年でした」

「そうですか。じゃあ、そっちの方でうまくいっているのかもしれませんね」

こちらの方からも報告です、と高井は喋《しゃ》べり出した。

「金井家がすぐに弁護士をつけた話はしたと思いますが、佐藤の親も弁護士つけましたね。佐藤の方は初めて聞く名前ですが、金井の方は宗方《むなかた》先生といって、著作権問題では腕っこきの弁護士ですよ」

「そうなんですか」

「かなりの大物を連れてきてびっくりです。おそらくこちらがマスコミにリークすることを怖《おそ》れてマスコミ対策をうるさくやる弁護士を呼んだんじゃないかと思います」

例えばこちらが取材を受けたり、記者会見などした場合、圧力をかけてくるというのだ。

「高井先生、私どもはマスコミに訴える、なんてことはまるで考えていません」

「それは承知しています。ただ、どこからか嗅《か》ぎつけられるものです。勝った場合は、かなり特殊なケースとして、記事になることは充分考えられます」

「こちらの名前や写真が出るんでしょうか」

「それはないと思いますよ。今までの事例を見ても、新聞記事では原告のAさんなどとされています。しかし大澤さん、こういうネット社会ですから、予想外の形で実名が流出しないとも限りません。それは覚悟しておいてください」

「でも先生、もし翔太の名前が出て、あらぬことを書かれたら、それは本末転倒で、一生立ち上がれなくなるんじゃないでしょうか」

「大澤さん、ネット民というのは、今書きたてたことを翌日には忘れる人種です。ネットを怖がっていたら、今日び、何もすることは出来ませんよ」

「そんなものでしょうか……。そうそう」

正樹は大切なことを思い出した。そもそもそれを相談しようと高井に電話をしたのだ。

「ゆうべ、初台から帰ってすぐ、寺本から電話がかかってきました。そして私に会いたいって言うんです」

「それはいいことじゃないですか、相手側が会いたいっていうのは」

「その時に、脚本家を連れてきたいって言うんです」

「脚本家ですか」

「彼の保護者というのか、兄貴みたいな存在らしいんです。彼が勤めているのも、その桜井……っていう脚本家の店です」

「脚本家で桜井……ちょっと待ってください」

しばらく間があった。

「ああ、わかりました。十年ぐらい前に『恋をするほどヒマじゃない』の大ヒットがあって、最近では『ドクター刑事』がありましたね……」

「先生、お詳しいですね」

「いや、いや、単にググっているだけです」

「それでつい、こちらも弁護士を連れていくと言ってしまったのですが、ご同行願えませんか」

「大澤さん、ご同行願えませんか、なんて、それは刑事が被疑者を連れていく時に使う言葉ですよ」

アハハと笑い声が聞こえた。

「わかりました、それでは一緒に行きましょう。大澤さん、その寺本って子はきっとイケますよ、寺本君からいろんなことがポロポロ出てくるような気がします」

最初は高井の事務所でと思ったのだが、それだと余計な警戒心を与えると高井は言った。

「こういう時はホテルのラウンジが一番ですよ。周囲と距離がありますし、ゆっくり出来ます」

あの独特の雰囲気が、激昂《げっこう》したり、興奮したりするのを防いでくれるともいう。

翌週、高井と一緒に都心のラウンジに行くと、既に寺本が桜井と座っていた。桜井だとひと目でわかったのは、ウィキペディアに出ているほどの有名人だったからだ。おしゃれな髭《ひげ》に、首にチェーンと、いかにも〝業界人〟であった。が、大澤たちを見ると、「はじめまして」と立ち上がった。寺本にも同じようにしろと促す。

名刺を交換した。初台ではなく赤坂の住所があった。二番めの妻はあまり売れていない女優で彼よりも二十歳も若い、ということをやはりウィキペディアで知った。

「先週、店に行ったら、航のやつが真っ青になっているんですよ。どうやら僕は裁判にかけられそうだ。もしかすると牢屋《ろうや》に行くことになるかもしれない……って、それって本当ですか。まさかね」

「そう、まさか、ですよ」

と高井。

「いじめに関する裁判で、刑務所に入った例はほとんどありません。だけど社会的名誉っていうことではどうだろう。大企業もハラスメントに気をつけているので、そういった人間を積極的に採用しようとはしないでしょうね」

「あの、弁護士センセイ……」

桜井は俳優をしていたと、ウィキペディアにはあった。そのためか、どすのきいた低い声を出す。

「センセイ、こういう若い子を脅すのはどうかと思いますよ。こいつ、二年前まで新宿の伊勢丹をちょっと入ったとこの飲み屋で、ちょこまか働いていたんですよ。あのあたりは、もう少しで二丁目のエリアに入る微妙なところです。本当にバカですよ。それを知らないで働いていたんですから。で、この顔でしょう。案の定トラブルが起こりまして、そこのオーナーから、何とかしてくれって頼まれて引き取ったんですよ。学校もやめて住むとこもない。悪い男には狙《ねら》われる。こんなかわいそうな奴《やつ》が、どうして裁判起こされなきゃいけないんですか」

「それは寺本君が、中学校の時にやったいじめが原因です」

「センセイ、そりゃあおかしいでしょう。中坊の時なんか、いじめられたり蹴《け》られたりしながらでっかくなってくもんじゃないですか。それをいちいち裁判起こされたら、オレなんか二十ぐらい背負わなきゃならない」

「失礼ですが桜井さん、我々がやろうとしているのは、そういう牧歌的な話じゃないんです。現に寺本君による被害者というのは存在しているんです」

「僕もそれはわかります」

寺本が突然口を開いた。

「僕たちは本当に、大澤君に対してひどいことをしました。本当に反省しています。申しわけないと思っています」

「あのね、寺本さん」

正樹はつい口をはさまずにはいられない。

「今の息子の状況は、反省してもらって済むようなものではありません。あなたたちは息子の人生をめちゃくちゃにしたし、人格をもいびつなものにしてしまいました。これから何年もかけて、息子を元どおりにしたいと思いますが、それは私の夢に終わるかもしれません。あなたたちのしたことは、それほど深刻なことなんです。わかりますか？　あなたたちにとっては、いたずらだったかもしれない。でも、それが一人の人間の心をめちゃくちゃにして、社会に適応出来なくさせてしまった。息子は君たちが楽しく学校生活をおくっている間、ずっと引きこもって生きてきたんですよ。あなたにはわからないだろうけど」

「わかります……」

「わかるわけないだろ！」

つい声を荒らげる。寺本は正樹を見た。その目からすうっと涙が流れていく。三人の男たちは息を呑《の》んでその涙を見つめた。

「僕はわかります。大澤君が学校に来なくなってから、僕が大澤君の替わりになりました。あの二人は常にそういう存在が必要で、手近な僕がそうされました。それからが地獄でした。高校は別のところに行きたかったのに親に反対されたんです。それで一年の終わりから行ってません」

「寺本君、君は刑罰を受けたくない、って言ったんだって？」

高井の口調には、かすかに揶揄《やゆ》が含まれているのを正樹は感じた。が、それが彼の癖だというのは既に知っている。

「はい、そりゃ、そうですよ……」

「君だけ、今の時点で民事のみの対応に絞ることは出来るよ」

「民事って何ですか？」

「警察沙汰《ざた》とはせずに、トラブルは当事者同士で対処する、っていうことだよ」

「それ、それがいいです」

「君に民事だけで対応するには、まずは大澤君の気持ち次第だ。だから君は、大澤君の心をやわらげるように努力してくれなきゃ困る。君の努力次第では、民事裁判さえも回避できるかもね。そのためには、僕たちの調査に協力して欲しいんです」

「それって、司法取引っていうやつですか」

「ちょっと違うね。司法取引は刑事事件の時だから」

高井はグラスに残ったアイスコーヒーをちゅっと吸い、かたんと音をたてて置いた。

それは「さあ、始めるぞ」という合図に見えた。

「寺本航君、君は七年前、大澤翔太君にかなりの乱暴をしたね」

「それは……認めます」

肩を落とした。

「具体的にどんなことか、ちょっと話してくれないか」

「えーとですね」

ちらっと正樹の方を見た。

「足をひっかけて床に転ばしたり、それから鞄《かばん》で頭を叩《たた》いたり……っていうようなことですかね。でも当時は、ふざけ半分だったと思います」

「あのね、いじめる側は必ずそう言うんだよ。ふざけ半分だったって。それで相手がどのくらい傷つくかはまるでわかっていない」

「よくわかります。僕も中三になってから、彼らに同じことをされて、よくわかるよう

になりました。僕が大澤君に対して、どんなひどいことをしたか理解出来るようにな
ったんですよ」
「そこまでわかっているなら、はっきり言おう。君は裁判の時に、ちゃんとそのこと
を証言してくれるね」
「はい。そうしろ、と言うなら」
「そんな言い方はダメだよ。君には起こした悲劇を償う義務があるだろう」
「あの、弁護士センセイ……」
　隣りに座る桜井が口をはさんだ。
「ちょっと言い方、きついんじゃないですかね。コウはとてもナイーブな子なんです
よ。今度のことでもとても悩んでますからね。義務だとかなんとか、そんな強い言葉
は使わないで欲しいんですよ」
「だけどね、桜井さん。法廷ではもっと強いむずかしい言葉が飛び交いますよ。それ
に耐えられないと。〝義務〟ぐらいでビビられても困ります」
「えー、僕は法廷に立つんですか」
　寺本の目にはありありと恐怖が浮かんだ。
「立つよ」

と高井。

「そこで不利になりたくなかったら、協力してくださいって、さっきから言ってるんです。君自身もひどい目に遭ったんだろう」

「そうですね……」

寺本は再び肩を落とした。

「それから君たち三人は、大澤君のズボンを脱がしたこともあったんだって？」

「……」

「その写真をちらつかせて、金を持って来い、って言ったのは本当かな」

「言ったかもしれませんが、本当に金が欲しかったかどうかは……大澤君をもっと困らせてやれっていう感じですかね。携帯を手にして、この写真、二万で消してやってもいい、なんて言った憶えがあります」

聞いているうちに、正樹は自分の呼吸が荒くなっていくのがわかる。

十三歳の少年がズボンを脱がされ、どんな屈辱にさらされたのか、目に見えるようだ。高井はさらに質問を重ねる。

「その時、ズボンと一緒にパンツも脱がしたの」

「それはしなかったと思います。大澤君もすごく暴れたし」

「とにかくパンツ一枚になった大澤君の写真を、バシバシ撮ったわけだ」

「そうですね……」

「写真は君のところにあるね」

「僕の携帯にもあると思うんですが、それが……」

「どうしたの」

「七年前のガラケーですから、もう手元にはないんじゃないかと思います」

そんなはずはないだろうと、正樹は声をあげたくなった。七年前だろうと、ガラケーだろうと、どこかに保管しているのではないか。

「君の実家に置いてあるんじゃないかな」

「たぶん、それはないと思います」

「どうして断定出来るの」

「僕がうちを出てから、母が怒って僕の部屋のものを全部捨てたからです」

「なるほど」

正樹にもその情景が想像出来た。有名進学校にいた息子が、突然学校をやめて家を出たのだ、母親の怒りや落胆は相当のものだったに違いない。

家に閉じこもる息子。

家から出ていく息子。

　ふた通りあるが、どちらが親にとって不幸なのだろうか。やはり前者だ。外には危険とひきかえに、可能性と希望というものがあるかもしれないのだから。

「寺本君、とにかく一回うちに帰って、よく探してくれないか。いくら頭にきたお母さんでも、息子が使っていた携帯を、そんなに簡単には捨てないと思うんだ」

「はい、わかりました」

　寺本はあまり気乗りしない風に頷いた。おそらくうちに帰りたくないのだろう。

「それから君たちは、大澤君のそのパンツの写真を、A学園の誰かに送ったりしなかったかい」

「送ったと思います」

「君は送ったの？」

「僕はそこまでしたくなかったし、それに金井君たちのように、A学園に知り合いはいませんでしたし」

「彼らはA学園の女の子たちに、写真を送ったんだね」

「彼らっていうよりも金井君ですね。彼の従姉妹《いとこ》があのA学園にいたんですよ。だからあの学校に、何人か仲のいい女の子がいたんじゃないですか」

「可愛《かわい》い女の子がいっぱいいるんで有名なところだね」

「従姉妹の友だちに、すごい美人がいるって金井君は自慢していました」

「その子に写真を送ったんだね」

「あそこは女子校だからミスコンがあるわけじゃないですが、学園祭に行った連中が、ミスA学園だって騒いでました」

「そのミスA学園は写真を見たのか」

「そうですね、『イヤッ』とか、『悪趣味』って怒られたって彼は笑ってました」

動揺すまいと正樹は腹に力を込めた。今日は寺本をあまり刺激しないようにと、高井弁護士から注意されていなかったら、自分は立ち上がり、怒鳴っていたに違いない。

お前ら、いい加減にしないか。人の大切な息子のズボン脱がせて、その写真を女の子に見せてヘラヘラ笑っていたのか！　中学生のくせに、そんな卑劣なことをしていたのか！

隣りに座る高井が、時々爪先《つまさき》を触れてくる。

耐えて。我慢して、我慢してください、と信号を送っているようだ。

「だったらそのミスA学園が、写真を持っているわけだね。消していない限り」

「どうでしょうか」

「女の子っていうのは、簡単に前の携帯を捨てたりしない。だから、その子がメカ音痴でデータを削除していない可能性があるんだよ。寺本君、君はそのミスA学園と連絡つく？」

「無理ですよ」

「なぜ」

「なぜって、名前知りませんから」

「そんなはずはないだろう。だったら金井君は何て呼んでいたの」

「あのコ、とか、ミスA学園って呼んでましたね」

「でもね、そんな美人で、皆の憧《あこが》れの的だったら名前ぐらい知っているでしょう」

「本当に知らないんですよ。金井君の従姉妹のセンから調べられないんですか」

「それはあり得ないんだ。金井君側が、自分たちが不利になることをひと言でも言うと思ってるの？」

「あの、弁護士センセイ……」

再び桜井が口を出した。

「よその学校の、女の子の名前を教えろっていうのは、かなり難度が高いんじゃないですか。ほら、僕らだって子どもの時、よその学校の可愛い子がタレントに似てると、その名前で呼んでたじゃないですか。どこそこのアッちゃんとか、ハルカとか……」

正樹にはまるで意味がわからなかった。

「なるほどねえ」

だが、高井は頷いている。

「脚本家の方っていうのは、人を探す時はどうなさるんですか」

「脚本家はフィクションを書くわけですから、実在の人物を探すことはあまりありませんね」

「なるほど」

「でも、こういう職業の人を探して欲しい、っていう時は、スタッフに頼みます。たとえば、たとえばですよ、歌舞伎町で働くキャバクラの子に取材したい、っていえば、ツテを頼って探し出してくれますね」

「ほう！　そんなことをなさってるんですか」

「でもね、一度こんなことがありました。スペシャルドラマをつくる時、交通事故でお父さんを亡《な》くされた女性の手記を見つけたんですね。とてもいい本でした。しかしそのシチュエーションをそのまま使うと、盗作ってことになってしまいます。ですから著者の女性を、八方手を尽くして探し出しましたよ」

「僕はそういう世界のことはまるでわかりませんが、出版社に聞けば教えてくれるんじゃないですか」

「それがセンセイ、その本は自費出版で、出版社もとっくに倒産していたんですよ」

「よく見つかりましたね」

「本当に困りました。スタッフは、もう諦《あきら》めよう、って言ったんですけど、僕はね、その本に出てくるいくつかのエピソードが好きで、絶対に使いたいと思いました」

「それでどうなさったんですか」

「フェイスブックを使いました」

桜井は得意そうに微笑《ほほえ》んだ。

「テレビの人間は、そういうのが得意なんですよ。交通遺児の方々のNPOとか、いろんな団体にじわじわと入っていって、その方と連絡をとることが出来たんです」

「すごいですねえ！」

感に堪《た》えぬ、という風に高井は首を横にふった。

「桜井さん、ひとつお願いがあるんですが、このミスA学園、あなたのお力で見つけていただけませんか」

「えっ、僕がですか」

「そうです、桜井さんは有名な脚本家です。お名前を知っている方も多いはずですよ。なんとか探していただけませんかね」

「だけど、途中から弁護士さんが出てくると、騙《だま》すようじゃないですか」

「いいえ、そのミスA学園の名前と住所さえわかれば、僕の名前できちんとした手紙を書きます。桜井さんにご迷惑はおかけいたしません」

「弱っちゃったな、この子のつき添いで来たのに」

「桜井さんは、寺本君の父親替わり、兄貴みたいなもんだとおっしゃっていましたね。今度のことは、寺本君の今後の人生にとっても非常に重要な意味を持つと思いますよ」

　寺本君、と高井は呼びかけた。

「君がこれからどんな人生をおくるのか、僕にはわかりません。だけど心の中に、一つでもひっかかるものがあったら、それはちゃんと解決しようよ。今日、君はよくわかったと思うよ。大澤君のために戦うことは、君自身のために戦うことなんだよ」

　いや違う、と正樹は心の中で叫んだ。こいつをまだ許す気にはなれない。こいつは自分もいじめられたと言うが、いじめに加担した話になると、急に態度を変えるだろう。しかし今は、やさしく迎え入れるふりをしなくては。協力してもらうために。これは休戦協定なのだ。

「いやあ、テレビの人というのはすごいですね」

電話の向こうの高井は興奮していた。

「あれから十日もたっていないのに、ミスA学園を見つけ出したんですよ」

「本当ですか」

「どうやら桜井さんは、正攻法でいったようです。金井の従姉妹というのは、母方か父方かわからなかったけれど、金井の姓は五十パーセントの確率ですね。知り合いの卒業生から、金井という名の今、大学三年生のA学園の卒業生を探してもらったところ、見つかったんです。でも金井の従姉妹はそのままA学園の大学には進まず、別の女子大に行っていました。その金井という女子大生から、仲がよかった田村梨里花《たむらりりか》というミスA学園をつきとめたそうです」

「田村梨里花さんですか……」

「いかにも美人、っていう名前ですね。彼女もA学園大には進まず、ミッション系の共学に行ってます。ところが大澤さん、困ったことに、彼女は今、日本にいないんですよ」

「留学ですか」

「そうです。なかなか優秀で、ボストンの大学でジャーナリズムを勉強しているっていうんです」

「ボストンですか。遠いですね」

「そうです。僕はすぐに依頼書を書くつもりですが、彼女がもし写真をまだ持っていて……」

「はい」

「持っていたとして、証人になってくれたとしても、彼女を日本に呼ばなくてはなりません。その費用を払うお気持ちはおありですか」

「もちろんです。東京・ボストン間の飛行機代ぐらいちゃんとお支払いします。なんだったら、エコノミークラスじゃなくて、ビジネスクラスだっていい」

「いや、いや、彼女もまだ学生さんですから、そんなことまでしなくてもいいと思いますよ。それでは飛行機代のこともお伝えしておきましょう」

電話の後、正樹は翔太の部屋の前に立った。調査の経過を告げるのは、もう習慣となっている。

「翔太、お前にとってちょっと嫌な話かもしれないが、ちゃんと聞いてくれ」

部屋の中で耳を澄ます気配がするのはいつものことだ。

「こんなことを父さんは言いたくないが、お前をいじめた奴らにズボンを脱がされ、写真を撮られただろう」

同じように沈黙が続くが、かすかな息づかいを聞いたような気がした。

「高井先生は、携帯に残されたその時の画像を今、必死で探しているんだ。お前に持っているかと聞いたが、そんなもんとっくに捨てたと答えたらしいな」

もしかしたら、実はまだガラケーを捨てずに持っているかもしれないが、決して無理強いしてはいけないと高井は言った。

「そうしたら、お前はいやだろうが、重要な証拠となるその画像を持っているかもしれない二人が見つかった。一人は元A学園のリリカちゃんとかいう名前の女の子だ。金井が送ったらしい。それからもう一人は、このあいだ話した寺本君だ。彼は今度、実家へ帰って探してくれるそうだ。おい、聞いてるか」

聞いているようだ。この頃拒否する時は、パソコンから大きな音を流したりする。

「彼は昔のことをとても悔いていて、今度の裁判にいろいろ協力してくれるそうだ。お前は許せないだろうし、父さんだって許す気にはなれない。が、今回のことに免じて、彼だけはちょっと違う立場にしてやれないだろうか……」

その時、ドアの隙間《すきま》から、一枚の紙片がすっと差し出された。そこにはボールペンで、

「ユルサナイ」

とだけ書かれてあった。

「ちょっと話をしないか。その部屋から出て」

正樹はドア越しに話しかけた。

「いよいよ話が固まってきたんだ。今日はちゃんと話をしようじゃないか」

気配がする。空気が動いた。最近はそれで承諾の合図だとわかるようになった。

しかしリビングでしばらく待っていたが、十二時を過ぎても階段を降りてくる気配はない。

「私、もう寝るわ」

節子が立ち上がった時に、ドアが開く音がした。ひそやかに、という表現がぴったりなほど、静かに翔太が降りてきた。

部屋に入ってくる。Ｔシャツから見える腕の白さがまず目についた。正樹が街で見かける若者の腕とは違う色であった。

「まあ、かけろよ」

黙って座る。

「翔ちゃん、麦茶飲む？　水羊かんもあるわよ」

いつものように、節子が騒がしく甘やかし始めた。テーブルには、やがて麦茶のコップや菓子、おしぼりまで並べられた。

「チームとしての報告書だ。これを読んでみろ」

それは弁護士の高井から送られてきた、経過報告書である。翔太のパソコンに転送しようとしたが、それはよくないと言われ、プリントアウトしたものだ。

「元用務員の益田さんの証言も書いてある、ちゃんと読みなさい」

翔太はゆっくりと紙をとり上げた。きちんと読んでいないことは目の動きでわかった。当然だろうと正樹は思う。過去に自分がいじめられた体験が、刻明に書かれているのだ。読みたくないに違いなかった。

「これだけの証言があれば大丈夫だと、高井先生はおっしゃってる。秋にはいよいよ提訴するそうだ」

「テイソ？」

「いよいよ裁判をするっていうことだ。チームが動き出すんだ」

が、翔太は浮かない顔のままだ。

「どうした、不安なのか」

頷いた。

「わかんね……」

「もちろんリスクはある。いろいろ言う人もいるだろう。もしかするとマスコミに出る可能性だってある」

翔太はおびえたように目を見張る。その顔も腕と同じように白い。正樹は息子の失われた七つの夏を思った。

「だけどもう動き始めたんだ。やめることは出来ない。翔太は、やるか、って聞いた時に、確かにオッケーしたよな」

「あなた、そういう言い方やめなさいよ」

節子が叫んだ。

「裁判だなんて、私ははじめから反対だった。あなたはやるって決めたら必ずやる人よね。それはわかるわ。だけど世の中はそういう人ばっかりじゃないの、翔太がとまどったり、迷ったりするのはあたり前じゃないの。翔太は七年間も閉じこもっていたのよ。それが突然、裁判だとか、提訴だとか言われて、とまどうのは当然でしょう」

正樹はぽかんと妻の饒舌《じょうぜつ》を聞いていた。今頃になってこのような反撃を受けようとは思ってもみなかった。

「それに翔太は、はっきりと、やるって言ったわけじゃないでしょう。この子が黙ったのを、あなたは承諾のしるしって取ったのよ。そしてずんずん走り出した。なぜ、そんな強引なことをするの？ 引きこもっている息子だから、ちゃんとオッケーをとらなくてもいいと思ったの？」

「そうなのか」

翔太の方に向き直った。

「翔太、そうなのか。お前は裁判なんかやりたくないのか。はっきり答えなさい」

「だから、そういう言い方が、翔太を追いつめてるって言ってるでしょう」

節子の声には怒りがこもっている。

「どうして曖昧《あいまい》を許してやらないの。どうしてもっとゆるやかにものごとを進められないの」

「曖昧をなくすのが裁判なんだ。それがわからないのか。翔太、よく聞きなさい。お前のされたことは犯罪になるのか、ならないのか、お父さんははっきりさせたいだけなんだ。お前もそうだと思っていた。違うのか」

「わかんね……」

「わからない、ってどういうことなんだ」

詰めよる正樹に、

「ほら、また。そういう言い方やめなさいよ」

と節子がかぶせる。

「だいいち裁判すれば、どういうことが起こるか……」

「だけど、今、裁判をしなかったら、お前は一生曖昧の世界で暮らさなきゃいけないんだぞ。お母さんは曖昧を許してやれって言ってるけど、お前はもう七年も曖昧をやってきたんだ。そろそろ別のことを始めてもいいんじゃないのか」

「ちょっと考える……」

「どうしてそういうことを、もっと前に言わないんだ」

ついに正樹は癇癪《かんしゃく》を起こした。

「この二ヶ月、お前はいったい何をしてきたんだ。おかしいだろ。お前は復讐《ふくしゅう》したいと言った。そして自分をいじめた同級生の名前を、ちゃんと高井先生に伝えただろう。それは何よりの承諾のサインだ。それでお父さんも、高井先生もやり始めたんじゃないか。おかしいだろう。お前が……」

ちゃんと学校に行っていて、大学生か社会人になっていたら、こんな非常識なことは許されないとわかっただろう……。

この言葉を呑み込む。どういう言葉が息子を傷つけるか、よくわかるようになった。しかしそういう言葉しか、思いつかないのである。

「少し時間をやる」

苛立《いらだ》ちを抑えて言った。

「十日やるからよく考えてみろ」

「また、そういう言い方して！」

悲鳴のような節子の声だ。

「当然、翔太君には原告になってもらうつもりです」

電話の向こう側で高井が言った。

「でも提訴が近づくにつれ、ごたごたが起こるのはよくあることなんです。なにしろ裁判ということになると、ふつうの人でもビビるのに、七年間閉じこもった人が、はい、頑張ります、なんて言うことはまずないでしょうね」

「ではどうしたらいいんですかね」

「もちろん僕が説得をするつもりです。僕が見た限りでは、翔太君も裁判には肯定的でした。それは単純に復讐に燃えていた時です。あいつら許さない、絶対に仕返ししてやる、という気持ちから、消極的ではありますが裁判に同意していたと思います。ですが、ここに来て彼の中に、自分をいじめた相手と向き合う恐怖心や躊躇《ちゅうちょ》が生まれている気持ちもよく理解出来ます。法廷に立つというのは、誰だって気持ちいいものではありませんからね」

「そうですか」

「僕らは仕事場ですから、仕方なく行くって感じですかね。中には張り切って、とうとうとまくし立てる弁護士もいますが」

「ほう」

「あきらかにリーガルドラマに憧れて、この仕事に就いたクチです。そういう弁護士を別にすれば、誰だって法廷に立つのはイヤだと思いますよ。この頃は、東京地裁は高校生や大学生の傍聴者が多いんですよ」

「そうですか。知りませんでした」

「社会科の勉強ですが、セーラー服の女の子が、後ろの席に途中で座ったり、立ったりするのは、すごく気が散ってイヤなものだと思います。最近は性犯罪の裁判だけにくるマニアの男もいて、問題になっているんですよ」

「裁判っていうのが、そんなにオープンなものだとは全く知りませんでした」

「翔太君の場合は、マスコミも傍聴に来る可能性がありますね。お父さんが脅かさなくても、そういうことはネットがいくらでも教えてくれます」

「高井先生、私は今回かなりがっかりしました。チームをつくる、と高井先生が息子に言った時には、確かに手ごたえがありました。本人もすっかりその気になっていると思っていたのですが」

「大澤さん、裁判を起こすと聞いて、急に張り切って頑張るようなお子さんなら、引きこもったりはしません。翔太君は頭がいい分、とても慎重な性格です。少しずつ少しずつ、こちらに歩み寄ってくれているような気がします」

「そこで先生、ご相談なんですが……」

正樹は一瞬ためらう。

「途中で和解、っていうことも考えられますよね」

「僕が手がけた案件でも、そういうケースはありました」

「やっぱり」

「ですけども大澤さん、和解といっても、妥協点は、せいぜい一人五十万ぐらいでしょう。正直、僕の弁護士報酬も割に合わないものとなります。和解という中途半端《はんぱ》なことをやって、翔太君の七年間の代償が、たった五十万円ってどう思いますか。やるからには、ちゃんとやりませんか、大澤さん。その方が翔太君のためにもなると思いますよ」

その時、正樹は前日、妻の節子と話し合ったことを思い出した。

「翔太がやりたくないっていうなら、途中でやめたっていいじゃないの。弁護士さんなんて、そもそも裁判やりたくてたまらない人たちなのよ。その人たちにのっかることはないのよ」

最初は裁判に反対だった節子は、そんな風に言う。

「近所の人からいろいろ言われるかもしれないし、ネットに載ったりしたら可哀想《かわいそう》」

パソコンなどほとんど使ったこともないくせに、ネットというものを極度に怖《おそ》れているのだ。

「大澤さん、和解などと言わずにこれは裁判をちゃんとやった方がいいと思いますよ」

まるで正樹の心の内を読んだかのように念を押す。

「僕は和解を勧めることもあります。お金と時間の無駄だと思うケースは、裁判なんかしない方がいいとはっきり言います。ですが大澤さん、翔太君の場合は、裁判することに意味があるんです。皆の前ではっきりと戦うことに意味があるんですよ」

それから四日後、高井弁護士からのメールが来た。

「ボストンの田村梨里花さんから、僕のところにメールが届きました。これを読むとなかなか優秀な学生だということがわかりますね。裁判が終ったら、一度きちんと翔太君とお話ししてもらいたいものです」

それに続いて、転送された長いメールがあった。

「高井様。先日はメールをいただきましたのに、すぐにお返事をせず失礼いたしました。

どういう経緯で私のアドレスを知ったのか、ちゃんと書いてくださっていたのに、正直疑いました。アメリカで暮らしているうちに、まず本当に本人かどうか、確かめる癖がついてしまいました。弁護士をしている私の伯父に頼んで調べてもらい、ちゃんと東京弁護士会に所属していらっしゃること、住所、アドレスも間違いないということを確かめました。

七年前のことをお尋ねですが、しっかりと憶えています。クラスメイトの金井さんが、

『イトコがこんなの送ってきた』

　とキャッキャッ笑っていたのも記憶しております。その時の私の気持ちを言うと、軽い嫌悪《けんお》でした。同い年の男子の下着姿を見て、嘲笑《ちょうしょう》する気はありませんでしたが、彼女を非難するほど強い嫌悪ではなかったと思います。

　それが強い嫌悪に変わったのは、ここボストンに来てからです。私のいる大学は穏健でリベラルなことで知られていますが、人種差別は何度か受けました。本当に不愉快な目に遭って、私は『人間の尊厳』ということをよく考えるようになりました。口汚なく罵《ののし》ったり、あからさまな差別をするということが、どれほど人間の大切な部分を傷つけていくか、よくわかるようになったのです。

　そんな時に私の中に甦《よみがえ》ってきたのが、七年前に見た携帯の画像でした。ズボンを脱がされ、白いブリーフだけになった少年は、泣き笑いを浮かべていました。それは『これはちょっとした悪ふざけなんだ。だから自分は全く傷ついていないんだ』と訴えているようでした。そうしなければ、彼の尊厳はズタズタになってしまうからでしょう。

　あの時、どうして私は、金井さんたちに向かい、こんなことはやめなさい、と言えなかったか、そして、

『あなたのイトコは最低の人間だ』

と叫ばなかったのか。

今回、高井様からのメールで、あの少年が登校拒否になり、おうちに引きこもっているることを知りました。そして背筋が寒くなりました。彼の引きこもりに、私も加担していると感じたからです。

私たちは傍観者であることに慣れてしまい、それがどれほど重い罪であるかを忘れてしまいます。私もまだ中学生でしたが、中学生なりに出来ることはたくさんあったはずです。

今になって、ああすればよかったと考えるのは卑怯《ひきょう》なことですが、考えないよりは多少なりとも誠実だと思います。今回、私の過去をやり直せるチャンスをくださったことに感謝します。

裁判には証人として証言台に立たせていただきます。出来ましたら、学校が休みの期間中に呼んでいただけると幸いですが、そうでなくても駆けつけるつもりです。

田村梨里花」

メールを読むうち、正樹の目からは涙が溢《あふ》れ出た。ぬぐってもぬぐっても、涙はしたたり落ち、キーボードの上を濡《ぬ》らした、それをティッシュで拭《ふ》くうち、思わず転送ボタンを押していた。

転送ではなく、プリントアウトしたものを見せろ、と高井は言ったが、一刻も早くこれを翔太に見せたかった。プリントアウトすると、メールの生々しさが消えるような気がしたからだ。

そして追伸を送った。

「もしかすると、女性からのメールは、お前のプライドに触れるかもしれない。だけどこんな風に考える人がいるなんて嬉《うれ》しいじゃないか。そしてこの人は、お前の証人になるためにアメリカからやってくる。

この人はお前に謝罪したいそうだ。それだけでも裁判はするべきだと思わないか。

翔太、彼女もチームに加わってもらおう」

「いよいよ、来週、東京地裁に訴状を提出します」

電話口での高井は、いつもと変わらない飄々《ひょうひょう》とした口調だ。しかし『東京地裁』、『訴状』といった単語は、正樹に緊張をもたらす。

気づかれないように呼吸を整えた。

「やはり息子が原告ということになるんですね」

声に出してみると、ゲンコクという言葉のまがまがしさに、わずかに舌がもつれた。

「もちろんそうですよ。もう二十歳過ぎた成人ですからね」

「それはそうなんですが、いろいろ心配で」

「大丈夫ですよ。翔太君はきっとやり遂げてくれますよ」

「書類は本人が書くんですね」

「いえ、大丈夫です。すべてこちらで書きますが、本人の発言を代筆した陳述書の署名はよろしくお願いします。こちらの事務所に来てくださるといちばんいいのですが、難しそうなのでそちらに伺います」

「あの、先生……」

自分の緊張の半分は、不安によるものだとわかる。

「翔太のやつが、裁判が近づくにつれて、こちらとまるでコミュニケーションをとらないようになりました。以前だったら、ドアごしに声が聞こえたり、メモをよこしたりすることもありました。時には私のPCにメールが来ることも。しかしこのところ、息子の反応がまるでないんです」

「もうお話ししたと思いますが、裁判直前になると、みなさんナーバスになります。翔太君は自分の過去と現実的に向き合うわけですから、そりゃすんなりといかないでしょう」

「私と大学病院の精神科を受診したりしましたんで、私はちょっと安心していました」

「最初の高揚感が薄くなり、いよいよ裁判が現実となったら、思うこともいろいろ出てくるのは当然です。わかりました。僕が書類を持っていく時に、いろいろ話をします」

「よろしくお願いします」

反射的に礼を言ったが、高井が翔太からそれほどの信頼をかち得ているのかよくわからない。彼の情熱と勢いに呑まれているのは確かであるが、このまま進んだとして、翔太はいったいどのような行動をとるのか。

「先生」

思いきって言ってみた。

「今になって言うべきことではないとわかっていますが、息子が本当に裁判をする気があるのかどうか、不安でたまらなくなってきました」

「なるほど」

「薄氷を踏む、とはこういう気分でしょうか。いっときは確かにやる気になっていたのですが、今は私を拒否しているような気がしてたまりません」

「一度じっくり話し合ってください、といっても無理かもしれませんね。しかし彼が、自分をいじめた三人の名前を教えてくれた時に、こうつけ加えてきたんですよ。今度こそ僕は戦うつもりですって」

「今度こそ、ですか……」

その言葉を反芻《はんすう》した。七年前、彼らと戦うことをせず、学校に行くことをやめた自分を、そんな風に表現したのか。

「僕が見ている限り、翔太君はとても慎重な性格です。ですから今回のことについても、いろいろ考えていると思います。まだ結論が出せないのかもしれませんね」

「それでは先生、提訴を遅らせた方がいいのではないでしょうか」

「大澤さん、もう弱気なことを言うのはやめましょう」

強い調子だった。

「一度は決心して、やっとここまで来たのですから、引き返さない方がいいんです。それは僕の弁護士としての仕事がどうのこうのじゃありません。翔太君のために引き返しちゃいけないんです。決心して歩き始めた道です。引き返しても、元の場所に立つわけじゃない。必ずマイナスになると僕は思います。それにですね、大澤さん」

「はい」

「おそらく金井と佐藤の二人は、和解に持ち込もうとするでしょう。医大生の金井はともかく、佐藤は就活中です。親としては必死でしょう。どんなことをしても子供を衆人環視の法廷に立たせたくないはずです」

「和解ですか」

それはもちろん選択肢にあったが、二人の動きが見えなかったため、ひとまず意識の外に置いていた考えだ。

「もちろん和解に応じるかどうかは、翔太君にかかっています。しかし交渉の際、少なくとも優位に立てる。このことはとても重要だと思っています。そのためにも、裁判はすべきなんですよ」

あ、それからと、高井は続ける。

「このあいだ送った、ボストンの梨里花さんからのメール、翔太君は読んだでしょうか」

「はい。私はとても感動したので、そのまま転送しました。翔太のことだから、間違いなく読んだはずです」

「そうですか……」

しばらく沈黙があった。

「実は、有力で頭のいい証人の出現に、僕は少々浮かれていたかもしれません。あの女性のメールは立派で冷静ですが、翔太君にとってはどうかまで考えが及んでいなかったことに、後から気づいたんです。同じ年代の女の子に同情されるのは、若い男にとってつらいことですから」

「そんな心配までしてくださって、ありがとうございます。先生のおっしゃるとおりかもしれませんが、私は彼女に勇気づけられましたよ」

「そう言っていただけると僕は助かります。彼女は何よりわれわれの味方ですからね。翔太君は一度は戦うとメールに書いてきましたが、若いから迷いもあるでしょう。僕はその迷いごと、強引にことを運ぼうと思います。あの梨里花さんのことも含めてね」


その夜、正樹はいつもどおり、息子の部屋のドアの前に立った。

「おい、聞いているか。いよいよ、裁判が始まる」

反応は気配にも表れていない。

「高井先生が、書類を持っていらっしゃるそうだ。原告はお前になる。その時は、ちゃんと自分の名を書くんだぞ。大澤翔太と大きな字で書け」

その時、ふと違和感をおぼえた。今まで翔太は返事の替わりに、何か小さな音をたてたり、パソコンの音量をあげたりしたものだ。しかし今、部屋の中からは何の気配も伝わってこないのだ。

「おい、翔太、いるのか」

もしかしたら近くのコンビニに行っているのかもしれない。夜遅くにぶらっと出かけることがあるからだ。正樹はいったん階下に降り、リビングルームに入った。十一時からのニュース番組を、節子がまだ見ていた。もう寝る時間なのにと訝《いぶか》しく思いながらソファに腰をおろす。

たいした事件はない。それなのに食い入るように見つめる節子の横顔は、いつになく硬いものであった。

ふと思いついて、再び階段を上がり、ドアの前に立った。

「翔太、いるのか、いないのか。開けるぞ」

不在の証《あかし》に、ドアに鍵《かぎ》がかかっていなかった。ベッドの上の毛布は、きちんと畳まれている。机の上のノートパソコンがなかった。部屋に漂う冷気は、不吉な感覚を正樹にもたらした。同時に多くのことを正樹は了解する。

再びリビングに戻る。節子はテレビの画面を見つめたままだ。

「おい、翔太がいない」

「そうですか」

「そうですかって、お前が手引きしたのか」

「おかしなことを言わないでください」

やっとこちらを向いた。蛍光灯の下、妻の顔は白々と老《ふ》けて見えた。

「どこかに出かけたのかもしれませんよ」

「パソコンまで持ち出してるんだ」

「そうですか……」

「そうですかって。お前が金を渡して、家出させたんだろう」

次第に怒りが強いものになっていく。耐えられず、ダーンとこぶしでテーブルを叩《たた》いた。

「本当に家出したのか!!」

「とにかくうちにはいたくないって言うから、しばらくどこかへ行ってきなさい、って言っただけですよ」

「宇都宮か」

節子の実家であるが、翔太を可愛がっていた祖母はやや呆《ぼ》けかけて、祖父、伯父夫婦がいるが、翔太のことを聞かれるのが嫌でもう何年も会っていない。案の定、

「あそこにはいかないわよ」

と首を横に振る。急に口調がぞんざいになった。

「じゃ、どこなんだ」

「ネットカフェとか、そういうところじゃないの。今どきの子は、そういうのに詳しいから」

「ネットカフェって……」

正樹は絶句する。テレビで何回か見たことがある。横になることさえ出来ない、一畳ほどの個室で何週間も暮らす若者たちがいた。みんな行き場のない者たちだ。正樹の目から見れば、ホームレスと変わりない。

「あんなところに、息子を行かせたのか」

「本当に行ったかどうかはわからないわよ。もしかしたらビジネスホテルかもしれない。とにかく、もううちにはいたくないって」

「いったい、何を考えてるんだ！」

こぶしで叩く替わりに、今度は大きな声をあげる。

「今がいちばん大切な時だっていうのがわからないのか。もうじき裁判が始まる、翔太は原告になるんだから、ちゃんと署名もしなくてはならないし、打ち合わせをしなきゃならないんだ」

「その裁判がイヤで、家出したにきまってるじゃないの」

節子はフーと大きなため息をついた。呼吸しながら毒素を吐き出すように、急に饒舌になる。

「確かに私は奈津子さんに紹介されて、いまの弁護士さんのところへあなたと行ったわよ。でも、私はずっと裁判には反対だったの。どうしてそんなことをしなきゃいけないのか今でもまるでわからない。翔太はね、復讐しろ、憎い相手をいためつけてやれ、っていうあなたの言葉に最初はのったかもしれない。それから、あの弁護士の、お前が行動しなきゃ何ひとつ始まらないんだ、という言葉にも興奮したかもしれない。でもそれだけよ。冷静になってみれば、裁判なんてとんでもないってことがわかったのよ。そうでしょう、あたり前よ。翔太はまだ二十歳なのよ。しかもずっとうちにいて、外に行くのも慣れていない。どうしてそんな子が、裁判起こせるのよ。ちょっと考えれば、わかることでしょう」

「黙れ、黙れ」

大きな声で妻を遮ると、

「ほら、いつもそうよね」

冷たい笑いがあった。

「あなたっていつもそうじゃないの。人の気持ちなんかまるで考えないで、ずんずん先に行くのよ」

妻の目が吊《つ》り上がっている。よくない予兆だ。まず冷静になろう、と正樹は思った。

「最初から考えるべきなんだ。翔太が大暴れした後、俺はあいつに尋ねた。何がお前をこうまで駆り立てたんだと、そうしたらあいつは言ったんだ、復讐をしたいって。それから裁判ってことになったんだ。ちゃんと順序を踏まえているし、時間だってかけてきた」

「あなたはね、いつも自分勝手に行くのに気づかないの？　決して途中で振り返ってこっちを見たりしないのよ。時間をかけたっていうけど、ちゃんと翔太と話し合ったりしたのかしら」

「それは無理だろう。あいつはいつも部屋から出てこないんだから。だけど俺は毎晩話しかけたし、あいつも、裁判をやるっていう意志表明をした」

が、それがいつだったのか、急に自信がなくなってしまっている。

「そしてあなたは言ったのよね、翔太が学校に行かなくなって、引きこもりになったのは私のせいだって」

「それは前の話だろ」

節子が泣いて怒り、大変な修羅場になってしまったのだ。

「あんなこと言われて、前の話、なんて思える人間いるかしら。それで私は考えたのよ、本当に翔太のことはすべて私の責任かって」

「そんなこと、思ってやしないよ。俺にだって責任はある」

「話を終わらせようと、心にもないことを言うのはやめて」

節子はまた唇をゆがめた。

「じゃあ、どんな責任か言いなさいよ」

「それは……仕事にかまけて、あまり子どもにかかわらなかったかもしれない」

「ふん、それは父親だったら誰もが言うことよ。百人いたら百人が言う言葉よ」

だから何なんだと、怒鳴ろうとしたが喉《のど》が渇いてこびりついたようになった。

「私はあれ以来、ずっと考えたのよ、本当に私の責任だろうかって。そうかもしれない、って思った。翔太のことは私に責任があるかもしれない。だけど、あの時、私をあんな風にしたのは、あなたに責任があるのよ」

「いったい、何のことだ」

「ほらね、まるで憶《おぼ》えていない」

そんなことはなかった。

少しずつ甦ってくるシーンがある。父親が七十九歳で亡《な》くなる少し前のことだ。認知症が始まっていたのであるが、正樹は絶対に認めたくはなかった。

母親はその四年前に乳癌《にゅうがん》で亡くなっていたから、父の面倒は節子が見ることになったが、かなり難しいことを自分は命じたかもしれない。

「絶対に近所の人たちに気づかれないように」

父は「大澤先生」として、近隣の住民たちに敬愛されていた。完全に引退するまでは、近くの小学校の学校歯科医も務めていたのだ。

「親父《おやじ》のことか」

「そうよ。あの時、私たちは毎日争ってたわよね。だけど、子どもたちには知られまいとした。毎晩テレビの音を大きくして、そして声を潜めてお互いに罵ったわよね。あれがどんなに私にストレス与えてたか、あなたはきっと想像もつかないと思う。もう頭がおかしくなりそうだった」

目がさらに吊り上がっていく。遠いところを見ている目だ。ありったけの恨みと憎しみを込めて。

「親父のことは確かに悪かったと思っている。だけどちゃんとその後は施設に入れただろう。親父はそこで死んだ。お前は一度も見舞いに行かなかったがな」

「私はあなたに何度も言いましたよ」

悲鳴のような声をあげる。

「お義父《とう》さんが私の胸を触ろうとする。最後には押し倒そうとしたって。だけどね、ファザコンのあなたは、私の言うこと、まるっきり信じようとはしなかったじゃないの」

「だから、施設に……」

節子は背を丸め、両手で顔を覆《おお》った。

「遅過ぎたのよ」

「あれは翔太が中学校に入った年よ。私はね、洗面所でずーっとドライヤーのコードを見つめてた。そうしたら翔太が近づいてきて、ママ、何してるの？　って聞いたから、このコードで首を絞めて死んじゃいたいの、って言ったら、翔太が慰めてくれたのよ……。ママ、死んじゃダメだって。僕もつらいことがあるけど我慢してるからって。それから、それからね、もしママが死のうとするなら、僕も一緒に死んであげるから、一緒に死のうねって……」

「中学一年生が、そんなことを言うはずがない」

あの頃はこちらも必死で仕事をしていた。父親の引退後、なじみの患者は、ごっそり隣町の新しく出来たクリニックにとられてしまった。なんとかならないものかと、パソコンでＤＭをつくり、そうしながら、父親の入る施設を模索していた。みんな家族の幸せのためだ。何か言われるおぼえはない。

「あなたって、自分が見たものでないと決して信じないのよね。この七年間、私がどんな気持ちでいたかも、まるでわかっていない。私はね、由依の結婚が決まったら、別れてもいいと思ってるの」

「おい、やめろよ」

「そして、翔太を連れてこの家を出てくわ。中学一年生の子どもに、一緒に死のう、って言わせた罪は重い。だから責任は私にある。ええ、あの子の引きこもりはみんな私のせいよ。私がすべて悪いのよ。だから裁判なんてやめて頂戴《ちょうだい》。そのために私は翔太を逃がしたのよ」

そして掌《て》をはずした。見たこともない女の顔であった。

「裁判なんてしたら、私が許さないから」

翔太が家を出ていって五日になる。

母親とは連絡をとっているらしいのだが、正樹のメールには返信もなかった。

「どこに行ったのか、まるで見当がつきません」

ふつうの二十歳ならこんなことはないだろう。大学や会社の交友関係からある程度のことはわかるはずだ。しかし翔太は、七年間というもの、社会と関係を断っていた。たぐるための一本の糸さえつくっていないのだ。

「いや、そんなことはないと思いますよ」

高井はきっぱりと言った。

「ずっとパソコンをやっていましたからね。ネットゲームやツイッターで知り合った友人は、きっといるはずですよ」

「でも先生、そんなネットゲームで知り合った見も知らぬ人間なんて、正体がわからないじゃないですか」

「いや、今の若い人たちの、ネット上での絆《きずな》っていうのはすごいものがありますよ。会ったこともない人間なんて信用出来ない、っていうのは親世代の感覚です」

「それでは翔太は、そういう人のところへ行ったということですか」

「いや、外に出ていない翔太君は、そこまで人慣れはしていないでしょう。ただ可能性はある、っていうことですよ」

「家内はどうやら金を渡したらしいんです。しばらくビジネスホテルに泊まれるぐらいの金額じゃないかと思います」

「これは僕個人の考えですが」

と高井は前置きして、

「長年引きこもっている子どもは、快適な一室を与えられて、自分の巣をつくっているんです。ですから狭いビジネスホテルや、ネットカフェの個室には耐えられないと思います。コンビニ弁当もいつかは飽きますからね」

「そうですかね」

「翔太君は、基本的には裕福なおうちで大切に育てられた青年です。ネットカフェで半年暮らすたくましさはないはずです」

「いや、うちはすっかり流行《はや》らなくなった歯医者ですし……」

「大澤さんは、失礼ですが子どもの貧困についてまるでご存知ない。翔太君はとても恵まれています。恵まれているだけに、つまずいたら起き上がれなくなったんですよ」

　正樹は節子から聞いた話を、高井にしようかしまいか迷った。節子が一瞬自殺をしようとまで思いつめた時、翔太が「一緒に死のう」と言ったという。聞いた時は衝撃であったが、よく考えてみると、まだほんの子どもだった翔太の言動ではないか。それを節子は、あまりにも深刻にとらえているのではなかろうか。

　節子とはあれ以来、ほとんど口をきいていない。

「由依の結婚が決まったら別れてもいい」

　などと言っていたが、そんなことが出来るはずはないと正樹は確信している。

　節子は結婚してからずっと専業主婦であった。結婚前には大手自動車会社で秘書をしていた。上司が正樹の父親の親友と同級生という、よくある見合いであった。資格を持たない中年の女が、一人で生きていけるはずがないではないか。言うとおりの財産を分けるつもりもない。

　それに何より、長いこと「大澤歯科医院の奥さん」として、地元でいち目置かれていた節子が、簡単にその座を手放すとは思えなかった。

　この突然起こった夫婦のごたごたを、高井に知らせることはないだろう。まずは裁判に集中してもらうことが大切なのだ。

「先生、裁判を起こす期限ってあるんですか」

「まだ訴状を出していませんが、相手方が弁護士を立てて待ち構えているので、ずっとそのまま、というわけにはいきません」

「それならば、一日も早く翔太を見つけなければなりませんね」

「そうなんです。僕も電話したり、メールを送ったりしていますが返事がありません」

「先生、私がいちばん心配しているのは、翔太が事件に巻き込まれることなんですよ」

「事件といいますと」

「ほら、何年か前にあったじゃないですか。自殺願望を持つ若者を集めたサイトがあって、言葉巧みに自分の部屋におびき出して、次々と殺したという事件が……」

「ああ、あのひどい事件ですね」

「思い出してぞっとしました。息子は弱い性格ですから、何か強いものにひっぱられていく可能性があります」

「いや、何度も申し上げているとおり、翔太君はとても慎重です。そういうところには決して近づかないと思いますよ」

「そうですかね」

「大澤さん、もうちょっと待ってみましょう。もう少ししたら、きっと翔太君は帰ってくると思いますから」

その時、正樹の中に節子の言葉がまざまざと甦える。

「翔太を逃がしたのよ」

いつのまにか父親の自分は、逃れるべき存在になっていたのである。が、そのことも高井には告げなかった。夫婦の諍《いさか》いを、年下の彼に知られたくない。

翔太が出ていって八日めになった。夕方最後の診療を終えて、リビングルームに上がると、テーブルの上にサランラップをかけた夕飯が並べられていた。

正樹の分だ。あれ以来夫婦で食べることはない。

節子は知らん顔をしてニュース番組を見ている。一口カツはよほどぞんざいに揚げたのか、衣が油っぽいうえにところどころ剝《は》がれていた。茶も淹《い》れない妻に、正樹の怒りが爆発した。

「おい、いい加減にしろ」

何がですか、と冷たい声がした。

「ずっとこんなことを続けるつもりか」

「こんなことって、何ですかね」

「不貞腐《ふてくさ》れて口もきかない、息子の居どころも教えない。いったいどうなっているんだ」

「決まってるでしょう。あなたが裁判を取り消すまでよ」

「わからない奴《やつ》だな、裁判は俺が勝手にやるわけじゃない。翔太もやる気になったことなんだ。それで俺は一生懸命やっているんじゃないか」

「だけど翔太は、もう裁判なんかやる気ないのよ」

「今さら、そんなことは言わせない」

「あなたって人は」

みるみるまに、また節子の目が吊り上がっていく。

「人の心変わりとか、後悔っていうのをまるで認めないんですか」

「あたり前だ」

正樹も妻を睨《にら》みつける。

「ここまでことは進んでいるんだ。やる気をなくした、なんてことを俺は絶対に許さない」

「そういうあなたの傲慢《ごうまん》さが、翔太を追いつめた、っていうことになぜ気づかないの」

「節子、よく考えなさい」

正樹はやや論法を変える。このまま夫婦でいがみ合っていれば、いずれ先日と同じことになる。そして節子は最後にまた、

「別れてもいい」

と口走るだろう。

本気でないとは思うが、あのときは、本当に不快な気分になった。

「母親としてのお前の気持ちはわかる。だけど甘やかすだけが愛情じゃないんだ。俺は翔太をつき放したわけじゃない。父親として一緒に戦おうと言っているんだ。いま戦わなければ、翔太はずっと引きこもることになる。七年の引きこもりが十年になり、二十年になる。そして俺たちが八十の時に、翔太は五十になる。このまんまパラサイトしていって、今言われてる８０５０問題の家族になるんだ。お前、それでもいいのか」

「仕方ないわ」

節子はあえぐように叫んだ。

「親としてつき合うしかないじゃないの」

「馬鹿《ばか》を言うもんじゃない」

静かに首を振る。

「お前は坂本さんのうちを見たじゃないか。母親と、引きこもりのひとり息子で暮らしていた。そして母親は年老いて亡くなった。しかし息子は中年も過ぎ、初老になっても、引きこもっていた。借地料も払えない。そしてパトカーと裁判所の執行官がやってきたよな。玄関をこじ開けて警官たちが踏み込んだ。出てきた息子を見て、お前、あの時、ショックで口もきけなかった。そしてしばらくして言ったんだ。あれは、うちの三十年後の姿なのよねって」

「……」

「今はまだいい、俺たちがいる。お前は翔太のために、めしをつくってやり、俺は光熱費を払ってやっている。だけど俺たちがいなくなった時のことを考えているのか」

「なるようになるわよ、その時がくれば……」

「その時がくれば何だ」

「翔太だって心を入れかえて、ちゃんと生きていこうとするかもしれない」

「その時が今なら、もっといいだろう」

「……」

「俺たちが八十になる、その時まで生きていられるかどうかもわからない。五十になった翔太は、いったいどうやって生きていくっていうんだ。今、俺たちがやってやらなきゃ、誰がやるんだ」

「だけど翔太は、今はやりたくないって言ってるのよ」

「今、出来なければ、十年経《た》っても出来ないのがわからないのは馬鹿だからだ。世間のことを何も知らない馬鹿だからだ」

「馬鹿だって何だって、翔太には拒否する権利があるのよ。やらなきゃダメだっていう精神論を押しつけてもね、あの子にはやりたくない心があるの。このやりたくない心にね、かなうもんはないのよ」

全くの平行線に終ってしまった。

三十年近くも一緒に暮していながら、妻がこれほど頑固で口が達者な女だとは、思ってもみなかった。以前は、娘と一緒にいつまでもお喋《しゃ》べりしているのを見て呆《あき》れていたが、最近は妙な理屈をこねまわす。正樹に対する怒りがどうやらボキャブラリーを増やしているようだ。

それにしても、「別れる」というのは脅しだと本当に思いたい。

正樹のまわりでも、離婚する友人が何人かいたが、年代的に好奇の視線を浴びることになる。よほど夫の女性関係がひどかったのか、それとも別に大きな失態をしでかしたのかと噂《うわさ》され、陰口を叩かれた。正樹自身がそんな一人になるのはまっぴらであった。

そうでなくても、引きこもりの息子を持つことで、仲間に対してひけめを感じていたのだ。今さら二重の同情を買いたくなかった。

不味《まず》い夕飯を食べ、流しに運び、自ら洗う。一日中働いているのだ、こんなことはしたくない。しかし自分が洗わなければ、汚れた茶碗《ちゃわん》や皿はそのままにされる。それを知ってから自分で洗うようになった。洗剤をつけたスポンジでさっと拭《ぬぐ》ってすすぐ、数分とかからない。

その時、テーブルに置いたスマホが、中島みゆきの「糸」を小さくかなで始めた。手にとると高井の文字が見えた。通話ボタンを押す。

「大澤さん、お食事中でしたか」

「いや、もう終わりましたから」

「翔太君のことで、ちょっと気になることがありまして」

「えっ、何ですか!?」

「いえ、いえ、そんなに驚かないでください。実は、ものは試しと思って引きこもりのサイトをいろいろ見ていたんですよ。今、わりと人気があるというか、人が集まっているのが『ひきこもりの森』、略して『ひき森』というものです。ネーミングからして、『あつ森』をもじってますから、比較的最近出来たものと思います」

『あつ森』はもちろん、人が集まるサイトというのも、正樹には全く理解出来ないものであった。

「それはいったい何ですか」

「チャットルームですね。ここに集って、みんなが好きなことを言い合うんです。それをつらつら見ていたら、三週間ぐらい前に、パクチという人物が参加していました。彼はこうつぶやいているんです。自分が引きこもりになった原因は、いじめにあったことによる。それで親が裁判を起こそうとしていると……」

「それって……」

「そうなんですよ。いじめた同級生と学校に対して、裁判を起こそうという親が、世の中に何人もいるとは思えません。このパクチは、翔太君ではないかと……」

「えっ、それを見ることが出来ますか」

「見るだけなら、誰でも見られます」

「やってみます」

「そして大澤さん、このパクチに、チェリーという者がすぐに返信しています」

「そのパクチに語りかけてきたんですね」

「そうなんです。二人はかなり気が合ったようでしたが、十日ぐらい前に二人ともこのチャットルームを退出しています」

「どういうことなんでしょうか」

「僕にはそのやり方がよくわからないんですが、最近はダイレクトメッセージを送れるチャットルームもあるようなので、どうにかして、つまり人の目にさらされることなく、二人でじっくりと話し合いたいと、どちらかが誘ったんです」

「なるほど」

それは悪いことではないような気がした。たとえパソコンのサイトの中でも、翔太は心を許せる相手を見つけたということだ。

「ですけど、僕はふと思ったんですよ。チェリーというハンドルネームは、ゲイみたいで、なんだか不自然な印象があるなと」

「そうですかね、私は何とも思いませんが」

「チェリーはあきらかに男性でした。彼も受験して入った中高一貫校で、強烈ないじめにあったそうです。そして中退して以来、ずっと引きこもっていると。大澤さん、気づきませんか」

「いえ、どういうことですか……」

「いや、中高一貫校という点で条件は絞られてきます。引きこもり期間を別にすれば、これは寺本航の経歴に似ています」

「あっ……」

「そうなんですよ。僕たちは会いましたね。彼の保護者といおうか、兄貴分の男は桜井潤太郎です。チェリーというのは、とっさに桜井からとったものかと」

「まさか、そんなことはただの偶然でしょう」

「僕は、このサイトの管理人に連絡を取りました。弁護士だということを明かしてこのチェリーの情報を教えてくれるように要請したのですが、個人情報保護法を盾に断られてしまいました。なので、このチェリーのアイコン画像を確認してみました。バーのカウンターらしきテーブルに並んだ、ウイスキーボトルの写真でした。次に、寺本のフェイスブックのページを見てみると、同じ写真が投稿されていたんです。おそらく、バー『NOTE』の店内で撮影されたものでしょう」

「それは、どういうことですか」

「つまり、ほぼ間違いなく、チェリーは寺本だと思います」

「ということは……」

声が震えてくる。何か知らないところで、恐ろしい大きなことが起こっているような気がした。

電話を切った後はネットで検索していた。そして「ひきこもりの森」を探しあてる。

「この森の中でみんなで自由に、好きなことを話し合いましょう」

という一文がまずあった。

パクチという名はすぐに見つかった。

「親が裁判を起こすとか言うんだけど、そんなこと可能なのかなあ。何だか今さらっていう気がしてくる」

間違いない。これは翔太が書いたものだ。

そしてさまざまな反応。

「マジですか」

「確かに今さらという気が」

「裁判？　どうやるの？」

しかしチェリーだけは違っていた。

「そんなことをしようとする、お父さん、素晴らしいと思いますよ」

そのチャットの最後の言葉が目に飛び込んできた。

「お父さん、素晴らしいと思いますよ」

一見善良な文字が並んでいるが、そこにはまがまがしい予感が満ちていた。正樹にはわかる。

急いでリビングルームに向かった。節子は不機嫌そうな横顔を見せてまだテレビを見ていた。時計は八時十分をさしていた。

「おい、すぐに翔太に電話してくれ」

「どこにいるか、知りませんよ」

「バカ、携帯だ。どこに居たって出られるだろ」

「私が電話したって、出るかどうか……」

「それでも電話をしろ」

節子は不満そうに睨みつけてきたが、夫の見幕に、諦《あきら》め顔でスマホのボタンを押した。しばらく耳にあてる。

「ほら、出ませんよ」

勝ち誇ったように耳からはずした。

「だったら、出るまで待つんだ」

何か言いかけたが、むっとして再び耳に押しあてる。

「あっ」

声をあげた。

「もし、もし、翔ちゃん……。ううん、何でもないの、何でもない。ただね、お父さんがちょっと声を聞きたいって……」

「ちょっと貸せ」

ひったくった。

「おい、翔太、切るなよ。絶対に切るな」

まず命じた。

「お前、いま、どこにいるんだ。正直に言え」

「新宿」

ぶっきら棒な口調に、不安がかすかににじみ出ている。

「誰といるんだ」

「誰って……、知り合いだよ」

「嘘《うそ》を言え。ネットで知り合った男だな。桜井って言うんだろ」

息を呑《の》むのがわかった。

「その男はお前を誘い出そうとしているんだ。わかるな」

「ヘンな人じゃない！　有名な脚本家だ」

「とにかくその男に騙《だま》されるな。今、お父さんがすぐそこに行く。それまで動くんじゃない」

「無理だよ。今から桜井さんの店に行くから」

その店に、誰が待っているか知っているのか。お前が死ぬほど憎み、復讐《ふくしゅう》したいと誓った、かつての同級生がいるのだ。正樹はそう怒鳴りたいのをぐっとこらえた。息子が何か危険な目に遭うかもしれないという不安以上に、翔太をこれ以上傷つけたくなかったからだ。ネットを通じて、翔太が初めて心を許した相手が実は寺本航で、同情や共感の言葉は罠《わな》だということを今は言えない。

「ヘンな言いがかりつけるのやめろよ。あの人はオレに、自分のいろんな経験を話してくれるために、今日、来てくれたんだよ」

「いいか、翔太。よく聞け。その男を信用するな。お父さんが行くまで時間稼ぎをしろ。今、どこにいるんだ！　おい」

携帯を切られた。が、行き先はわかる。たぶん初台だ。

正樹は震える手で、高井の番号を押したが、留守番電話がこたえるだけだ。仕方なくメールをうった。

「今、翔太と連絡がつきました。桜井と会っています。彼は今から、翔太を初台の店に連れていくようです。私はすぐに向かいます」

ふり向くと、節子がすぐ後ろにいた。大きく息をしている。

「いったい、何のことなの？　翔太はいま、誰と会っているのよ。誰、誰なのよ？」

「お前は何も考えなかったのか」

怒りはまっすぐ妻に向かった。

「金を渡して家出させた時、どうして一人でいるはずと思い込んだんだ。誰かが近づいてきたり、誰かと接触するとは思わなかったのか」

こうする時間も惜しい。ジャケットを羽織り財布を持った。無線タクシーを呼ぶ。

「何よ、まるでわからない！　私がどうして怒鳴られなきゃいけないの！」

「お前は何も考えていない！」

叫んでいた。

「裁判しなければ、元通りになると思っている。いや、信じようとしている。お前は忘れようとしているだろう。あの日だ。翔太が暴れまわり、ガラスを全部割った日だ。いいか、このままだったら、また同じことが起こるんだ。翔太は、何度も何度もガラスを割ることになる。そのうちガラスではすまなくなるんだ。それにどうして気づかない。どうして忘れたふりをする?」

「忘れるなんて……」

節子は目を大きく見開いた。恐怖がありありと浮かんでいる。

「忘れるはずがないでしょ。あの日のことを忘れるわけないでしょ」

「おそらく、今夜、翔太はあれと同じことをするはずだ。別の場所で」

チャイムが鳴った。タクシーが到着したのだ。

「私も行くわ」

節子は立ち上がった。

ころげ出るように二人、タクシーを降りた。

初台に着くまでに、運転手を気にしながら、小声で大まかなことを節子に伝えておいた。

「高井先生から教えてもらったんだ。引きこもりの子たちがネットを介して語り合う、チャットルームというのに、どうやら翔太はいろいろ書いていたらしい。それにすぐに反応してきた人間がいる。寺本だろうと高井先生は言った。いじめの当事者だから、翔太のこともみんなわかる。さぞかし同情の言葉もうまかっただろう。そして家を出た翔太を誘い出したんだ。新宿でいきなり会ったら大変なことになるから、まずやってきたのは、桜井っていう男だ。この男は、寺本の兄貴分だ」

「それで誘い出して、何をするの」

声が震えている。

「よくわからないが、おそらく二人がかりで説得しようとするんじゃないか。でも、うまくいくはずはない。俺はその時が怖《おそ》ろしい……」

「だけど、そんな……」

「お前が金を渡したからこうなったんだ。逃がしたと言ったな。それが翔太を危険な目にあわせることになるんだ」

自分でも嫌な人間だと思うが仕方ない。苛立《いらだ》ちと怒りをぶつける相手は妻しかいないのだ。

路地に入り、バー「ＮＯＴＥ」の前に立った。案の定「ＣＬＯＳＥＤ」の札がかかっている。

ドンドンと扉を叩いた。

「こんばんは、開けてください！」

もし開かなかったら、体ごとぶっつけていくつもりであったが、しばらくして鍵のはずれる音がした。ドアを開ける。そこには寺本が立っていた。

「翔太はどこだ！」

聞くまでもなかった。カウンターに翔太と桜井が座っていた。

「やあ、お父さん」

桜井が手をあげる。

「そんなに血相を変えてどうしたんですか」

「この野郎！」

近づいていった。妻や息子がいなかったら、一発殴りたいところだ。

「どうして息子を誘い出して、ここに連れてきたんだ。正直に言え」

「誘い出したなんて」

桜井が薄ら笑いを浮かべた。

「コウがチャットルームで、偶然翔太君に出会ったんですよ。二人で腹を割って話すようになって、コウは気づいたんですよ。このパクチというのはもしかすると翔太君かもしれないって。でも自分と会ってくれるはずはないだろう。だから僕に確かめてきて欲しいって。コウは、翔太君に会って謝りたかったんですよ」

正樹は彼を無視して、翔太の前に進んだ。

「さあ、帰るんだ」

腕をつかんだ。

「一緒に帰ろう」

その時、息子の顔が驚くほど節子に似ていることに気づいた。ゆっくりと目が吊り上がっていく。憤《いきどお》りが頂点に達していく時の合図だ。まずい、と思った。

あの日がまざまざと甦《よみが》える。

「うるさい！」

あの時、翔太は叫んで、椅子《いす》をふり上げたのだ。思わず目の前のスツールを見る。一本脚が鉄製のうえに、底が平たいおもりになっている。多少のことでは持ち上げられそうになかった。

しかし今、あの時と同じ言葉が、息子の口から発せられた。

「うるさい！」

言葉を失なう。翔太の右手には、いつのまにかアイスピックが握られていたのだ。

「オレを騙しやがって。オレの気持ちわかるとか、自分も同じ目にあったとかぬかしやがって。親切なふりして、わかるとか言って、オレはもう、絶対に許さないからな」

「翔太、やめなさい！」

正樹よりも先に、節子がかん高い声を出した。

「そんなことしちゃダメ！　絶対にダメよ」

正樹は翔太と寺本との距離を見た。もしとびかかっていったとしても、とめることの出来る間隔があると思った。

「あたり前だろ、オレだってやつらにいじめられたんだからな」

寺本は顔をゆがめた。前に会った時とはまるで違う表情だ。

「オレだって奴らを訴えたいよ。オレだってずっとつらい目にあってきたんだよ。だけどオレは頑張って生きてきた。でもお前は今頃になって親とか弁護士に助けてもらおうっておかしくね？　いつまでたっても、親に甘えてんじゃん」

「黙れ、黙れ」

「自分はさ、世の中がおっかなくなって、うちん中閉じこもってさ、そいで今頃になって裁判とか、わけわかんねーよ。冗談としか思えないんだよ。それでさ、お前の本当の気持ち知りたくて、チャット始めたってワケ。でもお前って、中学校の時からちっとも進歩してなくて笑っちゃったよ」

「お前、ぶっ殺すぞ」

翔太がするりとスツールからおりた。そしてアイスピックをふりかざしながら、じわじわと寺本の方に進んでいく。

「翔太、やめなさい」

正樹は後ろにまわり、翔太を羽交い締めにしようとした。計算では、らくらくと腕を押さえられるはずであった。しかしどうしたことだろう。息子は思わぬ力で、父親の腕をふりはらった。正樹の知らない男の力であった。ガラスを一人で割った時とも違う激しい拒否の力である。

その時だ。信じられないことが起こった。

「おい、翔太君、そこまでだ」

高井の声だ。ドアが大きく開かれていた。

「大澤さん、もっと強く押さえてくださいよ。びっくりしてないで」

そして彼は、翔太と寺本の真中の位置に立った。

「翔太君、挑発にのっちゃダメだ。相手は君を怒らせるためにここに呼んだんだからさ。そのアイスピックで、肩とか腕を刺してみ？　君は逮捕されて、裁判どころではなくなるんだ。僕たちが訴えられる立場になるんだよ」

そして今度は寺本の方に向き直って、大声でまくしたてる。

「こんなことして恥ずかしくないのか。君は二つの大きな罪を犯してんだぞ。まずひとつめは、七年前に翔太君を残酷にいじめた罪だよ。いじめっていうのはな、人の魂をぶっこわすんだよ。十三歳、十四歳の魂はよ、いちばんやわらかくてふわふわしてるんだ。傷つきやすい、なんてレベルじゃない。一度ダメージ受けたら、もう元には戻らないぐらいなんだよ。それを君はこわしたんだよ。ふたつめは、それから七年たった今、君は翔太君を騙した。今度の罪はもっと重い。信頼を勝ち得た後、裏切ったんだ。おそらく、そこの脚本家のおっさんの入れ知恵だろう。脚本家だから、人をたらし込む言葉を、いっぱい知ってるだろうさ。それに翔太君はまんまとひっかかってしまったんだ。おい、聞いてるか。人を裏切る、っていうのはよ、いちばんしちゃいけないことなんだよ！」

高井の饒舌《じょうぜつ》を、正樹はぽかんと聞いていたが、すぐに了解した。高井は翔太の替わりに、相手に罵声《ばせい》を浴びせているのだ。口の重い翔太の心のうちを代弁することにより、翔太を静めようとしている。

横の翔太は呆然《ぼうぜん》としながら、高井のまくしたてる様子を見ていたが、アイスピックを持った手は、だらりと下に垂れていた。

「えーと、確認するよ。翔太君はここに君と話し合おうとしてやってきただけ。何も起こらなかった。いいね。後でごちゃごちゃ言ったら許さないよ。念のために、なぜか『CLOSED』の看板出してるのも、証拠として写真に撮っておくよ」

そして右手を上げた。

「じゃあ、寺本君、いずれ法廷で会おう」

その後、甲州街道沿いのファミリーレストランを見つけた。正樹たち三人はコーヒーだけ注文したが、高井はナポリタンを食べ始めた。

「僕は人と食事する時、留守電にすることがあるんです。相手が嫌がる人だと」

たぶん相手は女性なのだろうが、高井が独身かどうかも正樹は知らない。

「でも何だか、ちょっと気になってスマホを見たら、大澤さんから着信もメールも来てるじゃないですか。こりゃ大変とタクシーすっとばしてきました。大澤さんが機転をきかしてくださったおかげで間に合って、本当によかったです。でも、夕飯は食べそびれたものですから」

「本当に申しわけありませんでした。お相手の方、怒ってるんじゃないですか」

節子が頭を下げた。この話の流れでは、どう考えても恋人だろう。

「いや、いや、弁護士はいつ何が起こるかわかりませんからね。このへんはドラマと同じかなー」

高井はずっと軽口を叩《たた》いている。が、成功しているとは言えなかった。翔太はずっと下を向いているからだ。

「翔太君、よく頑張ったよ。よくギリギリまで耐えたよ。僕は君の忍耐力にびっくりしている。君は冷静に話を聞いていたんだろう。そして自分の身に何が起こっているか考えていたんだろう」

「いや……」

首を横にふる。

「何が起こってるかまるでわからなかった。寺本がどうしてここにいるのか、頭が真白でした」

翔太がこんな口調で話すのを聞くのは、一体どれぐらいぶりだろうか。

「いいか。相手は狡猾《こうかつ》だ。君が七年間、うちに閉じこもっている間、彼らは世間的なずるい知恵をいっぱい身につけているんだ。こういう連中と戦うのは、議論や話し合いでじゃない。裁判という大きなことをしなくては、もう君の魂は救えないと、僕は思っている。どうだ、翔太君、裁判をやると、ここではっきりと言えるか」

しばらく沈黙があった。三人の視線がいっせいに翔太に注がれる。

「やります」

「もっと大きな声で！」

「はい、やります」

「もう一度言うよ。大切なことだから。君の魂を救えるのは君だけなんだからね。僕はその手助けをしたいんだ。君は強い。今日それがよくわかった。それに君には、こんな素晴らしいご両親がついているじゃないか」

「……」

肯定はしなかったが、否定はしなかった。それで十分だ。

「お母さん、もう反対はしませんね。今、翔太君ははっきりと言いましたからね」

「はい」

静かに節子は頷《うなず》く。その様子からは何もうかがい知れなかった。

高井の事務所の応接室に、正樹と節子はいる。

「裁判の説明をしたいので、奥さんとご一緒にお越し願えますか」

高井の言葉に従ったのである。

「本当は翔太君にも来てもらいたいんですが、まだ無理でしょう。が、おいおいとやっていきます。彼もまじえて作戦を練らなくてはなりませんからね」

あれほどの事件があったのであるが、翔太は未《いま》だに部屋に閉じこもっている。が、最近は時々ではあるが、比較的早い時間に降りてくるようになった。こちらと話をするわけでもないが、ぼんやりとテレビを見たりしていると正樹は説明した。

「どうやら裁判のこれからを知りたいようなんです」

「すごい進歩じゃないですか」

高井は声をあげる。

「それはきっと、親との関係を回復させようとしているんですね」

「ですからこちらも、裁判のことを息子にちゃんと教えたいと思いました。私が見るところ、息子はいつ法廷に立つんだろうって、とても緊張しているんじゃないですかね」

「今から緊張することはありませんよ。法廷に立つまで一年くらいありますから」

「え！」

正樹と節子は顔を見合わせた。

「そんなにかかるものなんですか。私たちは来月にでも裁判所に行くものだと思っていました」

「法廷に立つのは、最後の最後と考えてください。それまで水面下でいろんなことをするわけです」

高井は部屋の隅にあったホワイトボードを移動させた。そして慣れた手つきで、文字を書き始めた。

「これから裁判の流れを説明しましょう」

ホワイトボードに、

任意交渉

↓

訴状提出

↓

口頭弁論

↓

弁論準備手続

↓

証人尋問

↓

判決

と書き終えると、ひとつひとつ指さしていく。

「この訴状提出から第一回口頭弁論期日までは約一ヶ月かかりますね」

「随分かかるものですね」

節子は律儀《りちぎ》にメモを取り始めている。

「あの、この時には、私たちも同席するものでしょうか」

「たいていは弁護士だけです。たまに本人と親御さんに同席してもらうこともあります」

「翔太の場合はどうなんでしょうか」

「そうですね、お父さんに同席してもらうことがあるかもしれません」

高井は次に「弁論準備手続」という文字を指す。

「口頭弁論からここまではわりと早いです。そして弁論準備手続までいったら、いよいよ戦闘開始という感じですかね。ここから相手方の弁護士と、いろんな証拠をぶっつけ合います。一ヶ月に一度会って書面や資料を出し合う。結果、裁判は約一年かかるというわけです」

「一年ですか……」

思わずため息が出た。

「私たちにとっては長いですね。いい方向に変わるといいんですが、翔太が一年後に本当に法廷に立つことが出来るのか。それとももっと引きこもりがひどくなるか……本当に心配です」

「ご心配はもっともですが、翔太君はやる気になっていると僕は確信を持っています。なぜならば、翔太君は僕に裁判のやり方をメールで質問してくるんです」

「ほう」

高井弁護士と翔太とは、パソコンやスマホで結ばれていた。

「僕は彼に、今のように簡単な裁判の仕組みを説明しました。が、彼はもっと知りたいようだったので、幾つかの本を教えましたよ。彼はカードも銀行口座も持っていないので、インターネットで買うことが出来なくて、それで本屋に行ったと言ってました」

「知りませんでした……」

夜中に近くのコンビニには出かけていたが、本屋となると駅前に行かなくてはならない。

「もっともその本は、駅前の本屋にはなかったそうです。かといって新宿や池袋に行く勇気は出ないと言うから、近所の本屋でも取り寄せてくれるよと教えたら、それは面倒だと言うんです。なので、今度入門書を送りますね。でも、大澤さん、翔太君にネットで本が買えるようにしてあげてくれませんか」

「それは……」

たやすく承諾することは出来なかった。引きこもりの〝罰〟として、カードはもちろん金も与えていない。節子が小遣いを渡しているのを、見て見ぬふりをしてきただけだ。

「僕が見てきた限りでは、翔太君は野放図にゲームをしたり、ネットでものを買うタイプではありません。本を買うための手段を与えてあげてくれませんか」

「そうですね……」

「カードで買うにしても、明細をちゃんとご覧になればいいじゃないですか。翔太君が本を読みたがっているんですから」

「わかりました」

何かあったら、すぐに解約すればいいだけのことだ。

「それから翔太君は、やはり昔のガラケーを捨てていなくて、その中の画像を僕に送ってくれました。お父さん、お母さん、彼は本当にやるつもりなんです。安心してください」

節子はメモを取る手を止めた。目がうるんでいる。

その年の正月は、祝い膳《ぜん》を夫婦だけで食べた。翔太がいないのはもはや毎年のことであるが、今年は娘もいない。由依は昨年の秋から、野口と同棲《どうせい》を始めたのである。

「もうこうなったら、強行突破だって彼が言うの」

と由依は説明したが、たぶん自分から言い出したに違いない。野口の母親は、裁判のことを聞いたとたん、

「そんな怖《おそろ》しいことを！」

と目をむいたという。おそらく裁判というだけで、泥棒とか人殺しを連想するのだろう。

由依がいたとしても、今年の正月は例年と違っている。それは、

「もしかすると、これが最後かもしれない」

という思いを正樹が持っているせいだ。

ずっと前から別れてもいいと思っていたと節子は言った。本気ではないだろうと最

初はタカをくっていたのであるが、日がたつにつれて、ひょっとしたらと考えることが多くなっている。

この何ヶ月かの、節子の静けさは不気味だ。高井弁護士から、

「お母さん、もう反対はしませんね」

と問われた時、節子ははい、と答えた。事実、一緒に彼の事務所に行きもした。が、それが最近は「覚悟」のように思われてきた。「覚悟」がいつも未来に向いているものとは限らない。節子のそれは諦念《ていねん》に思えた。

三十年にわたり自分がつくり上げた家庭の、最終章を見届けたいのではないか。節子のこのところの行動を見ていると、そう思わざるを得ないものがある。

暮れには断捨離と称して、たくさんのものを処分していた。その中には翔太の学生服や教科書もあった。

「もう二度と使わないと思うから」

その声にぞっとするような冷たさがあった。

この頃、正樹もさまざまな考えが頭をよぎる。これが単なる想像で終わればいいと思いながらも、日々具体化していくのはどうしようもない。

専業主婦だった節子がこれから生活していくためには、相当のものを持たせなくて

はならないだろう。結婚してからつくり上げた財産の半分は妻のものになるらしいが、正樹の持っている大きなものはこのクリニックの建物と土地である。あとは父の残してくれた投資用のマンションと定期預金と証券もあるが、これも、節子に分け与えた方がいいだろう。

それはいいとして、翔太はどうするのか。母についていくのか。

正樹は、節子の新しいアパートなりマンションで、一室に閉じこもる翔太を想像したがうまくいかなかった。おそらく翔太は、この三階からずっと出ていかないはずである。節子も一人で新しい生活を始めるのではないか。そうなると、自分はこの家で、息子と二人で暮らすことになるのか。

今までは食事や掃除、こまごまとしたことは、すべて節子がやっていた。それを自分でやる自信はまるでない。いずれにしても、裁判が終われば、自分たち家族も大きく変わるはずであった。そしてそれは自分が望んだことなのである。

目の前には三段重ねのお重があった。市販のものもあるが、きんとんや煮しめは節子の手づくりである。高血圧気味の夫を気づかって、塩分をおさえてある。こうした気遣いをする女が、心の中でいつ別れようかと考えていたとはと、正樹は言い知れぬ怖さを感じた。

「どうかしましたか」

箸《はし》をとめた正樹に、節子が問う。正月らしく薄化粧をしている妻は、肌もまだ若々しい。昔から美人と言われる女であった。それが今となっては何ともいまいましい。もしかすると、自分と別れた後でもいくらでも再婚出来るのではないか……。

いたたまれなくなった正樹は、椅子から立ち上がった。

「翔太を呼んでくる」

「えっ？」

「今年は特別な年になるんだ。屠蘇《とそ》ぐらい飲ませる」

「無理よ」

「うるさい」

階段を上がっていった。ドアの前に立つ。ノックした。

「おい、翔太、起きてるか。せっかくの正月だ、降りてこい。おせちを一緒に食べようじゃないか」

そしてこうつけ加える。

「今年はお前にとって、特別な年になるはずなんだ。お父さんやお母さんにとっても、普段とは違う一年になる。だから降りて来い。一緒に正月を祝おう」

かすかな物音が聞こえ、それを承諾のあかしととった。

おせちを食べ終わり、届けられた年賀状の整理をしていると、ひそやかに翔太が部屋に入ってきた。白いセーターを着ているのは、彼なりに晴着のつもりなのかもしれない。

「翔ちゃん。あけましておめでとう」

まず節子が声をあげた。うん、と翔太が頷く。

「あけましておめでとう。改めて乾杯だ。お前も酒ぐらい飲むだろう。もう二十歳を過ぎてるんだからな」

「いらない」

首を横に振る。

「ビール飲んだことがあるけど、気持ち悪くなった」

「ほう、俺もお母さんもいけるクチだが、いったい誰に似たんだろう」

そう茶化しながら、息子のことを何も知らないと気づく。翔太は、いったいいつ、誰とどこでビールを飲んだんだろうか。

「じゃあ、茶でいい。みなで乾杯しよう」

節子がいそいそと三つの茶碗《ちゃわん》を持ってくる。それを高く掲げた。

「あけましておめでとう」

翔太はその言葉を口に出さなかった。軽く頷いただけだ。が、それで十分だった。

「ほら、お前に年賀状が来ているぞ」

ダイレクトメールを別にすれば、それはこの数年来、翔太が受け取った唯一《ゆいいつ》のものだ。

高井弁護士からで、事務所の名が記されている。そして大きな字でこう書かれていた。

「翔太君、いよいよ決戦の年です。チーム一丸となって頑張ろう」

「有難いことだな。高井さんは本当に頑張ってくれているんだ。あんないい弁護士にめぐり合うなんて、つくづくうちは運がよかった」

節子の方を向く。高井とめぐり合えたことは本当に偶然だった。

元ヤンキーたちの面倒をみる面白い弁護士というふれこみであったが、すべてに一生懸命である。

「みんなリーガルドラマの見過ぎです。あんなことは実際にはない」

とよく言っているが、その行動力たるやドラマに出てくる熱血漢そのものだ。

「お前も高井先生の熱意にこたえるようにしなきゃな」

と言いかけ、教訓めいたことは口にしまいと言葉を飲み込む。そしてテレビに見入るふりをした。

「素晴らしいですね。翔太君は一緒におせちを食べたんですね」

電話の向こうで高井が言う。そのわりには声がはずんでいないように感じるのは気のせいだろうか。

「ええ、不味《まず》そうにつついて、すぐに自分の部屋に戻っていきましたが」

「確実に一歩ずつ前進していますね。彼なりに法廷に立つ準備をしているんですね」

「そうなんでしょうね。先生からいただいた年賀状をじっと見ていました」

「嬉《うれ》しいですよ」

その後、高井は資料が続々と集まっていると告げた。

「大澤さん、このあいだ指揮者のエッセイを読んでいたら、いちばん多くされる質問は、どうして前を向いて指揮しないのか、というものだそうです。せっかくの発表会なのにということらしいです」

「はあ……」

「僕はそれを読んで笑ってしまいました。弁護士の仕事もたぶんそう思われているんだろうって。法廷に立つことがすべてと考えている人が実に多いんです。指揮者はオーケストラと、念入りにリハーサルをします。音楽の質を高め、自分の意図を伝えます……。失敬、こんな話をして。僕は何年かN響の会員だったことがあるものですから」

「いえ、いえ、どうぞ」

「ですから、舞台に立つ時は発表の場であると同時に終わりなんです。その時、初めてオーケストラを指揮するんだと考えている人がいっぱいいますが、間違いです。弁護士もそうなんですよ。法廷に立つ時は、終わりの時なんです。勝負はもうついているんです。前にもお話ししたと思うんですが、一年間にわたって、僕たち弁護士は、裁判官の前で資料を出し合い、やり合っています」

「はい」

「ボストンからの、梨里花さんから送られてきた画像も、寺本航が実家で見つけたガラケーの画像も提出しています。用務員の益田さんの証言も出しています。それからもちろん翔太君からの画像、メールも」

「先生、それでいったい何が問題なんでしょうか」

いらついてきた。正樹はこういう問答が苦手であったし、いつも単刀直入にものを言う高井も、今日に限って遠まわしな言い方をする。

「はっきり言って不思議なんですよ、大澤さん。勝ち目はこちらにあるはずなんです。僕は何度も心の中で、ガッツポーズをしたことがあります。ですけどね、あちらの弁護士たちも、なんか余裕があるんですよね。勧試《かんし》を狙《ねら》っている様子でもないし」

「勧試って何でしょうか」

「裁判官からの和解の提案です。もうここいらで終わりにしませんか、お金で解決しませんか、っていうことですね」

「先生、うちは――」

「もちろんわかっています。大澤さんが和解にすることはない、というのはわかっています。不思議なのは、もうそろそろあちらの弁護士が、ちょっと焦《あせ》った様子を見せてもいいんですが、そうでもないんです」

「先生、それはいったいどういうことなんでしょうか」

「僕が思うに、すごい隠し球を持っているということですね」

「隠し球ですか!?」

「それも翔太君本人に関わることです。それが何なのか、僕にも見当がつかないんです」

「翔太は何と言っているんですか」

「彼にはまだ聞いていません。僕の推測ですから。ヘタに質問をしたりすると、彼を傷つけてしまうことになりますからね。しかしこの隠し球は、いずれ出てくるかもしれません」

あの、と続けた。

「ちょっと覚悟しておいた方がいいかもしれませんね」

そして、学校側も弁護士を立ててきたと、高井は教えてくれた。

「それがあまり聞いたことがない名前なんです。学校問題専門だと、たいていの弁護士は知っているんですが」

「とても強力な人を連れてきたんでしょうか。それともきっと勝てると、こちらをなめているんでしょうか」

正樹は心配になってくる。

「そのどちらでもないと思いますよ。あまり考えていない、というのが正解じゃないでしょうか」

「そうですか」

「学校の言い分はいつも決まっていますからね。自分たちは何も知らなかったと。学校というリングで、先生たちはレフェリーです。しかし片方がボコボコ殴られている時、このレフェリーは横を向いてしまった。よそ見していたのは故意ではない、知らなかったのは罪じゃないと、学校というところは考えるんです」

「無責任ですね」

「そのとおりですが、学校で起こるすべてのことに、責任をとらなくてはいけないのかというのが本音です。たぶん、気がつかなかった、で通すでしょうね」

「あんな学校だと知っていたら、行かせませんでしたよ」

と口にした後で、その言葉がどれほど無責任かということに気づいた。

小学校四年生の頃から、中学受験を自分が勧めたからだ。うちから歩いて近い公立に行くという選択もあった。が、それを恥ずかしいことだと言ったのは正樹である。

「お前は勉強が出来る。充分にいい学校にチャレンジ出来るんだ。そういう努力をしないのは、いちばんみっともないことだと、お父さんは思うよ」

説教をしたとは思わないし、人生訓を垂れたつもりもない。が、ことあるごとに、生きるうえで大切なことを語るのは、父親の大切な仕事だと思っていた。

「お父さんは翔太にお医者さんになってもらいたい。これはお父さんの望みだ。もちろん翔太は、途中で別の道に進んでもいい。だけど、いろんな可能性を増やしていくのはいいことだ。勉強しないっていうことは、可能性をどんどん小さくしていくことなんだろうな」

ああした言葉は、それほど悪いものだったのだろうか。節子は言った。

「あなたは何でも自分で決める。自分だけが前に進む。人に〝迷う〟ってことを許さないのよ」

その節子にしても、翔太が合格した時は、涙ぐんでいたではないか。自分だけが先に行っていたわけではない……。

節子に責められ、「別れる」という言葉を口にされてから、正樹はよく過去のことを思い出すようになった。翔太がよちよち歩き出した頃からを。

しっかりと抱き締めたことがあったろうか。

泣きやまなかった時に、激しく叱《しか》ったことがある。

自転車に乗るのを諦《あきら》めようとした時、

「お前、それでも男か」

と怒鳴った。倒れても何度も乗せようとした。

ゲーム機を取り上げたのは、宿題をしなかったからだ。

ああした小さなことが積み重なって、やがて大きな出来ごとへとつながったのか。

自分はそれほどいけない父親だったのか。

最近、街や電車の中で、正樹は注意深く父親たちを眺めるようになった。当時の自分よりもずっと若くして子どもを持っている男たちがいくらでもいる。自分より金も教養もなさそうなたくさんの男たち。つれている子どもを無造作に扱ったり、人前で叱ったりしている。

が、彼らの子どものすべてが問題を起こすわけではない。みんなそれほど考えることなしに子どもを育て、子どもは健やかに成長するはずである。

自分はそれほど悪いことをしてきたのか。

自分はいったい何を間違えてきたのだろうか。

正樹は不意に高井に尋ねてみたくなる時があるが、それはやはりはばかられた。彼が二十歳以上年下であるからだが、高井が独身らしいということも大きい。父親のこの煩悶《はんもん》をわかってはもらえまいと思うのだ。

「それで、あちらの弁護士は三人ということになります」

携帯の向こうで高井が喋《しゃ》べっている。

「三人です」

「はい……」

「僕は一人でやるつもりでしたが、やはりもう一人必要となってきます」

「そうでしょうね」

信頼出来る高井弁護士以外には正直任せたくないが、それはいたし方あるまい。

「先月、うちの事務所に入ってきた、槙原《まきはら》先生に頼もうと思っています」

「新人の方ですか」

「いえ、今まで別の事務所にいましたが、少年問題をやりたいということで、うちに移ってきたんです。とても勉強熱心な先生ですよ」

「それは有難いです」

正樹はこの時の会話で、槙原というのは若い男性だと思っていたのであるが、一週間後、高井と一緒に自宅にやってきたのは、若い女性であった。

「槙原祐子《ゆうこ》と申します」

名刺には確かに弁護士という肩書きと、登録番号が記されていた。

クリーム色のワンピースに、白いジャケットという服装は、ふつうのＯＬと変わりない。知的ではあるが、それよりも清楚《せいそ》な愛らしさの方が印象に残る。

「最近はこんなに綺麗《きれい》な若い方が、弁護士さんなんですねー」

節子が感にたえぬように言うと、

「若くはありません。もう三十をとうに過ぎていますから」

と微笑《ほほえ》んだ。そのきっぱりとした口調はやはり弁護士のものであった。

「槙原先生は、僕と違って東北大出の才媛《さいえん》なんですよ」

「まあ、すごいわ」

「ですので、しばらく仙台の事務所におりました」

「ということは、あちらのご出身なのかしら」

今日の節子は、やけに詮索《せんさく》めいているが、その底には、やはり女性の弁護士に対する興味と多少の不安があるのかもしれない。

「岩手の宮古です」

「宮古……」

正樹と節子はおし黙った。その地名からさまざまな重い出来事が脳裏に浮かんでくる。二人の沈黙を遠慮とみてとって、槙原は自らこう続けた。

「津波で実家は流されましたが、高台に逃れた両親は無事でした」

冷静な口調に、節子はやっと息をつく。

「それはまあ、大変でしたね」

「近くに住んでいた祖父母は家ごと流されましたし、近所の方もたくさん亡《な》くなりました。被災地に住んでいた者は、みんなそう言うと思いますが、あの震災で人生観が変わったのは確かかもしれません」

あの時、自分たち一家はどうしていただろうかと正樹は思いをめぐらす。翔太が小学五年の時だ。しばらくは塾に親が迎えに行かなければならなくなり、何人かの家族と一緒に帰り道を歩いた。

停電の不便さよりも、親たちは翔太の成績を口々に誉《ほ》めそやしたものだ。

「翔ちゃんはすごいわねー。模試でものすごくいい成績だったって」

正直、自分たちは得意だった。家族や家を失なった人たちがあれほどいたというのに、目先の幸福にまず目がいっていた。

そうだ、あの時から自分たちは確かにいびつだったと正樹は思う。

「あの、翔太さんにお目にかかることは出来ないでしょうか」

「そうですね。呼んできましょう」

最近は気が向くと、昼間でもふらっと降りてくる。裁判のことで話したい、というと、渋々ではあるが、ちゃんと目の前に座る。

高井に、

「はい、やります」

と宣言したことは気にかけているのだ。

「新しく弁護士が一人加わることは、メールで知らせてあります。綺麗な女の先生ということもね」

高井の軽口を背に聞きながら階段を上がった。ノックする。

「おい、翔太、高井先生がいらしてるぞ。新しい先生も一緒だ。ちょっと来てくれ」

相変わらず返事はないが、空気が変わったのはわかった。

やがて十分ほどすると、階段を降りてくる音がした。着替えていたのだろう、青色のニットにジーンズを着ている。

「大澤翔太さんですね」

槙原は立ち上がった。そして高井がそうしたように、うやうやしく名刺を差し出す。

「今度、高井と一緒に担当させていただく、槙原祐子と申します。どうぞよろしくお願いします」

そしてこうつけ加え、微笑んだ。

「私もチームに加わりますから」

どーも、と翔太は軽く頭を下げたが、表情が一瞬やわらいだのを正樹は見てとった。

「翔太もここに座ったらどうだ。今、これからのことを相談しているところだ」

ソファを指さしたが、翔太は首を横にふる。

「ちょっと、用事が……」

お前にいったい、どんな用事があるのだ、と言いたいのをじっと我慢する。が、その苛立《いらだ》ちは最近とみに感じるものだ。翔太がいっさい親を拒否して部屋に閉じこもっていた時とは違う感情である。感謝しなければいけないのかもしれない。

「翔太君、詳しいことはちゃんとPCに送っておくから、感想を書いといてくれ」

高井の声に振り返り、そして力なく頭を下げた。階段を上がりきる音を確かめて高井は言う。

「大澤さん、すごい進歩じゃないですか。お父さんが呼んだら、翔太君はちゃんとここに来ました」

「そうですね」

「ですけど、座ったらどうだ、という言葉はいらなかったかもしれません。どうか焦らないでください。法廷に立つまでには、まだ時間はたっぷりあります。一歩ずつです。一歩ずつです」

「えっ、籍を入れたの」

駅中にあるいつものイタリアンである。パスタを巻きつけようとしたフォークを、節子は思わず落としそうになった。

「いったい、いつなの。いつ!?」

「五日前。ちょうどバレンタインデーだったからいいかなーと思って」

由依は照れくさそうに肩をすくめた。長かった髪を切って、肩までのボブにしているが、その方がしゃれている。黄色のニットのゆるい衿元《えりもと》から白いシャツを出しているのも、表情を明るく見せていた。

「おめでとう。本当によかった！」

節子はフォークを置き、目頭を押さえた。

「どうなることかと心配していたけど、本当によかったわ」

同棲というのは、結婚に大きく近づいた証《あかし》、と節子の世代は考えるのであるが、それは勘違いだと由依に教えられたばかりだ。

「お試し期間っていうと、ミもフタもない言い方だけど、やっぱり合わなかったーって別れるカップルなんてざらにいるわ」

「そんなことして、次に結婚する時にさしさわりが出ないの？　特に女の場合は、半分傷ものにされたようなもんじゃないの」

「傷ものなんて……。だから昭和の人って言われるのよ」

と、同棲を始めたばかりの由依は笑ったが、実はひどく気にしていたらしい。

「彼に言ったのよ。私たち同じ会社なんだし、同棲して別れた、ってことになるとかなりマズいんじゃないかって」

「そりゃ、そうよね」

「半分は脅しみたいなもんだったかも。結婚してくれなきゃ、このまま荷物持って出ていくって泣いたら、彼がわかった、わかった、って」

野口の困惑した顔がたやすく想像出来た。一見今どきの快活な青年であるが、育ちのよさからくるひよわさも見え隠れする。由依はそこをうまく衝《つ》いたに違いない。

「式はどうするの」

「まあ、先のことにしようと思ってる」

「お母さん、由依ちゃんのウエディングドレス見られるのかしら」

「それはちゃんとやるってば。私だってウエディングドレス着たいもの。式はしなくても写真を撮るわ。その時に見ればいいじゃん」

「そんな写真だけだなんて、お母さんは許さない。ちゃんと披露宴もやらなくちゃ……。やっぱりあちらのご両親、許してくれないの？」

「こんなゲリラ的な結婚したら、ますます頭にキーッって血がのぼるかもね」

「それならどうして、急に籍入れたりしたの？」

「裁判のことがあるからに決まってるじゃないの」

腹立たし気に、フンと鼻を鳴らした。

「まさか本気でやるわけない、途中で和解するに決まってる、って思ってたら、お父さんこのままやるつもりなんでしょう」

「だって仕方ないじゃないの。いろいろあったんだから」

いじめた相手の知り合いに騙《だま》され、初台で大事件になりそうだったことは由依には話していない。ただ、翔太もその気になったので、自分も考えを変えた、とだけ伝えたのだ。

「私があれだけ言ったじゃないの。裁判なんてやめさせてくれって。そりゃあ、お父さんや翔太の気は晴れるかもしれないけど、私たちはたまったもんじゃないわ。もし、マスコミに出たらどうすんの。週刊誌に載ったりしたらどうするの」

「高井先生は、もし出たとしても仮名になるって言ってるわ」

「そんなのあてになるもんですか。ケイちゃんのお母さんは裁判って聞いただけで震え上がるような人よ。もう絶対に私たちのことを許さないと思うわ」

「そんな大げさな……」

高井と出会ってから、裁判を起こす、というのは決して特殊なことではないと節子でさえ考えるようになっている。ましてや大手の損保に勤める由依は、実際をよく知っているはずだ。

「もちろん、うちの会社もいろんな訴訟抱えてるけどね。まっとうな人たちなんかほとんどいないわ。いかにゴネて、企業から金をせしめようか、っていう人ばっかり。だから私は、裁判なんて大嫌いだし、うちの家族にはかかわってほしくないわけ」

いい、ママ。と由依はたたみかける。

「私はね、もう大澤由依じゃない。野口由依なの。これからは家族じゃない、なんて言うつもりはないわ。だけどね、大澤家のごたごたに巻き込まれるのはもうごめん」

「……」

深呼吸をして、節子はやっと言葉を口にすることが出来た。

「嬉しい結婚の報告の後に、そんな言葉を聞こうとは思わなかったわね」

「ママだって、あのうちを出たかったくせに」

由依の目が意地悪く光っている。

「家族なんて、その時の役割を果たしたら、解散したっていいんじゃないの。ママはもう充分にやってきたんだから、裁判が終わったらとっとと出ればいいんじゃないの。お父さんは私に、いくらかの金をくれるって言った。だったらママは三倍ぐらいもらいなよ。もっとドライになりなよ。家族って、そんなに有難がるもんじゃないんじゃないの？」

帰ってきた節子から由依の結婚の話を聞いた時、正樹は心から喜ぶ気にはなれなかった。

「どうせ、自分から言ったことに違いない」

それでも別に構わないではないか、と思う反面、この頃つくづく感じるのは娘の計算高さである。昔はこんなではなかった。もう少し可愛気《かわいげ》があったと思う。

「それはあたり前のことじゃありませんか。由依だっていい年だし、最後のチャンスに賭《か》けたんじゃないですか」

という節子の言い方も気にかかる。女というのは、それほど損得ずくで結婚を考えるのだろうか。そしてそのことで連帯感を持つのか。

自分と節子の結婚は平凡な見合いであったから、さまざまな思惑があっても不思議ではない。が、由依と野口は職場で出会い、恋愛へと進んだ。それならば結婚は自然な流れかというと、由依の普段のふるまいにはそう思わせないところがある。

恋人野口とその母の前で、翔太が暴れた日から、由依はめっきり姿を見せないようになった。時々は節子と会って、いろいろ話しているようなのであるが、それも気に入らない。

「結婚の報告ぐらい、ちゃんとうちに来てしたらどうだ」

つい節子に文句を言ってしまう。

「あの子だって、あんな嫌なことがあれば、このうちに来づらくなるのはあたり前よ」

節子は肩を持つようなことを口にするが、その由依が日曜日、前触れもなく突然やってきた。しかも不気味なほど機嫌がよい。手には洋菓子の箱さえあった。

「ここね、うちの近所の有名なとこ。いつも行列がすごいんだけど、今日は短かかったから買ってきちゃった」

「まあ、まあ、おいしそうね」

節子は嬉しそうに紅茶を淹《い》れる。その間、ダイニングテーブルで正樹は娘と向き合う形になった。

「結婚、おめでとう。よかったな」

そう言わざるを得ない。

「ありがとう。私ももう無理かと思ったけど、何とか結婚出来た。お父さんとママには、本当にご心配をおかけしました……」

意外なほどのしおらしさであった。それで正樹はいちばん聞きづらかったことを、つい問うてしまう。

「あちらのご両親は納得したのか。ちゃんと許してくれたのか」

翔太が椅子《いす》をふり上げた時、腰が抜けたように動けなくなっていた野口の母の姿が、まざまざと甦《よみがえ》った。

「それがね、家族だけでもちゃんと式あげて、披露宴もしなさいって、あちらのご両親から言ってきたのよ」

「なんですって」

節子にも初耳だったのだろう、茶碗を置く手が止まった。

「あちらのお母さんが、本当にそんなことおっしゃったの!?」

「そうなの。由依さんのご両親だって、ウエディングドレス見たいでしょうから、となんとか親切そうに言ったけど、もう籍入れたから仕方ないっていう諦めじゃないのー」

いつもの由依に戻った。

「だけど諦めでよかったじゃないの。これが怒りになったら大変だったわ」

「それがね、いろいろあったのよ、私もびっくりするような急展開」

せわしなく話し出す。野口の祖父は、長く参議院議員をつとめた政治家であった。地元ではまだ根強い知名度がある。孫の見栄《みば》えのよさから、選挙に担《かつ》ぎ出そうとする動きは、以前からあったらしい。

「だけど、ケイちゃんは、絶対に政治家なんかに向かないタイプ。私が言うんだから間違いないわ」

ところが最近になり、県会議員からスタートするのではなく、いっそのこと参議院に挑戦してはどうかとの声が大きくなったというのだ。来年の改選を前に、老いた現職が引退を表明した。そこで躍り出たのが四十代の元県庁職員だというが、これといって実績も魅力もない。ならば、世襲である啓一郎の方が、はるかに票を稼げるのではないかと党の重鎮が言ったという。

「彼もね、今さら県会議員なんかやりたくないって言ってたんだけど、国会議員ならいいかなーって、ちょっと心が動き始めたってわけ」

「それって、野口さん、選挙に出るっていうことなの」

「まさかぁ」

由依は苦笑した。

「だから、彼は政治家なんかにまるで向いていないのよ。ただね、参議院っていうのに、ちょっとぐらっと来ているだけ。私が許さないわ、選挙なんて」

傲慢《ごうまん》な言葉の後、でもね、と続けた。

「その選挙っていう二文字に、あっちのお母さんも目がくらんでるわけ。お母さんはずっと議員の娘だったから、やっぱりさ、その旨味《うまみ》も知ってるんじゃないの。彼以上に熱心だわ。そしてね、後援会の残党のお爺《じい》さんたちに言われたらしいのよ。啓一郎君の披露宴は、顔をひろめる最高のチャンスだ。パーっと地元で挙げてくださいって……」

あまりの急ななりゆきに、正樹も節子も声が出ない。同棲から入籍ということで何もしないと思っていたところに、突然、選挙がらみの立派な披露宴と言われたのだ。

「そんな……急に盛大な披露宴って言われても、準備っていうものがあるじゃないの」

「大丈夫。私だって、会ったこともない爺さんがいっぱい出席、なんていう披露宴はまっぴら。するつもりはないわ。だけどね、このおかげであっちのお母さんは私たちを許す気になったんだから、のっかってみるふりするのもいいかなーって思ったの」

娘のこの狡猾《こうかつ》さは、いったいいつからだろうと正樹はふと考えた。

「翔太のことで、私がどれだけイヤな思いをしたと思ってんの!?」

由依は泣き叫んだものだ。弟が引きこもりになったために、友だちを家に呼ぶことも出来なかった。いろいろな陰口も叩《たた》かれた。この境遇に負けるまいと、ひたすら勉強して早稲田に入り、一流企業に就職し、家を出たのだと。おそらく由依は、自分を守るべくコツコツと殻をつくっていったに違いない。

そして両親には、その殻の固さを誇示してみせるのだろう。

「それでね、ケイちゃんも猛反発して、披露宴は縮小、地元なんかでしない、っていうことになったの。いずれは、地元でパーティーは開くかもしれないけど、結局は家族だけの挙式！」

「結婚式なんて、家族だけでするもんだろ」

「親戚《しんせき》も呼ばないってこと」

「親戚を呼ばないなんて……」

が、それには正樹も賛成だった。何かと口うるさい連中は黙っていないだろう。翔太の今後をどうするのかと、くどくど説教を垂れるに違いない。節子の従姉妹《いとこ》たちは、みな詮索好きだ。

「それで結局、披露宴はどうするの」

「友だち中心に、八十人ぐらいでしようと思ってる。レストランで。最後には、私たちの思いどおりになるんじゃないの」

「それならいいけど……」

節子はうかない顔だ。

「由依ちゃん。結婚を認めてもらいたいばっかりに、なんかあちらのご両親をうまく騙してるんじゃないでしょうね……」

「騙すなんて冗談じゃないわ」

声を荒らげた。

「あっちが勝手にことを進めてるのよ。そりゃね、ケイちゃんもちょっとぐらついたりしたけど、それをいいことに、ぐいぐい立候補の準備だ、地元の披露宴だって言い出したのよ。だからこっちも必死に押し返して折衷案を出していったのッ。それをさ、騙すとかあんまりな言い方！　それでも母親なのッ？」

由依の目にたちまち涙があふれ出した。これほどすぐ泣く娘だったろうか。正樹はわからなくなってくる。いや、もともと自分は娘のことを、何も知らなかったのではないだろうか。幼ない時はなめるように可愛がったが、思春期の頃から、あちらも遠ざかり、こちらも遠ざかっていた。成長し変化する様子を眺めてはいたが、その内部に迫ったことはない。

「とにかく由依ちゃんの、ウエディングドレスは見られるのよね」

　節子がとりつくろうように言った。

「やっぱり見たかったから嬉しいわよ。それだけでお母さんはよかったと思うわ」

　由依はティッシュで、ちんと鼻をかんだ。

「それでさ、挙式は、たぶん五月の連休明けになると思う。家族だけだから、近所の小さな教会にしようって」

「教会って、信者さんじゃなきゃダメなんじゃないの。野口さんってクリスチャンなの？」

「違うけど、何回か勉強会に行けば大丈夫みたいよ。よく友だちの結婚式で、ナントカホールやナントカ会館に行くけどひどいもんよね。資格なんか持っているとも思えない外人がさ、牧師の格好して、誓いますかとか何とか、英語と日本語ちゃんぽんで言うの。私たち、あれだけはやめようって」

　機嫌が直った由依は、とたんに饒舌《じょうぜつ》になった。

「私は子どもの頃から、教会でウエディングドレス着るのが夢だった、って言ったら、ケイちゃんが、だったらちゃんとした教会探そうって」

本来なら微笑んで聞くような娘のエピソードであるが、正樹が身構えているのは、そろそろあのことが持ち出されるからである。

「それで挙式の時なんだけど」

由依はさりげなく切り出した。

「翔太、呼ばなくてもいいよね……」

節子にではなく、正樹の方に顔を向ける。

正樹は小首をかしげて、

「わからん」

と言った。

「翔太に聞いてみなくては」

「来るわけないわよねー。だって八年間ずうっと、うちから出ないんだもの」

「そんなことは、本人に聞いてみなければわからないと言っただろ」

正樹は次第に意地の悪い口調になる。それに呼応するように、

「だったら聞いてみてよ」

と挑戦的に返す由依の言葉にかぶせて、節子が尋ねる。

「あちらの、お母さまは何ておっしゃってるの？」

「翔太が出席するかしないかなんて、そりゃ聞かないにきまってるじゃないの。結婚反対の元凶なのに、翔太のことなんか絶対に聞かないわ。この世にいないことにしている」

「他人はそれでもいいが、お前にそれは出来ない。お前にとっては、たった一人の弟なんだからな」

「そんなことわかってますよッ」

唇をゆがめた。

「だからこんなに悩んで、苦しんでいるんだから」

「それならば、今すぐ翔太に聞いてみよう」

「えっ？」

「お前はうちにいないから知らないだろうが、この頃は呼べば、降りてくる時もある。まあ、来ない時もあるけど」

「ウソみたい。だけど……」

何か言いかける由依を無視して、正樹は階段を上がった。ドアをノックする。

「翔太、起きているか」

いつものように気配がする。起きている、という合図だ。

「由依が来てるぞ。結婚したらしい。ちょっと降りてこないか」

返事はなかったが、必ず降りてくると思った。そのとおり、十分もしないうちに階段をおりてくる音がした。見憶《みおぼ》えのある青いセーターにジーンズを合わせている。この頃わかったことであるが、長い引きこもりにもかかわらず、翔太のこの体形はかなり驚くべきことなのだ。たいていは運動不足から肥満になる。翔太が真夜中にコンビニに行くことは知っていたが、どうやらそのついでにあたりを歩いていたらしい。国道沿いに、遅くまでやっているディスカウントストアがあるが、着るものはそこで買っていると教えてくれたのは翔太自身である。

翔太は椅子に座るでもなく、テーブルの傍に立った。そして由依に目をやる。そこには何の感情もないような気がした。それが吉と出るか凶と出るのか、正樹にはまるでわからない。

「翔太」

と呼びかけた。

「由依が結婚した。まあ、籍を入れた、ということらしい」

すると、

「おめでとう」

くぐもった声で呟《つぶや》いた。

「ありがとう」

由依がそっけなく答える。

「それで、さ来月、五月の連休明けに式を挙げるそうだ。お前、出席するか」

しばらく沈黙があった後、翔太は答えた。

「行ってもいいけど……」

由依は驚いたように目を見開いた。節子が何か言いかけたが、正樹は目で制した。

「お前、礼服持ってないよな？」

「持ってない」

「だったら買わなきゃならないな。青山でいいか」

「いいよ」

「だったら金を渡すから買ってこい」

「わかった」

そして翔太は部屋を出ていった。階段をのぼる音と自室のドアを閉める音を確かめてから正樹は言った。

「よかったじゃないか。翔太が出席で」

冗談じゃないわと、由依は叫んだ。

「その前に私にちゃんと謝って欲しかったわよっ。あの日、あんなことをして本当に悪かったって」

「そこまで求めるな」

正樹は言った。

「それでお父さんもつい失敗してしまう。一歩進んだから、二歩三歩と行けると考える。だけど一歩下がることもあるんだよ。でも一歩下がっても、二歩行けば一歩進んだことになるんだよ」

「昔の流行歌みたい」

由依はプイと横を向いたが、その憎まれ口にかすかな喜びが含まれていると正樹は思った。

四月になった初めの日に、高井から電話があった。

「大澤さん、ちょっと残念なお知らせがあります」

「どうしたんですか」

今まで聞いたことのない、高井の沈痛な声だ。

「元用務員の益田さんが亡くなったんですよ」

「なんですって！」

翔太が焼却炉に閉じ込められた時、助け出してくれた用務員である。証人として法廷にも立ってくれると約束していたのだが、ついに癌《がん》に勝てなかったのだ。

正樹は一度だけ会ったことのある益田を思い出した。痩《や》せた老人であった。そして彼が妻と暮らす小さな家。子どももおらず、つつましやかな人生がほの見える家であった。

「ご本人も必ず証言台に立つ、とおっしゃってくださったのに残念でした」

「それでご葬儀はいつですか。うかがわなくては」

「奥さんのお話では、先週、甥御《おいご》さんの家族とひっそりと送られたそうです。ご本人の遺志だったそうで」

「それで先生、証人がいなくなって、裁判は不利になるんじゃないですか」

そんなことを尋ねる自分を、つくづく卑《いや》しいと思ったが仕方ない。

「確かに不利にはなりますが、益田さんはきっちり、証言に代わるように回顧録で残してくれました。当時の日誌のようなメモも探し出してくれて、そこには、翔太君を助け出した様子、担任の先生に報告したことも書いてあります」

「そうですか……」

「この回顧録をPCの方にお送りします。もっと後にまとめてお見せしようと思っていたのですが。助け出された時の翔太君の様子、ちょっとつらいかもしれませんが」

「ちゃんと読みますよ、私は」

力を込めて言った。

益田好之の回顧録

二〇一二年十一月二十八日

夕方五時三十四分、勤務の終わりに校庭の落ち葉を集め、焼却炉に向かう。焼却炉の中から扉を叩く音がするので、慌《あわ》てて開けたところ、中に生徒がうずくまっていた。同級生に閉じこめられたという。

いつ閉じ込められたかと聞くと、六時限が終わった時だということである。

「リクトを殺してやる」

と口走っているところをみると、かなりショックが大きかったのだろう。

失禁もしていたので、用務員室に連れていってズボンを上からドライヤーで乾かす。コーラを与えるとやっと落ち着く。その間も、

「リクトを殺してやる」

と口走っていたのが気にかかる。

名前を聞くと、「一年四組、大澤翔太」と答えた。先生に話すか、と言うとその必要はないとのこと。

十一月二十九日

生徒はその必要はないと言ったが、一年四組の半田先生に昨日のことを報告する。二時間近く閉じこめられていたこと、失禁していたことを話すと、

「悪ふざけにしても、少し度が過ぎますね」

という。

十二月三日

廊下で半田先生に会ったので、

「このあいだの生徒さん、どうなりましたか」

と尋ねたところ、

「生徒同士で解決したようです」

と答える。

十二月二十一日

明日から冬休み。工具を借りに来た生徒が、たまたま一年四組だったので、大澤翔太君はどうしているかと尋ねたところ、元気がないとのこと。気にかかる。

これは私が奉職中に書いていた日記のようなものです。正式な日誌もつけていましたが、それは学校のもので、いま私の手元にはありません。

大澤翔太君のことは憶えています。大澤君が閉じこめられていた焼却炉は、かなり旧式なもので、煉瓦《れんが》で出来ていました。中から開けることが出来ません。私が三日に一度、火をつけて中のものを燃やすことになっていました。もしよく確かめずに着火したら、とんでもないことになっていたに違いありません。

これは私の見解ですが、子どもの悪ふざけというには、かなり悪質だと思いました。助け出した時は、恐怖と脱水症状からか、かなりぐったりとしていました。失禁もしていました。どうしてあの時、救急車を呼ばなかったのかと悔やまれてなりません。そうすれば大ごとになり、先生たちも知らん顔を出来なかったはずです。まさか、親御さんも知らなかったとは、思いもよりませんでした。

八年後、思わぬことにまたこの出来ごとを見つめることとなりました。あの時の大澤翔太君が引きこもりと聞いて胸が痛みます。私は今、非常に体調が悪く、法廷へはうかがえないかもしれません。よってここに当時の私の日記と感想を提出します。あの焼却炉も撤去されたと聞きましたが、もうあのようなことは二度と起きてはならないと思います。

益田好之

パソコンの画面で「失禁」という文字だけが別の色と太さを持っているようだった。暗い焼却炉の中で、翔太は尿を漏らしていたのだ。そのことを想像すると、ぞっとして体温が下がっていくのがわかった。肌が粟立《あわだ》つとはこういうことかと思う。

「許さないからな」

口に出して言った。

「どんなことがあっても、お父さんが許さないからな」

もう一度読み返す。そして一度だけ会った老人のために合掌した。彼の厚意を決して無駄にしてはならない。

携帯が鳴る。高井からであった。

「送った日記を読んでいただけましたか」

「読みました」

「益田さんが亡くなられたのは痛手ですが、これでも充分な証拠になるはずです。ちゃんと日記には、翔太君の名前が書かれています」

「そうですか。有難いことです」

「これには重大なことが記されているんです。焼却炉で翔太君を見つけた次の日、益田さんは担任の教師にちゃんとこのことを告げています。それが無視されているんです」

「高井先生……」

ひと息置いた。

「あまりのひどさにびっくりしました。怒りもわきません。学校側の態度です。あまりにも無責任でいいかげんです。これでは生徒の命も守れないっていうことですか……」

怒りもわかないと言ったが、そのために熱いものが流れてくる。それを親指でぬぐった。

「あんな学校のどこがよかったんでしょうか。翔太が一生懸命勉強したのは、あんな学校に入るためだったと認めたくありません。近くの区立でもよかったのですが、レベルがいまひとつだったんですよ。でも、これならば、公立に行かせた方がずっとよかった。翔太はいったい、なんのために毎晩一生懸命勉強したんでしょうかね……」

最後は嗚咽《おえつ》となり、さすがに恥ずかしくなった正樹は話題を変えた。

「ですが先生、益田さんのことは本当に残念でした。もうちょっとスピーディーに進んでいたら、益田さんに法廷に来ていただけたんじゃないでしょうか」

「そのとおりなんですけどもねえ。大澤さんもうご承知のとおり、裁判というのはとても時間がかかるものなんです」

正樹の感傷を無視するような明るい口調に今は救われる。

「このあいだお知らせしたように、今は『弁論準備手続』というのをやっています。一ヶ月に一度、裁判所内の会議室で、お互いの弁護士と裁判官が会ってやり取りしています。これで十ヶ月ぐらいかかるわけですが、今は四月ですからちょっととどこおっているんですよね」

「どういうことなんですか」

「三月、四月は異動の季節で、裁判官が総取っかえで席替えがあり、本当にバタバタします。ですから、この月、ちょっとずらしてくれって言われたりするんですよ」

「そんな……。国民の裁判にかかわることでしょう」

思わず語気が荒くなる正樹に、

「まあ、お役所ってそんなものですからね」

高井がなだめるように言う。

「益田さんのことは本当に残念ですが、このマイナスを埋められるように、こちらも全力を尽くしますので」

ボストンにいる梨里花から、翔太を励ますメールが来たとも言った。

「彼女は、近いうちに日本に帰ってくるようです。卒業はまだですが、どうやら日本の企業に就職したいみたいで、そのリサーチということですかね」

「ほう」

「やはりアメリカでの就職はむずかしいのでしょう。日本のマスコミ志望みたいですが……」

「なるほど」

梨里花という女性は、翔太と同学年だったろうか。もうそんな年齢になるのか。引きこもりの子どもを持つと、同い齢《どし》の子どもの進学や就職のニュースを聞くのが本当につらい。

「高井先生、ドロップアウトした寺本や、医大に行った金井は別にして、佐藤も、もうどこかから内定をもらっているんでしょうね」

「そうですね。もう四年生ですから」

正樹の中で、〝失禁〟という文字がぐるぐるまわり出す。

「先生、どうしてうちの息子にあんなひどいことをした者が、ちゃんと社会に出ていくんですか。先生にお聞きしようとして、ずっと言いそびれていましたが、今、こうした裁判が起こっていることを、企業側は知らないんでしょうか。知らないで内定を出したんですかね」

国立大の経済学部に進んだ佐藤は、順調にいけばそれなりの企業に勤めることになるだろう。それを考えると、口惜《くや》しさがこみ上げてくる。電話ということもあり、今、その思いをぶっつけることが出来た。

「どうして、あんなひどいことをした連中が、ぬけぬけと社会に出ていくんですかね。うちの息子を焼却炉に閉じ込めてせせら笑ったような連中ですよ」

「お怒りはもっともですが、裁判の情報が外部に漏れるということはまずありません。ですから佐藤君のしたことは、企業には知られませんね」

「もし知られたら」

「それは企業側の考えによると思いますが」

「いっそ私がネットに書き込みをしたいくらいです」

ああした投稿がどうすれば出来るのかまるで知識がないが、メールの要領でやればいいだけだろう。

「それはやめた方がいいと思います」

高井がおごそかに言う。

「そんなことをしたら、あちらの弁護士が黙っていないでしょう。それに大澤さんの尊厳に傷がつくだけで済まず、名誉毀損罪《きそんざい》に問われる危険もあります。大澤さん、裁判は私刑《リンチ》じゃありませんよ。ネットによる攻撃は現代の私刑ですが、弁護士の僕が最も嫌悪《けんお》するものですね」

「わかりました」

ようやく息を整えることが出来た。

半月ほど静かな時間が過ぎた。

このところ節子はとても機嫌がいい。来月レストランでのパーティーという形で、由依の披露宴を開くことになったのだ。すべて二人で取り仕切るという話であるが、節子のところには、ウエディングドレスを試着している様子を、写真で送ってきたりしているらしい。

「お父さんにはまだ見せないでくれって」

くすくすと笑った。

「照れくさいし、当日あっと言わせたいんじゃないの」

由依の結婚が決まったら、翔太を連れて家を出ていくといった言葉は、いったいどうなっているのだろうかと正樹は考える。

先日、不意に高井から言われたのだ。

「つかぬことをお聞きしますが、大澤さんのところは、ご夫婦の仲は良好でしょうか」

離婚話が持ち上がっていることは、この年下の弁護士には言い出しかねていた。

「良好も何も。中年を過ぎても、特段仲がいい夫婦なんているんでしょうかね」

「なるほど。そのとおりですね」

「私たち夫婦の仲が、息子の裁判に何か関係あるんでしょうか」

「実はこのあいだの弁論準備手続の時、むこうの弁護士がこんなことを言い出したんですよ」

いじめと引きこもりの間に、はっきりとした因果関係があるのか。原告側の家庭に問題があったのではないか。夫婦仲は良好だったのかと問われたという。

「歯科クリニックを経営する、健全なご一家です、と答えましたが、まあ、近所中に聞こえるような夫婦喧嘩《げんか》は当分なさらないでください」

最後は茶化す高井の言葉が深く心につき刺さる。裁判が終わるや、自分たち夫婦が離婚したら、高井を騙したことになるのではなかろうか。心が痛む。

「あんな憎まれ口ばっかり叩いていたけど、由依は翔太が出席すると言ってくれて、ホッとしてるんじゃないの。私はね、その場で翔太に謝まらせるつもりなの。あちらのお母さんに、あの時は本当に失礼しましたって。そうしたら、すべて解決してくれるはずなんだけど」

こんな楽天的なことを言う女が、心の中でひたひたと離婚の準備をしていたとは、とても信じられない。

結婚というのは――。そう結論づけるのはまだ早いとは思うものの、こう言わざるを得ない。

まるで理解し合えない人間と、何十年か一緒に暮らしていくものなのだ。

その時、携帯が小さく鳴り始めた。高井の文字が表示された。

「いま、大丈夫ですか」

「診療を終えて、うちにおります」

「実は来週号の『週刊新風』に、記事が出ます」

「えっ」

「どのくらいの大きさかわかりませんが、とにかく出ます。学校側が訴えられたという記事です」

「先生、どういうことなんですか。このあいだ裁判の情報は漏れない、っておっしゃったばかりじゃないですか」

「基本はそうなんですが、学校側、名前の知れた進学校が訴えられた、っていうのは、マスコミが喜ぶネタなんじゃないですかね」

「先生、これは、うちにとって有利になることなんですか。どうなんですかね」

「別に不利になることはありません。原告や被告の名前が出ることもないと思いますよ。学校側も無回答ですから、大きな記事になるはずはないと僕は見ています。前にも一度こういうことがありましたが、ワイド特集の中の小さな記事でした」

「そうですか……」

安堵《あんど》したものの、ふと、自分の願いはまるで別のところにあったような気がした。

翔太の名前が出るのは困るが、金井や佐藤、寺本の三人の実名が、でかでかと週刊誌の誌面に載る。

「あまりにもひどいいじめ！　この犯罪によって被害者は引きこもりに」

そんな記事が出て、三人は社会的制裁を受けるのだ。

寺本はともかくとして、金井は医大を退学になり、佐藤も就職内定を取り消される。

そして学校は志願者を減らす……。

それこそ高井の言う「私刑」であろうが。

「どうしたの？　何かあったの」

不安そうな節子の顔がすぐそこにあった。

週刊誌のことを話してやる。

「えー！　週刊誌ですって」

たちまち青ざめる。

「やっと結婚式があげられることになったのにー。まさか、うちの名前が出たりはしないわよね。由依のことが出たりして……」

「バカ、そんなことあるわけないだろう」

思わず怒鳴った。

「おそらくちょっとした記事になるだけだと高井さんは言っていた」

「それにしても、週刊誌なんて」

おろおろしている。ふつうの人間にとって、週刊誌に出るというのは大変なことなのだ。

四日後、いつもより早起きして新聞を開いた。もうひとつの週刊誌と共に、大きな広告が出ていた。

右の方には、

「総理の退陣間近！」

という大きな見出しがあった。左の方は、有名女優の離婚には、別の男性がからんでいるという記事のようだ。真中に目をこらすと、「ワイド特集」というのがあり、

「初夏に憂《うれ》える人たち」という見出しがあった。五本の記事が並んでいる。

銀座名物！　クラブママの脱税騒ぎ
ネットで大炎上の老舗《しにせ》旅館がひっそり閉館
そしてその次に、

「イジメ裁判！　名門進学校の時代錯誤」

という見出しがあった。

サンダルをつっかけ、近くのコンビニに急いだ。雑誌売場に「週刊新風」が並んでいる。たまに銀行で読むくらいで、この週刊誌を買うのは初めてだ。

その場で読むのはためらわれ、代金を払うとすぐ店を出た。

家まで五分ほどの距離であるが、それが待ちきれなかった。早朝で道を行く人はいない。美容院の角を曲がったところで開いた。

「清楓《せいふう》学園といえば、戦前からの伝統ある中高一貫の進学校。今年は東大合格者二十数人と、御三家にも迫る勢いだという。ところで、この名門校を水面下で悩ませているのが、八年前に起こったイジメ事件。当時中学二年生のA君が、それによって引きこもりになったと、父親とともにイジメ加害者と同校を訴えたのだ。校長を直撃したところ、裁判中であることは認めたものの、『お答えできません』というばかり。快進撃を続ける進学校にとって、その評判を落としかねないイジメ問題は悩みのタネとなっているようで……」

すぐにでも高井と直接話をしたかったのだが、電話をかけるのははばかられた。まだ、朝の八時を少し過ぎたばかりである。

メールをうつ。

「先生、『週刊新風』を読みました。学校の責任を問うているんでしょうが、中途半《はん》端《ば》な書き方でよくわかりません」

返事があったのは二十分ほど後だ。

「週刊誌はえてしてこういう書き方をするものです。風聞や関係者のコメントを中心にして、結論はぼやかすというか」

「これはわれわれにとって、有利になるんでしょうか」

「僕は決して悪いことではないと思いますよ。もうのらりくらりは出来ないでしょうから、あちらの弁護士も本気になってくるはずです」

「本気になるというのは、こちらが不利になるということでは」

「いや、そんなことは知らなかった、というのはもう成り立ちません。世間が注目します。子どもが来年中学受験をする親も、裁判の行方を知りたいと思うはずです」

「それならばいいのですが」

「またご連絡します」

釈然としないまま、買ってきた週刊誌を節子に渡した。

「えっ、どこに載っているの？　何ページなの？」

すごい勢いでめくってやっと見つけたかと思うと、

「案外小さいのね」

と、どこか不服そうである。

「馬鹿《ばか》！　お前はもっと大きく書かれればいいと思っていたのか」

「そういうわけじゃないけど、もっと大きな記事だったら、あそこの学校がどんなにひどいところかわかるんじゃないかと思って」

「学校なんて、ひと筋縄ではいかないところだ。これからどうなるかわからないぞ」

高井は決して悪いことではないと言ったが、正樹の中には不安が残る。「仕返し」という言葉が不意に浮かんだのである。今まで仕返しといえば、被害者であるこちらだけのものだと思っていたが、加害者であるあちら側にも、その発想はあるかもしれない。

いや、「仕返し」というよりも「腹いせ」だろうか。ともかく名前が出てしまった学校側は、思いもよらない態度をとるかもしれない。正樹はそれが心配でたまらなかった。

とにかく由依の披露宴までは、何も起こらないことを祈るばかりである。

その夜、また高井からメールがあった。

「以前、ボストンの田村梨里花さんが日本に戻ってくるとお話ししたと思いますが、先日帰国しました。それで、実は彼女は、今回の裁判にとても興味を持っているのです。僕のところに長いメールが来ましたが、彼女の志望はどうやらテレビ局の報道記者のようです。今度の出来ごとを自分なりに取材したいので、翔太君に会わせてもらえないかと言うんです。彼女はなんでも、高校生の時から裁判を傍聴していて、自分でレポートを書いていたそうです。ちなみに彼女は、話すことで、事件について詳細を思い出すかもしれないと言っています」

「何でそこまでする必要があるんでしょうか」

メールをうちながら腹が立ってきた。

「うちの翔太は見せ物じゃありません。証言してくれることには感謝しますが、翔太に取材するなんてとんでもありません」

「お気持ちはわかります。おそらく彼女はこの裁判を細かく研究して、就職の時にアピールしたいのでしょう」

「それならますますイヤです。うちの息子を就職活動のネタに使ってほしくはありません」

怒りがこみ上げてくる。そうでなくても、同い齢の学生の進学、就職の話題はこちらの心を波立たせるのだ。田村梨里花の誠実なメールには感動したが、今はその無神経さが憎いとさえ思った。

「僕が思うに、梨里花さんはとてもしっかりとした女性です。子どもの頃から、ずっとテレビ局か新聞社の記者になりたかったそうです。弁護士としての僕の話も聞きたいと」

「先生が協力するのはかまいませんが、翔太はとてもそんな状況ではないと思います」

「翔太君に一度聞いてみるのはどうでしょうか」

「無駄だと思います」

昔、自分の下着姿を見られた若い女性に、会ってみようと思う若者がいるだろうか。ふざけてではない。強要された姿だ。翔太のプライドが、絶対に彼女を遠ざけるはずだ。

「実は彼女から翔太君へのメッセージを託されました。もちろんメールですが、僕も読ませてもらいました。真情溢《あふ》れるとてもいい文章です。いじめというものに対する彼女の考え方も伝わってきて、僕は再び感動してしまいました。これを翔太君に転送してもいいでしょうか」

「それはかまいません」

と送った後でこうつけ加える。

「私としてはあまり刺激して欲しくはありませんが」

「大丈夫です。翔太君は頭のいい二十一歳の青年ですから、冷静に受け止めます。それに、こういう刺激も必要かもしれませんよ」

いつものように、ちらりと茶化してくる高井であった。が、スマホを閉じた後、「刺激」という言葉が、なまなましく正樹に迫った。今まで翔太の性について、考えたことがなかったからだ。

いや、それは嘘《うそ》だ。由依からそのことを指摘されたこともあったし、かつての自分を思い出し、青年になった翔太がいったいどうしているか案じたことは何度もある。が、それは近所の幼女に何か悪さをしたらどうしようといった、ネガティブな怖《おそ》れであった。万札を何枚か折り、

「そういうところへ行ってみなさい」

というメモと共に、ドアの下にすべり込ませようと思ったこともある。

翔太の前に若く綺麗《きれい》な娘が現れ、楽しく会話をかわす、という光景は、想像したくとも出来なかったのである。

高井から電話があったのは、それから五日後であった。

「翔太君が梨里花さんに会ってもいいと言いました」

「信じられませんね」

「正直僕もびっくりしました。ただし会うのは一回きりで、僕も立ち会うという条件付きです」

「翔太が何を考えているのかまるでわかりません」

「おそらく彼女のメールがきいたんじゃないでしょうか」

「私にも読ませてくれませんか」

「梨里花さんに聞いてみましょう。翔太君だけに送ってほしいと言われているので」

二人で結託しているのではなかろうか。しかし高井は意外なことを言い出した。正樹は少し嫌な感じがした。

「実は僕よりも、槙原先生に立ち会ってもらう方がいいかもしれないと思っています」

「それはどういうことですか」

「僕は、梨里花さんが翔太君と話したいと聞いて、いい機会だと思いました。彼自身も気づいていなかった、さまざまな記憶や感情を呼び起こしてくれるような気がしたんです。しかし僕がいると、僕という男の存在を意識して、無理にカッコつけようと彼女の前で見栄《みえ》を張ったり、本心を言わなかったりする可能性があります。でも、これまでこまやかなコミュニケーションをとってきていない槙原先生が立ち会うと、翔太君はまた一から話さなくてはならないことがあるでしょう。それによって、翔太君はいろんな決意をしていくんじゃないかと考えました」

「そんなにうまくいきますかね」

「大澤さん、前にお話ししましたね。この裁判の目的は勝つことじゃありません。翔太君が変わることだと僕は思っています」

「そうです」

と答えながら、やはり、勝たなくて何が裁判だと心の中でつぶやく。

「翔太君が若い女性に、自分の経験を話す。このことで翔太君は、階段をひとつ上がることが出来るような気がします」

「そうだといいですがね」

次第に自分の言葉が、皮肉っぽくなっていくのを感じた。

明日から連休になるという平日の二時きっかりに、玄関のチャイムが鳴った。

「いらっしゃいませ」

かなり緊張した節子がドアを開ける。そこに槙原弁護士と若い女性が立っていた。

「はじめまして。田村梨里花と申します」

白いシャツとベージュのスカートが合体したようなワンピースを着ていた。かつては「ミスA学園」と言われていたらしいが、それほどの美人とも思えなかった。おそらくアメリカ留学のせいであろう。顎《あご》や腕のあたりにいささか無駄な肉がついていた。とはいうものの「綺麗なお嬢さん」というレベルは保っている。大きな二重の目がしっかりと正樹を見た。

「このたびは、勝手を言って申しわけありません」

「いや、いや、あなたにはとても感謝していますよ。ボストンから、いろいろな画像やメールを送ってくれてありがとう」

「いいえ、私も当時の自分が許せないところがありましたから、お役に立てれば何よりです。それから、これは母からです」

さすがにお嬢さま学校に通っていた女性らしい。きちんとした言葉遣いで、節子に和菓子の箱を渡す。

「まあ、こんなに気を遣わせて申しわけないわ」

「田村さん」

正樹は若い女性の名を呼んだ。

「僕はこれから診療入ってるんで、下のクリニックに行きます。家内も奥の部屋に行くように言っておきましたので、このリビングルームでゆっくり話してください」

「ありがとうございます」

「翔太君に負担がかからないよう、出来るだけ短時間にいたします」

槙原が言う。今日の彼女は藤色《ふじいろ》のジャケットに白いスカートを組み合わせ、初夏にふさわしい装《よそお》いだ。こちらの弁護士の方がずっと魅力的だと正樹は一瞬思う。

「降りてくるまで少し時間がかかると思いますが、根気強く待ってください」

「わかっています。大丈夫です」

梨里花は微笑《ほほえ》んだが、その言い方が癇《かん》にさわった。ソファに座って、白いトートバッグの中から、ノートとスマホを取り出した。

「それ、録音するんですか」

「ええ、翔太さんがＯＫだったら」

「ＯＫも何も。息子はそういうことに慣れてないんですよ」

「もしイヤだっておっしゃるなら、私が止めますから」

と槙原。

「ふざけんな。小娘の就職活動のために、今までのことを台なしにされてたまるか」

喉まで出かかった言葉をぐいと呑み込む。梨里花にはこれから証人になってもらわなくてはならないのである。

「ご存知のように、息子はずっと引きこもっています。世間の風というのに慣れていないんですよ。よろしくお願いします」

と言うのが精いっぱいだった。

階段をのぼり、ドアをノックしてみる。

「おい、槙原先生と田村さんが来ているぞ」

コトリと小さな音がした。

「イヤかもしれないけど、ちゃんと降りてきなさい。お前は高井先生と約束したんだろう。約束は守れよ」

すると、部屋の中から「わかった」と小さな声がした。

「わかってるってば」

息子がこんな風に返事をするのは珍しい。やはり特別なことと思っているのだろう。

内階段から診療室に入った。午後からは二人の患者があった。最初の男性は三年がかりの歯槽膿漏《しそうのうろう》だ。丁寧な歯磨きを何度も教えているのだが、いまだに実行されていない。

「先生、手術するのが早いって聞いたんですけどねー」

「太田さんはそこまでではないですよ。きちんとフロスと歯磨きをすればかなり改善出来るはずです」

「それがねー、女房と娘にクサい、クサいって言われて……」

前回と同じ会話がえんえんと続く。

二番めにやってきたのも男性で、これは虫歯の治療であった。このあたりの住宅街では、最近虫歯の子どもなどほとんどいない。親のしつけが徹底しているのだ。虫歯を訴えてくるのは、中高年以上の男性ばかりである。子どもの頃、歯科教育などなかった世代である。歯磨きもおざなりだ。

二人めの患者を送り出してひと息つくと、上が気になって仕方ない。こっそりとのぞいてみようかと思ったが、もし翔太に気づかれたらと思ってやめた。が、二人の女性に囲まれた息子の興奮を想像すると嫌な気分になった。

救いといえば、想像していたよりも梨里花が美しくなかったことだ。アメリカ留学で少々太っている。彼女の容姿が特別にすぐれていないことに、なぜか正樹はほっとした。

その時、スマホが鳴った。高井からだった。「高井」という表示があるとドキリとするのは、今に始まったことではない。しかし今は、心臓が大きな音をたて始めている。悪い予感がした。そしてそれはあたっていた。

「大澤さん、今、大丈夫ですか。治療中ですか」

「たった今、診療を終えたところです」

「今、四回めの弁論準備手続を終えたところです。今回はあちらさんの番でした」

お互いに主張書面と証拠を出し合う弁論準備手続は、かわりばんこにどちらかが主導権を握るのだ。

「少々、困ったことが起こりました。彼らの隠し球がやっとわかったんです」

「えっ、どういうことですか」

「簡単に言いますと、翔太君がいじめをしていた画像が提出されたんです」

「ちょっと待ってください。翔太が何ですか?!」

聞き間違えたのかもしれないと思った。

「翔太君がいじめをする画像が出てきたんです」

ここで高井は言葉を選ぶようにしばし沈黙した。

「今日は、学校側の弁護士が、携帯の画像を提出してきました。そこには同級生を四つんばいにさせて、背中を踏みつけている翔太君が写っているんです」

目の前が一瞬真白になった。

「終わりだ。これで終わりだ」

言葉がリフレインする。

「大澤さん、聞いていますか」

「は、はい……」

「落ち着いて聞いてください。これは間違いなく、金井や佐藤らに強制されてやったことなんです。こういうことはたまにあるんですよ。いじめの首謀者たちが、こうやれ、こう殴れといじめの真似《まね》ごとをさせるっていうのは」

「はい……」

「翔太君も脅かされて、いやいややったことに間違いありません。ですが、やはり不利になります。あちら側の主張はこうです。被害者と言っている少年も、こうした行為をやっていた。画像もある。つまりこれはいじめではない。日常的に行われた、少年たちのおふざけ、遊びだったのだと」

「先生……」

そう言うのが精いっぱいであった。

「その画像を見せてもらうことは出来ますか」

「大澤さん、約束してください。これで翔太君を責めないでください。ただ……」

「ただ、何ですか」

「ちょっと振り出しに戻っただけですから」

電話を切って画面を見つめる。間を置かず着信があった。開いてみる。

それは黒板の前であった。四つんばいになっている少年の顔は見えない。が、少年の背に足を置き、Ｖサインをしているのは確かに翔太である。

笑っている。それが強いられたものか、自然のものか、正樹にはわからない。ただ息子が笑っている、そのことにどうしようもない怒りを感じた。いや、怒りではないもっと深いもの、そう絶望感だ。ずっと自分が戦ってきたものの先にあったのは、白い歯を見せて笑うこの息子だったのか……。

気がつくと、内階段を駆け上がっていた。

「おい、翔太ー！　おい」

と叫びながら、いっきに二階に駆け上がった。

その際、若い女の笑い声が聞こえた。それが正樹の憤怒《ふんぬ》をかきたてる。

「この馬鹿野郎!!」

気づくと声を出していた。自分では心の中で叫んだつもりだったのに、声は発せられ、あたりに響いた。

ソファに座っていた三人が、呆然《ぼうぜん》としてこちらを見ている。翔太が二人の女性と全く同じ表情をしていることに、さらに腹が立った。

「あっ、ちょっと待ってください」

槙原弁護士が、スマホを手に立ち上がる。

「あっはい、はい、わかりました」

何ごとか短かい会話を交わし、正樹に近づいてきた。

「いま、高井弁護士から、大澤さんが興奮なさっているかもしれないと……」

「あんたは黙っててくれ」

正樹は怒鳴った。

「私は息子と話をしたいんです」

おい、翔太。正面に立った。見上げる息子の顔にありありと怯《おび》えが浮かぶ。それは初めて見る表情であった。

「お前は俺に隠しごとをしていた。俺が今、どんなに恥をかいたかわかるか!!」

「な、なんだよー」

「俺はな、今までこんなに恥をかいたことはない。おい、立て、立つんだ」

胸ぐらをつかんだ。それをひっぱり上げる。息子の体は想像以上に重く、しかも抵抗するので、わずかに持ち上がっただけだ。

「何だよ……。やめてくれよ」

この時、翔太が女二人にちらっと視線を走らせたのを、正樹は見逃さない。

「立て、立つんだ。この野郎」

さらに強くひっぱると、よろよろと立ち上がる。しかし、

「いきなり、やめてくれよ」

正樹の腕に自分の手をかけた。その怒声に、女たちに対する見栄を感じ、正樹は怒りのあまり目の前が一瞬暗くなる。

「お前を信じて裁判をやってきたのに、お前は俺を騙《だま》していたんだ！　お前はずっと被害者面《づら》をしてきたが、お前もいじめの加害者だったんだ！」

ほら、これを見ろと、正樹はスマホの画像をかざした。

「これは何だ。お前はこんなことをしていたんだ!!　金井にやられたことと同じことをしていたんじゃないか！」

翔太は目を見開き、スマホを凝視している。そして、あっと声をあげた。何かを思い出したのだ。

「これは僕じゃない」

叫んだ。

「これは僕じゃない」

「いいかげんにしろ！」

スマホを持つ手が震える。

「これがお前じゃなければ誰なんだ?!　この笑っている顔はいったい誰なんだ！」

「僕だけど僕じゃない。僕は無理やりやらされて……」

「ふざけるな！」

思いきり頬を張った。が、翔太はよろけない。そしてもう一度、

「僕じゃない」

と言った。

「やめてください！」

大声をあげたのは田村梨里花である。庇《かば》うように、正樹と翔太の間に割って入った。唇がわなわなと恐怖で震えているが、しっかりとした声を発した。

「おじさま、ちゃんと翔太君の話を聞いてあげてください。いきなり、こんなことをするなんて、翔太君が可哀想《かわいそう》です」

「あんたは帰ってくれ」

睨《にら》んだが、梨里花は動かない。

「冷静になってください。こんなのおかしいですよ、絶対に」

「大澤さん！」

槙原弁護士が、手にしたスマホを正樹の耳元に近づけようとする。

「冷静になってください。今、高井先生と繋《つな》がっています。高井さんはちゃんとお話ししたいと」

「うるさい」

その手も振りはらった。

「もう裁判もやめるんだ。もうすべておしまいなんだ」

そして梨里花の肩ごしに、翔太を睨みつけた。

「お前がこんなことをしていたとは知らなかった。お父さんはもうお前にはがっかりだ。心の底からがっかりだ」

だから……と、翔太は何か言いかける。

「お前、こんな風に女二人に庇ってもらって恥ずかしくないのか」

翔太の肩がぴくりと動いた。

「俺はもうお前には失望した。裁判なんてやめた、やめた。もう勝手にしろ」

大きく首を振り、もう一度言った。

「もう本当に、おしまいだ。もうすべて終わりだ」

その時だ。翔太の顔が痙攣《けいれん》を始めたかと思うと、口が大きく開いた。

「わあ!!」

という大声を発した。そして階段をかけ上がっていく。残された三人は、あっけにとられてそれを見ていた。

翔太がいなくなったことで少し正気をとり戻した正樹は、耳に冷たい異物を感じた。槙原弁護士が、無理やりスマホを押しつけているのだ。

「大澤さん」

思いのほか静かな高井の声だ。

「やりとり聞いてましたよ。僕は言いましたよね。翔太君はおそらく、無理やりやらされてたんだと」

「しかしいじめはいじめです」

スマホを耳に、また首を振った。

「あいつは、自分のされたことを一生忘れない、と言ったんです。その言葉に責任を持たなきゃいけない。相手も同じ目にあわせ……」

その時、どすんと大きな音が響いた。それは聞いたこともない、不気味で大きな音だった。三人は顔を見合わせた。

大急ぎで窓にかけよった。サッシを開けて下を見る。そこには、くの字の形で翔太が横たわっていた。

第五章　再生

　翔太の心臓は止まっていた。

　それが再び動き始めたのは、救急車の中で蘇生《そせい》処置がほどこされたからだ。しかし全く予断を許さないと救急病院の医師は言った。脊髄《せきずい》を損傷して、内臓から激しく出血していたし、頭蓋骨《ずがいこつ》は陥没していたのである。

「息子は助かるんでしょうか？」

　その質問を、正樹は医師にも看護師にも、白衣を着ている者なら誰にでもした。そして全く同じ答えが返ってきた。

「そのために最善をつくしますからね」

　手術が行われている間、待ち合い室のベンチに座っていた。隣りには節子がいて、

「もし翔太が死んだら、あなたを許さないから……」

　という言葉を何十回となく繰り返している。その都度、

「ああ、殺してくれ」

と正樹はつぶやく。しかしその声が節子の耳に届く様子はなかった。

なぜか槙原弁護士がずっとつき添ってくれていたが、そのことを不思議とは思わなかった。ほぼ放心状態の二人に替わって、てきぱきと病院側とやりとりをしてくれていたのだ。

時々、こんな声が耳に入ってくる。

「三階から飛び降りたんですね……。事故ではなく……。それでは自殺未遂と考えていいんですね」

そうか、翔太は自殺しようとしたのかと、正樹は深呼吸する。

息子が自殺を図った。いったいどうして？　俺のせいだ。強く責める俺の言葉に、息子は耐えられなかったのだ。そう思えば、先ほどから呪文《じゅもん》のようにこちらに向けられる、

「もし死んだら、あなたを許さないから」

という妻の言葉も理解出来る。

息子が自殺を図った。それが俺のせいならば、おそらく責任をとらなくてはならないだろう。

何のための責任？　息子を追いつめた責任か。いや、その前に、息子をこれほど弱い人間に育てた自分に責任がある。

失望した、と言った。もうすべておしまいだと言った。その言葉は凶器になったかもしれない。が、どうしてそれほどぐっさりと、心の奥に刺さってしまったのか……。

いや、息子をなじるのは間違っている。すべては自分がいけないのだ。だから翔太がこのまま死ぬのなら、自分も命を絶たなくてはならないだろう……。

混乱のあまり、正樹は両手で自分の頭を抱えた。

ああ、わが子が死んでしまう。いったいどうしたらいいんだろう……。

「大澤さん……」

槙原弁護士がささやいた。

「高井先生が、こちらに来たいと。もう病院のすぐ近くまで来ているそうですが」

「いや、それは……。会う気持ちにはとてもなれません……」

「そうですよね。ちょっと伝えてきます」

通話をするために立ち上がった。すると右隣りの席がぽっかりと空いた。左側には少し離れて節子が座っている。そして白い顔をして、

「もし死んだら、あなたを許さないから」

と繰り返しているのだ。

どのくらい時間がたったのだろうか。ぺたぺたと足音が近づいてきた。そして、

「ちょっとオ！」

という声がした。由依だった。会社から来たらしく、大きな書類カバンを肩にかけていた。肩に喰い込むほど重たそうなカバンだ。

「これって、どういうことなの⁉」

正樹と節子の間に座り、母親に話しかけた。

「ねえ、ねえ、翔太が飛び降りたって本当なの？」

節子が頷《うなず》く。

「二階から？　三階から？」

「三階から……」

「えー！　じゃあ、かなり高いじゃん」

「……」

「まさか死なないわよね！」

「死ぬわけないだろう」

正樹が答えた。

「今、手術をしている。たぶん大丈夫だ」

「本当なの？　本当に助かるの？」

「助かるから手術をするに決まっているだろ。助かるはずもない者を、手術するはずはない」

口に出して言ってみると、それは確信に変わった。

飛び降りた直後、駆け寄ってみると翔太は呼吸をしていなかった。すばやく左胸に耳を当て、心臓が止まっていることを確認した衝撃は、今もまざまざと甦《よみがえ》ってくる。急いで胸をはだけ、心臓マッサージを始めた。歯学部生の時に、一、二度授業でやったことを思い出した。

あの時の恐怖を思えば、今、待ち合い室のベンチに座っていることで精神的負担は少しは軽い。息子は〝生〟に向かって手あてをされていると信じればいいのだから。

「死んだら困るよー。死んだら困るよ……」

いつのまにか由依が泣き始めた。鼻水をすすり上げて、何度も言う。

「私たち、たった二人きりの姉弟《きょうだい》なんだよ。今はあんなでも、翔太はたった一人の弟なんだよ……」

ふだんは仲が悪い、というよりも、嫌悪《けんお》していた弟ではないか。

「いつかさ、うまくやっていけると思ってたのにさ、このまま死なれたりすると、私は本当に困るよー。私さ、ひとりになるの、絶対にイヤだよー」

意外な言葉が心にしみたが、それにふりまわされたくはなかった。

「うるさい、静かにしろ」

娘を叱《しか》った。

「絶対に助かる。だから泣くんじゃない」

「だけどさ……翔太がこんなことに……びっくりだよ」

不明瞭《ふめいりよう》につぶやきながら、由依はティッシュペーパーで鼻をかんだ。まだ夕方の五時だというのに、あたりは人が全くいない。鼻をかむ音が待ち合い室に響く。冷房が大層きつくて、正樹は少し身震いした。

しばらくして静かな足音がした。槙原弁護士が戻ってきたのだ。

「あの、連絡したのですが、入れ違いになって、高井先生はもう病院にきていました。ロビーで少しでもお話し出来たら、って申しているのですが」

「わかりました……」

由依が来たことで、かなり落ち着いている自分を感じる。唐突であるが、もう一人の子どもを残して、死ぬわけにはいかない、という気持ちが芽ばえていた。

ロビーに向かうと、ここはちらほらと人がいた。支払いの順番を待つ者たちが電光ボードを眺めている。

彼らと離れたところに、高井が腰かけていた。正樹を見つけると立ち上がった。

「大澤さん、このたびは大変なことに」

いや、いやと手を振った。

「あいつは助かりますから大丈夫です」

「スマホで聞いていたのですが、その前に大澤さん、かなり厳しいことをおっしゃっていましたね」

「はい、あの画像を見たら、確かに頭に血がのぼり、気づいたら息子に……」

「僕は反省しています。あの時、僕がもっとちゃんとお話しすればよかったんです」

高井は頭を下げた。思い出した。あの時、彼はこう言ったのではないか。

「約束してください。これで翔太君を責めないでください」

が、画像を見たとたん、そんな高井の懇願などどこかにふっとんでしまったのだ。

「あの画像を不用意に見せたのではないかと、とても後悔しています。しかし……」

ここで言葉を探し始めた。

「しかし、大澤さんほどの人なら、すぐにわかってくださると思ったんですよ。これは無理やりやらされたものだと。金井たちから強制されたものだと。大澤さん、写真の翔太君の顔を見て、それにお気づきになりませんでしたか」

「いいえ」

白い歯を見せ、ピースサインをしている息子の顔から、何を読みとることが出来ただろうか。

「そうですか……わかりました」

高井は肩を落とした。

「僕はもうこれ以上何も申し上げられません。ただ翔太君の回復を祈るだけです」

「ありがとうございます。私も息子が助かることを信じています」

「それでは失礼します。お取り込み中のところ、すみませんでした」

「わざわざありがとうございました」

そうしながら、高井と会うのはこれで最後ではないかという予感が頭をかすめた。

思わずこう言ってしまう。

「先生」

「はい」

ふり返った。

「いろいろありがとうございました」

はあーっ？　という声は、いつもの高井であった。

「僕はまだ何もしてませんよ」

ふと、ひとつの場面が浮かび上がる。包帯をした翔太がこう言う。

「お父さん、僕はもう裁判なんかしたくないよ。あんなこともうイヤだよ」

それがいま正樹が考えられる、最良の希望のシーンであった。

「先生、わざわざおいでくださって、ありがとうございました」

一礼して高井が遠ざかっていく。それを見送っていたら、「お父さん」と声が聞こえた。目を真赤に泣き腫《は》らした由依だった。

「今、担当の先生がご両親とお話をしたいって」

「わかった」

二人で歩き始めた。不意に言う。

「翔太、死なないよね」

「ああ、死なないよ。大丈夫だ」

「だって私の、たった一人の弟なんだよ」

俺のたった一人の息子だ、という言葉を胸の奥で繰り返した。

幕が切って落とされたように、雨が降ってきた。

雨足は激しく、傘をさしているのに、肩はぐっしょり濡《ぬ》れていた。それをハンカチで拭《ぬぐ》い、正樹はナースステーションの前に立つ。

「大澤翔太の父です。面会に来ました」

職業柄、こういうことに律儀《りちぎ》である。きちんと記入用紙にすべて書き込む。

バッジもつけて翔太の部屋に入っていくと、入れ替わりに節子がすっと出ていった。

相変わらず無表情のままだ。

自殺を図った者は、個室に入れないと聞いたことがある。そのためか翔太は四人部屋の窓際《まどぎわ》に寝ていた。ドアに近いベッドは空きのままなので、ゆったりと椅子《いす》を置くことが出来た。

頭に包帯を巻き、体にギプスを着けた翔太は、じっと窓を眺めていた。顔の傷も消えてはいない。痩《や》せて目が大きくなった。そうすると、翔太はますます母親に似てきた。固く唇を閉ざすさまも、ぞっとするほど同じだ。

「気分はどうだ」

と尋ねると、返事の替わりに頷いた。

「お母さんから聞いたと思うが、おととい由依の披露宴だった」

青山の洋館レストランに、三十人ほどが集まったこぢんまりしたものであった。

「由依のウエディングドレス、綺麗《きれい》だったぞ。見られなくて残念だったな」

「ああ……」

初めて声を出した。

意識を取り戻したのは十日ほど前だ。もし意識がないままだったら、正樹と節子は披露宴出席を取りやめようと話していたが、なんとか間に合った。

「これが親として最後のつとめだから、よかった」

という節子のつぶやきを正樹は聞き逃さなかった。別れる決心を固めたということなのだろう。それに異存はない。

翔太の生死を賭《か》けた手術の間、病院の硬い椅子に腰かけて、正樹は節子との今後について思いめぐらしていた。

夢想の中で、節子は勝ち誇ったように言う。回復した翔太を前にして。

「よかったわ。これで私は、あなたとすっぱり別れられるもの」

そうあってほしいというシナリオであった。その正樹の願いはかなえられたのである。翔太は脳にダメージを受けることもなく、死の淵《ふち》から甦り、今はなんとか会話が出来る。

「最近の天気予報はすごいもんだ。明日からは強い雨、というと本当に雨がどっと降る」

「そうだね……」

「何か欲しいものはないのか」

「別に」

「ＣＤとかゲームとか、コミックだっていいぞ」

「欲しいものがあったら、お母さんに言うし」

「そうだな」

しかし息子の言葉は、拒否とは思えなかった。意識が戻ってから何度か来ているが、こんな風にちゃんと返事をするのは初めてだ。これまでは頷くか、首を横に振るかであった。

正樹は椅子を動かし近寄っていく。息子の上半身からは、きつい薬のにおいがした。それに憶《おぼ》えのある湿布のにおいが混じるのが意外だった。

「翔太……。お父さんが悪かった。許してくれ。まず謝らなきゃいけないとずっと思っていた」

通路を挟んだベッドに寝ている中年男に聞こえないよう、低くささやいた。

「お父さんが馬鹿《ばか》だった。本当に愚かだった。お前がどんな思いで、あんなことをしたのか、全く考えが及ばなかった。そしてカッとしてしまったんだ」

「……」

声は出さないが、反応しているのは確かであった。

「お父さんはやっとわかった。もう遅いかもしれないが……。いや、そんなことはない。まだ遅くない、遅くないさ」

自分に言い聞かせる。

「いちばん大切なことがわかったんだよ。お前が部屋から出たり、学校に行ったりするなんて、重要ではなかったんだ。いちばん、いちばん大切なことは……」

そこで涙がどっと溢《あふ》れてきた。

「お前が生きていることなんだ。それだけでいいんだ。お父さんはやっと気づいたんだ。裁判なんか、もうやめよう。お前がいればいい。あのうちで、ずっと生きていこう……。なっ？」

翔太の手を握った。甲に幾つものすり傷がある。コンクリートに叩《たた》きつけられた時のものだ。

「もう、いいよ」

翔太は手をふりはらった。

「疲れるからもう、いい」

「そうだな。悪かったな。こみ入った話をして」

立ち上がった。翔太は窓の方を向く。雨粒がガラスにあたり、ひと筋、ふた筋、まっすぐに流れていった。

「また来るよ」

返事はなかった。

廊下に出ると、節子が立って窓を眺めていた。やはり雨が窓にあたる様子を見ていた。あの事故以来、節子は由依が使っていた三階の部屋に入り、いっさい夫と接触しようとしない。

「今、翔太と話をした。ちゃんと謝ってきた」

「そうですか」

「ちょっと話さないか」

妻が露骨に顔をしかめたので、急いでこうつけ加える。

「事務的な話をちょっとしたいだけだ」

「そうですか……」

ナースステーションの前に談話室がある。訪ねてきた娘らしい中年女と、しきりに話し込む老女がいるだけだ。端のテーブルに向かい合って座った。

「さっき来る前に出張所に寄ってきた。帰ったらすべて記入してテーブルの上に置いておくから、自分で記入して、いつでも出しておいてくれ」

「そうですか」

妻が唇の端をかすかにゆがめたのを見た。

「こんな時に、と思うだろうが、はっきりさせた方がいいだろう。由依の結婚が決まったら、というのが最初の約束だったのだからな。それから財産分与も、きっちり話し合って進める。届けを出した後でも、俺は卑怯《ひきょう》なことはしない」

「卑怯ねえ……」

今度ははっきりと薄笑いを浮かべた。

「何だったら、届け出るのは財産分与を済ませてからでもいい。順序は君が決めてくれ。それから――」

息を整えた。

「翔太は俺が引き取るつもりだ。こうなったのも俺の責任だから、ちゃんと面倒をみるつもりだ。安心してくれ」

「また勝手なことを」

睨《にら》みつけられたとたん、正樹は妻が薄化粧をしていることに気づいた。娘の披露宴の時の、妻の赤い口紅を思い出した。

「だってあの子は、一生車椅子かもしれないんですよ」

「まだわからないだろう」

「いいえ、脊髄損傷で後遺症が残る可能性があると、先生ははっきりおっしゃいました」

「可能性があるということは、そうならない可能性もあるということじゃないか」

「また、そういう言い方をする」

もう、うんざりだという言葉の替わりに、節子はゆっくりと首を振った。

「私はね、あなたみたいに楽天主義者じゃないから、いつだって最悪のことを想像するのよ。だから、裁判のことだって最初から反対だった。それなのにあなたは、自分一人でどんどん先に進めてしまったんじゃないの」

声がつい高くなり、近くにいた母娘《おやこ》が、怯《おび》えたようにこちらを見る。いつものように節子の目は吊《つ》り上がっていく。

途中からお前も承諾したはずだ。翔太にも、確かにやるんだな、と言質《げんち》をとった。しかしそんなことを今、口に出来るはずもなかった。

「そして結局はこんなことになったのよね」

口惜《くや》しい、とつぶやいた。

「もっと早く別れていればよかったんだわ」

もっと早く、というのは、いったいいつのことだったのかと正樹は頭をめぐらす。両親と同居を始めた頃か。父親の介護をさせた頃か。それとも翔太の不登校が始まった頃か。いずれにしても、節子は何度も離婚を決意していたということか。

自分はそれほど駄目な夫だったのか。たぶんそうなのだろう。自分は父親としても失格だったが、その前に夫としても最低ということか。まるで価値のない人間ではないか……。

「とりあえず出来る限りのことはする」

「出来る限りって、どういうことですか」

「金銭面でも君の言うとおりにするつもりだし、翔太のことも俺がちゃんとする」

「だから、あの子は一生私が面倒をみなきゃならないの。それがわからないの!?」

あちらで話しこんでいた女二人は驚いたように顔を見合わせている。節子、と小さな声で呼びかけた。

「届けはいつ出してもいい。だけどもう少し、翔太の両親でいてやろうじゃないか。とにかく翔太が退院するまでは。ここで争うのはよそう。また話し合えばいい」

頷くかと思ったがそうではなかった。呪《のろ》いのような言葉を返された。

「忘れないでね、すべてはあなたのせいなんだからね」


その日高井から久しぶりに電話があった。

「大澤さん、翔太君の具合いはいかがですか」

「今はリハビリをやってますが、もう一度脊髄の手術をすることになるかもしれません。損傷しているところはわずかなのですが、場所が悪いそうです」

「それはとても心配ですね。あの……」

遠慮がちに続けた。

「翔太君からメールをもらって、もう一生車椅子かもしれない、とありましたが本当なんでしょうか」

「いや、それはまだわかりません。最近、脊髄治療はとても進んでいますし、リハビリで思わぬ回復をみることもあるので、私たちも希望を捨てているわけではないんですよ」

「それならいいんですが、あの、実は翔太君から質問を受けましてね」

「はい」

「まだ裁判は出来るのかと」

予期せぬ言葉におののいた。サイバン。それはもはや、正樹にとって遠いどころか、忌《い》まわしい響きを持った言葉である。

「それはいったい……」

「翔太君は僕に、まだ裁判は出来るかと尋ねたんです。だから僕は言いました。事故によって期日を延期してもらっているけれど、取り下げたわけじゃないよって。そうしたら、翔太君はああ、よかったって」

「ちょっと待ってください」

スマホが小刻みに震える。

「翔太が本当にそんなことを言ったんですか」

「ええ、確かに」

「高井先生、まさかそんなことを翔太が言うはずはないと思いますが」

「僕も驚きました。しかし翔太君はあの事故をきっかけに、いろいろ考えているようですね。本も読んでいるようですし」

「先生、本って何ですか」

「先月ぐらいからですかね。今の僕はどんな本を読めばいいですか、と聞かれたので何冊か本の名を挙げました。ネットで手に入れたか、お母さんに買ってきてもらったかして読んだみたいですよ」

その本はいったいどこにあるのだろうか。翔太のベッドのまわりでは、コミックと雑誌しか見た憶えがない。本を読んでいるのを父親に見られたくなくて、どこかに隠しているのだろうか。

「先生、それについては翔太と話をしてみます」

「大澤さん……」

高井はここでいったん言葉を区切った。

「話をする時は、どうか気をつけてください。翔太君は、さらにデリケートになっています。本当に取り扱い注意です」

「それはわかってます」

午後の予約の患者が帰るやいなや、すぐに病院に向かった。が、病室に翔太の姿は見えない。向かいのベッドの男が教えてくれた。

「今、リハビリルームにいってるかもしれませんよ」

「ありがとうございます。そちらに行ってみます」

外科病棟の廊下の先に、リハビリルームはあった。陽あたりのいい広い部屋に、さまざまな器具やマットが置かれている。

翔太の姿はすぐに見つかった。若い男は一人しかいなかったからだ。理学療法士らしき中年の男と一緒に、二本のバーの間を歩く練習をしていた。しかし脚はぐにゃりとしたままで、まるで前に進まない。翔太は腕を支えにして、何とか動こうと必死だ。ほぼ腕だけをてこにして体を動かし、二メートルも行ったかと思うと、ゴールである車椅子に倒れ込むように座った。それでも額にぐっしょり光るものがあった。

それ以上はとても見ていることが出来ず、正樹は廊下の窓に目をそらした。夏の強い陽ざしが、常緑樹の葉を白く光らせていた。

やがて中年の療法士に車椅子を押された翔太がリハビリルームから出てきた。父です、と前に出た。

「病室まで私が連れて帰ります」

男が翔太の顔をのぞき込む。どうするかと聞いているのだ。

「そうしてもらいます」

と答えた。正樹は男に替わって車椅子を押した。車椅子を動かすのは、父の介護の時以来だ。車はずっと軽くなり、スムーズに動く。

「よく頑張っているじゃないか」

「そんなことはない。まるで脚が動かないよ」

「だけど頑張れば、きっと動くようになるさ」

「そうかなあ……」

途中に自動販売機と椅子があった。そこに停める。

「何か飲むか」

「いらない。オシッコが困るから」

そのつど看護師を呼ばなければならないと言う。

正樹はウーロン茶の蓋《ふた》を開け、立ったまま飲んだ。ひと呼吸置いて尋ねる。

「お前、高井先生に裁判を続けたいって、メールをしたって本当か」

「うん、した」

不思議なほどの素直さだった。

「本気で言ってるのか」

「本気だよ」

「今さらって思わないのか」

「〝今さら〟……」

その言葉を反芻《はんすう》している。まるで意味がわからないとでもいうように。

「お父さん」

そう呼ばれるのはいったい何年ぶりだろうか。驚きと緊張で背筋が伸びる。

「何だ」

「オレはこのまま、本当の引きこもりになるのかよ。今まで好きでうちにいた。だけどこれからは、うちにしかいられない人間になるのか。オレはそんなのは嫌だ」

驚いて息子の顔を見ようとしたが、手術の傷を隠すための黄色のニットキャップしか目に入らなかった。

「オレは裁判をしたいんだ。お父さん」

翔太が見上げてくれたので、やっと目を合わすことが出来た。二重の大きな目だ。母親似だと思っていたが、目だけは自分にそっくりじゃないかと目頭が熱くなった。

「どうしてオレが今、車椅子に乗ってここにいるのか。それをどうしてもつきとめたいんだ。お父さん、オレはどうしてあんな目にあったんだろうか。オレは何も悪いことはしなかった。あの写真も、あいつらに無理やりやらされて、ちょっとポーズをとっただけなんだよ。お父さん」

「わかってるよ。わかっていたさ」

肩を叩いた。青い入院着ごしにもわかる薄い肩だ。

「オレは何も悪いことをしなかったのに、どうして奴《やつ》らはオレをあんなに憎んだんだろう。オレはそれを知りたいし、奴らに罰を与えたい。お父さん、裁判をさせてください。お願いします」

頭を下げた。黄色いキャップが揺れる。

「裁判にかかるお金は、きっとオレが働いて返す。頭はコワれていないから、きっと返すよ。絶対だ」

「馬鹿だなあ」

キャップにそっと手を置いた。

「お父さんがそんなもん、すべて払ってやる。お父さんは金持ちで力があるんだ、安心しろ。だから」

二人で裁判を再開しよう。

第六章　裁判

東京地方裁判所七百二十五号法廷は、定員が五十人ほどの大きさである。通常の裁判は、関係者が数人というのがふつうであるが、今日はほぼ傍聴席が埋まっていた。新聞やテレビ、週刊誌の記者たちである。

八年前のいじめが原因で、不登校から引きこもりとなった青年が、相手の元同級生らと学校を訴えた。これだけでも充分にひと目をひく裁判であるが、原告の青年は自殺未遂まで起こしているのだ。

「まさに現代の世相がひき起こした事件」

と、ある週刊誌が書きたてたことで、今日もこれほどの傍聴人がつめかけているのである。

いちばん前の席で、正樹は息子を見守っている。半年ほどを経て、翔太は車椅子《くるまいす》を巧みに操れるようになった。今も器用にカーブを曲がり、左側の原告席についた。

紺色のスーツを着ている。昨日美容院に行ってきたので、髪が綺麗《きれい》に整っていた。その傍にいるのは、高井弁護士と槙原弁護士だ。裁判所は彼らの職場であるが、このように大勢のマスコミがいることには慣れていないらしく、やや緊張したおももちだ。

右側には三人の男が座っていた。金井、佐藤側、そして学校側の弁護士である。

「かなりベテランの弁護士」

と高井は学校側の弁護士を評したが、確かに七十に手が届く年格好だ。白髪混じりの髪を後ろに撫《な》でつけていた。

正面には黒い法服を着た書記官と白いブラウスを着た女性の速記官が座っていた。書記官は微動だにしない。この〝儀式〟の始まりを計っているかのようだ。やがて正樹の耳にもコツコツと足音が聞こえてくる。しわぶきひとつない法廷に、その足音は響く。止まった。

「皆さん、ご起立ください」

記者たちも全《すべ》てが立ち上がった。ざわざわと衣のこすれる音が起こる。するとそれを合図に裁判長が入ってきた。後ろに二人の裁判官を従えている。

裁判所というのは、随分と時代がかったことをするものだと正樹は思った。一連の動作がこれほど決まりにのっとり、順序立てて行われるとは初めて知った。

裁判長は傍聴者たちに向かって一礼し、正樹たちも自然に頭《こうべ》を垂れた。

全員が着席する。

「それでは令和二年（ワ）《かっこわ》第３６７４２号事件について始めさせていただきます」

書記官の言葉と同時に、記者たちがメモを取り出した。裁判長が切り出す。

「ここまでの双方の主張を確認しますが、本日までに提出していただいた書面のとおりでよろしいですね」

「結構です」

と被告側の弁護士たちは頷《うなず》いたが、「裁判長」と高井が声をあげた。

「事前に提出している書面のとおり、本件の請求について、その後に起こった事故もいじめによるものであり、結果、原告は半身不随という診断を受けております。その後遺症についてあらたに一億五千万円の損害賠償請求を行っていることを確認させていただきます」

あたりはざわついた。一億五千万という金額に反応したのだ。

三人の弁護士たちは、既に知っていたであろうが、やっていられない、という風に顔をしかめた。今の高井の発言を、マスコミを意識したパフォーマンスととったのだろう。

中年二人と、やや年配の弁護士が一人。

しかしどうしてこの場に、最初から二人の青年と校長はいないのか……。

怒りという感情は、もはや遠いものになりつつある。今わき上がってくるのは、静かな、このうえなく素朴な疑問である。

一方の翔太はこうして車椅子でも法廷に出ているのだ。それなのに罪を犯した青年たちは、弁護士の後ろに隠れて出てこようとはしない。これが裁判というものなのか。

あまりにもいびつで不公平ではないか。

いや、青年たちの親は傍聴しに来ているはずだ。ロビーにいた時から、正樹は全神経を集中させて二人の親を探そうとした。

中年の女がいたが、見るからに記者という雰囲気だった。節子もそうだが、こうした時に女親は来ないに違いない。

身なりのいい男が一人いて、これが金井の父ではないかと見当をつけた。仕立てのいいスーツに、鮮やかな色のアスコットタイといういでたちは、いかにも裕福な開業医といった風情《ふぜい》である。じっと見ていたら、さっと目をそらしたのも怪しい。

この男は後ろに座っているようで、メモをとっているかどうかはわからなかった。

「それでは証人尋問に入らせていただきます」

真中に座っている眼鏡の男が、高井に目をやりながら言う。黒い法衣がぴったりと似合っていて、生まれながらの裁判官というふうであった。

「それでは証人は証言台の前にお進みください」

傍聴席の左の端から二人が立ち上がった。田村梨里花と寺本航である。

梨里花が動いた時、声にならないため息があたりに起こった。

艶《つや》やかな長い髪がふわりと揺れる。濃いブルーのワンピースに同色のジャケットを着ていたが、プロポーションのよさは後ろからでもわかった。しばらく見ない間に、彼女が変貌《へんぼう》を遂げていることに驚く。

前に会った時は、アメリカから帰国したばかりで、ぼんやりとしたぜい肉がついていたが、半年の間にそれがそぎ落とされ、すらりとした体つきになっていた。

今、彼女は政治家の事務所のインターンをしながら、テレビ局の報道記者をめざしているのだ。

このような目立つ裁判の証人をすることが、就職をする際、吉と出るのか凶と出るのかよくわからない。

「自分が取材をしている最中に、翔太君が飛び降りたことで、梨里花さんはかなりシヨックを受けている」

と高井は言ったが、とにかく今日、正樹の頼みに応《こた》えて法廷に立ってくれたのである。

その梨里花の隣りに寺本航が立った。彼も背の高い見栄《みば》えのいい青年である。同い齢《どし》の二人が証言台の前に立つさまは、まるでドラマの一シーンを見ているようであった。

「それでは宣誓書を朗読してください」

一瞬二人は目を合わせる。せーのと合図をするように。

「宣誓。良心に従って真実を述べ、何ごとも隠さず、いつわりを述べないことを誓います」

正樹は目を閉じてそれを聞いた。若い二人の声が法廷に響く。さわやかな声であった。寺本の方には挫折《ざせつ》があったものの、健やかに育ち青春を味わった者だけが発する声だと思った。人と交わり、恋をして、笑い、泣いた声である。

この声を翔太はどのような思いで聞いているのか。十四歳からずっと部屋の中に閉じこもり、無為な日々をすごした。この二人の若者と同じ時間が流れていたというのに。そしてついに自分で命を断とうとした息子の胸に、この二人の声はつらくしみているのではなかろうか。

宣誓が終わると、寺本は元の場所に座り、梨里花だけが残った。法廷では、証人から当事者へと関係の薄い者から尋問するのだと、高井は前もって教えてくれた。

「それでは証人に対して、尋問を始めたいと思います」

高井が告げると、梨里花は「はい」と落ち着いた声で答えた。

「田村梨里花さん、八年前、あなたは大澤翔太さんのことを知っていましたか」

「今は存じ上げていますが、八年前は名前しか知りませんでした」

「どうして名前を知っていたのですか」

「金井利久斗さんから、画像が送られてきたからです」

「あなたは、金井利久斗さんのことは知っていたのですか」

「金井さんの従姉妹《いとこ》さんと私は同じクラスでした。一度金井さんが学園祭にいらしたことがあり、その時みんなでお茶を一緒に飲みました」

「その時にメールアドレスを交換したのですね」

「そうです」

「そして二〇一三年、六月二十日。あなたのところに金井利久斗さんから画像が送られてきたのですね。言いにくいでしょうが、どういう画像だったか、ちょっと説明していただけますか」

「はい」

息を整える気配がある。

「ズボンを脱いだ、下着姿の男子生徒の写真でした。下には大澤翔太クンのパンツです、という文字がありました」

「それを見て、あなたはどういう感想を持ちましたか」

「裁判長、異議あり！」

金井側の宗方弁護士が大声で遮った。

「原告代理人は、証言を誘導しようとしています」

「異議を却下します」

裁判長はおごそかに告げた。

「はい。それでは申し上げます」

凜《りん》とした声に、二十歳ほどの女性にしては、なんと大人びていることかと、ここにいる者たちは皆思ったに違いない。先ほどからこの場の雰囲気に全くおじけづいていないのだ。

報道記者志望の梨里花は、高校生の頃から裁判を傍聴していたと聞いたことがある。

ここは彼女にとって、なじみの深い場所なのかもしれない。

「私はいったん目をそむけましたが、ちゃんと見なくてはいけないと思い、もう一度見ました。大澤さんは泣き笑いのような表情をうかべていました。人が尊厳を傷つけられた時によくする顔だと思います。自分はこんなことで傷つけられていないと、精いっぱいふるまおうとしていますが、体がついていかない。だからあんな奇妙ないたいたしい表情になるんだと思います」

「それではあなたは、あの画像は、遊びではなく、人の尊厳が傷つけられた時の写真であって、よくある男の子たちの、悪ふざけとは思えなかったのですね」

「裁判長、明らかな誘導です！」

「却下します」

先ほどと同じようなやりとりの後、梨里花はきっぱりと言いはなった。

「十三歳の幼ない私が見ても、到底悪ふざけとは思えませんでした」

よく証言してくれたと、正樹はかすかに頭を下げた。マスコミ志望の小娘が、しゃしゃり出て息子を取材しようとしている。いっときは腹を立てたものだが、彼女はこうして証言台に立ち、八年前の出来ごとがいかに非道なものだったかと、断言してくれたのである。おそらく有力な証言になることであろう。

しかし油断は出来ない。この後、金井側の宗方弁護士による反対尋問が始まるのである。

中年の背の高い男は、正樹の目から見ていかにも意地悪げだ。

「田村さんにお聞きしますが、送られてきた画像は、本当に金井さんからのものだったのですか」

「間違いありません。その後、私は金井さんとメールのやりとりをしたことがありますから、正しいアドレスです」

「あなたからメール、ということですが、どんなことを書かれたのですか」

「どうって、他愛ないことです」

「あなたはその時、金井さんを非難しましたか。これはいじめだと誰かに報告しましたか。あるいは警察に相談しましたか」

「しませんでした」

「どうしてしなかったんでしょうか。友だち同士の悪ふざけと思っていたからではないでしょうか」

「裁判長！」

今度は高井が異議を申し出たが、こちらも却下された。

「あなたは先ほど、いたいたしい、と表現されましたが、それはあなたの現在の主観ではありませんか。当時、あなたはいじめととらえていなかったんじゃないですか」

「それは違います」

梨里花の声はあきらかに緊張していた。さっきとは違う。正樹は思わずこぶしを握った。

「当時は子どものルールがあったと思います。それは見て見ないふりをする、というルールです。子どもは無力ですから、そうすることしか出来ないんです。私はアメリカで〝ノーブレス・オブリージュ〟ということを学びました。ボストンには特にその文化があります。力を持つ人間が先頭に立ち、いろいろな問題を改善しなければいけないんです。八年たち、私は大人になり、少しですが力を持つことが出来ました。この力を持って、私は過去にあったことを改善しなくてはいけないと思い、ここに立っています」

そしてひと息ついて、

「私は持つ者の責任を果たします」

そこにいたすべての者たちから、ほーっという声が漏れた。二十一歳の女性の勇気と知性に感嘆していたのである。

それにひきかえ、次に証言台に立った寺本の背中はいかにも頼りなかった。

彼を被告にすべきか、証人にすべきか、高井と正樹、翔太は徹底的に話し合った。

「僕は寺本を絶対に許すことが出来ない。被告の一人にしてほしい」

という翔太に正樹も賛同したのであるが、それを説得したのは高井である。

「気持ちはよくわかるよ、翔太君。だけどね、いじめの場合は本当に証人がいないんだ。たとえば、金品をせびったりするいじめなら、ことは簡単なんだ。証拠がちゃんと残るからね。しかし君の場合は何もない。ふざけてやっただけだと、彼らが言い張る可能性がある。それに……」

高井は言い澱《よど》んだ。翔太の自殺未遂の原因となった、あの画像のことを言いたいのだ。たとえ無理やりやらされたとしても、四つんばいになった同級生の背中を踏んで笑う翔太の顔が写っている。あちらの弁護士はそこを衝《つ》いてくるはずだ。

「そんな時に寺本君の証言はとても重要になってくる。当事者だったんだからね。何より彼は、加害者からいじめの被害者となって、彼らのやり口と、やられた方の気持ちの両方を知っているんだ」

その寺本は、ポロシャツに黒いジャケットといういでたちだ。一応はきちんとしなければ、という思いは伝わってくる。

証言台に立つ前に、彼は車椅子の翔太に目礼をした。これには翔太も驚いて思わず会釈《えしゃく》を返したほどだ。

まずは高井が尋問を始める。

「寺本さん、二〇一三年五月三十日、あなたは被告と一緒に、大澤翔太君を後ろから執拗《しつよう》に蹴《け》とばしたことがありますか」

「はい、あります……」

「裁判長、異議あり」

今度は佐藤側の弁護士だ。

「誘導尋問です。八年前、中学二年生の少年だった当時、証人が日にちまで記憶しているとは思えません」

「原告代理人」

説明せよと命じる。

「寺本さん、そのような日にちはなぜわかるのでしょうか」

高井の問いに、答える寺本の声は、かすかに震えている。この場の空気に呑《の》まれているのだ。

「それは僕が当時持っていたガラケーには、写真に日にちが入るようになっていました。被告らは僕に、いじめられた後、口惜《くや》し涙をこぼしている大澤君を記録するように言いました。それで日にちがわかったんです」

「被告側代理人わかりましたか」

　裁判長が問う。

「わかりました」

　不承不承といった顔だ。

　そして高井はあの事件に入った。

「寺本さん、あなたは二〇一二年十一月二十八日、被告らと一緒に、大澤さんを裏庭に連れ出しましたね」

「はい」

「その時、大澤さんを焼却炉に閉じ込めたのは誰ですか」

「金井君と佐藤君……そして僕だったと思います」

「それはどのようにして、行われたのですか」

「金井君が大澤君を羽交い締めにして、僕と佐藤君が脚を一本ずつ持ちました。それから、〝そおれ〟と、ゴミの山に落としたと思います。そして扉を閉め、外からロックしました」

耳を塞《ふさ》ぎたくなった。

「おい、それはないだろう。いくらなんでもそれはないだろう……」

正樹は寺本の背中に向かって、怒鳴りたくなってくる。

「その時あなたは、とても危険なことをしていると思いませんでしたか」

「思いました」

だったらなぜだ!?

寺本への反対尋問が始まる。

立ち上がったのは、金井側の宗方弁護士である。紺色のスーツ姿は、ふつうのサラリーマンにしか見えない。

「寺本さんにお聞きします。まずお聞きしたいのは、どうしてあなたは被告じゃないんですか」

「僕が大澤君に、心から謝ったからじゃないでしょうか」

「でも、あなたもいじめていたんですよね？ 大澤さんが焼却炉に閉じこめられる前、金井さん、佐藤さんとあなたは何をしていましたか」

「金井君と佐藤君は、最初僕を閉じ込めるという話をしていました。前の晩に見たサスペンスドラマに、そういうシーンがあったそうです。あれ、面白いじゃん、やってみようと盛り上がっていきました。僕はそれが怖かったので、大澤でいいんじゃない？　と二人に言いました」

「それならば、あなたが大澤さんを閉じ込めた張本人じゃないですか」

宗方弁護士はいかにも驚いたように声をあげた。

「それなのに、あなたはどうして被告じゃないんですか。なぜ原告側の証人としてここにいるんですか？」

「知りません」

「どうして知らないんですか。何か取り引きがあったということなんですか」

「そんなことはありません……」

次第に声が小さくなっていく。取り引きを認めたようなものではないかと、正樹は舌うちしたくなった。

が、反対尋問は案外あっさり終わって、次に高井が再主尋問を始める。〝ホーム〟の弁護士はこうも違うものかとあらためて思うほどやさしい口調であった。

「寺本さんにお聞きします。大澤さんが学校に来なくなった後、いったい何が起こりましたか」

「いじめる相手がいなくなった金井君と佐藤君は、今度は僕をいじめるようになりました」

「あなたもいじめられた、ということですね」

「はい、そうです」

「今、あなたは大澤さんに何か伝えたいことがありますか」

さまざまな思いを込めた問いかけのようであった。

「心から反省していると伝えたいです。僕は自分がいじめられて初めて、大澤君の痛みがわかりました」

「自分がやられて、苦しい思いをしたことを大澤さんに伝えましたか」

「伝えました。高校をやめたことも彼に伝えました。許してほしい、という気持ちを自分なりに伝えられたのではないかと思っています」

「その後、あなたはどのような生活をおくってきたんでしょうか」

やや沈黙があった。

「いじめられるのがつらくて、高校を中退しました。両親ともうまくいかなくなり、今は知人の家に居候《いそうろう》をしながらバーテンダーとして働いています」

「そうですか……」

高井も間を置く。

「そういう生活をおくる中で、あらためて大澤さんに何か伝えたいですか」

「本当に……本当に……」

言葉を詰まらせた。

「本当に申しわけなかったと思っています。自分のこと以上に、大澤君の人生を壊してしまいました。自分にあの時、もっと勇気があればよかったと思います。僕がしたことは、人を殺すのと同じことだったと思います」

「そういった気持ちを込めて、謝罪されたのですか」

「はい」

「以上です」

正樹は息を元に戻した。「人を殺す」という言葉が深く心に刺さったのである。ガラスを割り、暴れまわる翔太。どすんという音。くの字に曲がった翔太の体。そう、心を殺すことも殺人なのだ。

その時、裁判長が休憩を告げた。

「一時四十五分から再開します」

傍聴者たちはいっせいに立ち上がり、扉に向かった。正樹は翔太を迎えに行く。

「疲れたか」

「いや」

首を振った。

「食事に行きましょう」

高井と槙原を誘って地下の食堂に行くつもりだったが、それはやめた方がいいという。

「相手側と顔を合わせる可能性がありますから、外に行きましょう」

「わかりました」

エレベーターまではかなり長い廊下を歩く。高井が常に翔太の前を歩くことに正樹は気づいた。誰かが急に現れないように庇《かば》っているのである。午後からは金井と佐藤本人が出廷することになっていた。

しかしエレベーターの前に着くと、高井は立ち止まった。

「すみません、先に行っていていただけますか。出て左にしばらく行ったところにコーヒーショップがありますから」

「わかりました」

けげんに思い振り向くと、高井は寺本に挨拶《あいさつ》しているところであった。今日の礼を言っているのだ。自分もしなくてはいけないかと思ったが、車椅子を押していることもあり、そのまま槙原とともにエレベーターに乗った。

一階に着く。翔太が遠慮がちに言った。

「悪いけどトイレに行きたい。こういうところの方が、広くてちゃんとしてると思うから」

「そうだな」

障害者用の個室の前まで連れていくと、一人で扉を開けて入っていく。東京の公共施設のこうした設備の素晴らしさを、車椅子に乗る息子を持って思い知るようになった。

翔太の退院前に、大急ぎで自宅のトイレと風呂《ふろ》を直し、段差を埋めたが充分ではない。ヘルパーの手を借りなければ、入浴もままならないのが現状だ。

トイレの前に立っていると高井がやってきた。

「どうしてここにいるのがわかったんですか」

「僕もトイレに行こうと思ったんですよ。上の階のトイレだと、誰に会うかわかりませんからね」

とは言うものの、そこから動かなかった。

「あの、私も寺本さんにお礼を言わなくてよかったんですかね」

「今日はいいでしょう。いずれ手紙でも出してくだされば」

「せっかくですから、お茶でも誘えばよかったんですかね」

「いいんですよ」

高井はぶっきら棒に言った。

「加害者はバカですからね」

「えっ」

「寺本君はどのみち加害者です。加害者はいつまでたってもバカなんですよ。目を閉じればイヤなことを忘れられます。だけど被害者は違う。ずっとそのことばかり考え、自分を問い糺《ただ》していく。いわば賢人となっていきます。今、バカと賢人を会わせない方がいいんです。あ、失礼。トイレに行ってきます」

呆然《ぼうぜん》として、正樹は足早に行く高井の背中を見つめた。

午後からが本番だと、高井は翔太と正樹に言った。

「あちらは翔太君を責めてきますから覚悟していてください。いらつかないで。相手はさまざまなテクニックを使いますよ。こちらが腹を立てるような嫌な言い方をしたり、リズムを崩すような口調になったりします。だけど落ち着いて、あちらのペースにのらないようにしてくださいね」

まずは高井の主尋問であった。

「大澤翔太さん、陳述書はあなたの記憶に基づいて作成されていますね」

「はい」

「大澤さんに質問します。今は何をされていますか」

「家で療養しています」

「あなたの所属していた学校を教えていただけますか」

「私立清楓学園中学校です」

「何年までそこにいましたか」

「中学二年生で中退しました。といっても義務教育なので卒業したことになっています」

「なぜ中退されたんですか」

「いじめが原因です」

翔太の顔が青ざめているのがわかる。おそらくすごい緊張感なのであろう。考えてみれば、翔太がこれほど多くの人の前で喋《しゃ》べるのは、中学の時以来に違いない。

「どんないじめにあっていたんでしょうか」

「……」

「ゆっくりと、思い出したことからでいいですよ」

「最初はものを隠されたり、窓から投げられたりすることから始まりました。やがて、後ろから突然蹴られたり、後頭部を殴られたりするようになりました。トイレの便器の中に顔をつっ込まれたこともあります。三人がかりで二階のベランダからさかさ吊《づ》りにされた時は、本当に死ぬかと思いました」

何かに憑《つ》かれたようにひと息に言った。

「体操着をゴミ箱につっ込んで、その上から鉛筆の削りカスをザザーっとかけられました。授業中にも先生が見ていないと、消しゴムを投げられたり、髪をひっぱられたり、細かい嫌がらせは毎日でした」

正樹が初めて聞くことが幾つもあった。脚の方から震えがくる。

あたり前じゃないか。

不意に叫びたくなった。

こんな目にあったんだから、逃げるのはあたり前じゃないか。

息子は登校拒否をしたんじゃない。残虐《ざんぎゃく》な世界から逃亡したんだ。

「大澤さん、そしてあなたは中退後、何をされていたんですか」

「引きこもっていました」

「それはいつまでですか」

「今日まで続いています」

「あなたはいじめを理由として、今日まで引きこもっていたわけですね」

「そうです」

が、正樹の思いとは別に、会話はテンポよく進められていく。裁判長の心に何かを刻ませようとしているのがわかる。

「日常的に暴力を受けていたということですが、きっかけは何だったんでしょうか」

「歯磨きだったと思います」

「歯磨きですか？」

正樹はハッと顔をあげた。

「弁当を食べた後、僕は子どもの頃からの習慣で、トイレの洗面所で歯を磨いていました。歯磨きセットが幼稚園から好きだったキャラクターもので、それがおかしいとからかわれたのが最初です。入学して間もなくでした」

あっと口が開いた。脳天を一撃されたような思いだ。歯科医である自分は、翔太が幼児の頃から歯磨きについては口うるさかった。いいか、どんな時でもごはんの後は歯磨きをしろ。え、他の子はしていないって？　構うものか。他の子が何も知らないだけなんだ……。

「その歯磨きセットをあなたは好きだったんですね」

「はい、昔から父のクリニックで売っているものでした。歯ブラシが古くなると、母が新しいものにいつも替えてくれました。それがピンク色だったのを見つけて、金井君たちが囃《はや》し立てたんです。彼らは僕の歯ブラシを、トイレの便器に投げ込んだりしました」

記憶が次々と甦《よみがえ》ってくるのを、高井は押しとどめるように質問を重ねる。

「ズボンを脱がされた時のことを憶《おぼ》えていますか」

「はい、あれは忘れたくても忘れられません。昼休みに金井君に突然黒板の前に連れていかれました。そして寺本君と佐藤君が二人がかりでズボンを脱がしたんです。僕はびっくりしてされるがままでした」

「そして写真を撮られたんですね」

「〝ハイ、チーズ〟とか言って笑っていました」

「焼却炉にも閉じ込められましたね」

「はい。最初は冗談だと思いましたが、いつまでたっても扉は開かないし、真っ暗で、助けを呼んでも誰も来ないし、このまま死んでしまうかと思いました」

「用務員さんが助けてくれるまで、そのままだったんですね。閉じ込めた人たちは、誰も開けてくれなかったんですね」

「はい、そうです」

「あなたから、金井さん、佐藤さんに言いたいことはありませんか」

「八年前でも、自分にされたことは一生忘れません。彼らには僕にしたことをちゃんと認めて謝罪してほしいと思います」

「以上です」

そして反対尋問が始まる。弁護士は学校側の担当で、

「かなりのベテラン」

と高井が評した相手だ。

「大澤さんにまずお聞きします」

最初の声は低くゆっくりだった。先ほどまでの高井の口調とはまるで違う。

「大澤さん、今回、あなたが提訴した理由をまずお話しいただけませんか」

正樹の握る手に力が入る。高井と何度か簡単なリハーサルをしていたはずだ。翔太

はっきりした声で答えた。

「自分自身がこの八年間とてもつらい時間を過ごしていましたので、それを言う機会を得たいと考えました」

「あなたは不登校から八年間も引きこもっているのですね。その理由が中学時代のいじめですか」

「そうです」

「では、八年前、あなたはそのいじめを、学校側に伝えましたか」

「伝えていません」

「友人に話しましたか」

「話していませんが、皆は知っていました」

「親に相談しましたか」

「相談していません」

「どうして親に相談しなかったんですか」

「……」

意地の悪い質問が次々となされて、翔太は口ごもる。その隙《すき》を狙《ねら》って、弁護士は畳みかける。

「なんですかね」

「……心配をかけたくなかったからです」

「それではいじめのことを、親御さんに話したのはいつですか」

「きちんと話したのは、提訴する前です」

「正確にはいつですか」

「提訴の半年ほど前です」

「それまで七年間もあったのに、どうして今になって話したんでしょうか」

「僕を見放すことなく、ずっと傍にいてくれたからです」

目頭が熱くなった。そうだ、高井がうちに来たあの日のことだ。自分と節子は並んで座っていた……。その状況を翔太は「見放さなかった」ととらえていたのだ。

「ところであなたは今、大きなケガをされていますね。それはいつのケガですか」

「今年の四月です」

「その時、もう裁判は始まっていましたね。そのケガは裁判の途中で起きた事故によるものですね」

「そうです」

「事故が起きたのは、何をしていた時ですか」

「話し合いをしていた時です」

「何を話し合っておられたんですか」

「それは言えません……」

「ここにあなたのカルテがあります。医師の所見が書かれています。これによると、『父親との口論の末、「飛び降り」とあります。あなたはケガされた時、お父さんと激しい口論をしていたんですよね」

「いえ、父は直接の原因ではありません」

口ごもった。

「ところで大澤さん、おたくは円満なご家庭だと思いますか」

「ふつうだと思います……」

「おたくのご両親は、現在別居中だと聞いておりますが本当ですか」

「裁判長！　異議あり！」

高井が叫んだ。しかし、

「家族の関係も重要な事実と思われますが」

という弁護士の反論に、

「異議を却下します」

と裁判長は命じた。

全身の神経を集中して、やりとりをひと言漏らさず聞こうとしていた正樹の耳に、突然耳障《みみざわ》りな音が響いた。扉を開ける音だ。法廷は自由に出入り出来るといっても、この時間に来るとは……。そうだ、あの二人しかいない。

そこには二人の青年が立っていた。

正樹はしっかりと振り返り、入室してきた青年たちを見た。

そして直感で、右側の青年が金井利久斗だとわかった。

「どうしてこんなところに来なくてはならないのだ」

という不満といくばくかの不安が顔に漂っているのは、左の青年も同じだ。しかし右の青年には、それよりもあたりを睥睨《へいげい》するかのような傲岸《ごうがん》さがあった。

自分はエリート医学生だと、かすかに上がった顎《あご》のあたりが語っている。端整な顔つきであった。寺本も今風の様子のいい青年であるが、金井はさらに洗練されている。変わり織りのジャケットは、この年齢の若者にしてはかなり贅沢《ぜいたく》なものであった。

一方の佐藤は、小柄で丸顔の青年だ。落ちつきのない丸い目が、すばやく左右に動いた。正樹は二人をしばらく睨《にら》みつけたが、それに反応はなかった。おそらく中途入室した無礼を咎《とが》められたと思ったに違いない。振り返って彼らを見る人間は、あと何人かいたからだ。

翔太への反対尋問は続く。

「それでは、おたくのご両親は現在のところ、不仲だと考えてもいいのですね」

「そうです……」

「大澤さん、それではあなたの人生、おかしくないですか。いじめが原因だったのなら、七年も引きこもる前に、もっと早く誰かに相談すればよかったじゃないですか。ご両親との関係が良好だったら相談も出来たでしょう。いじめ以外に問題がないのならば、ご両親も別居しないでしょ。あなたの家庭は、最初から壊れていたんでしょ。昔から」

「そんなことはありません」

翔太は顔を上げた。

「むしろ両親の不仲は、僕の長い引きこもりが原因だと思います。引きこもるまでは、ごくふつうの家庭だったと思います」

これは嘘《うそ》だと、正樹ははっとする。妻の節子は言ったものだ。もっと早く別れていればよかった。呆《ぼ》けた舅《しゅうと》の介護を私に押しつけ、知らん顔をしていたあなたを許せないと思ったと。翔太に自殺を引き止められたとも。翔太はあえて嘘をついているのだ。

「引きこもる前は、あなたの家庭には何ら問題がなかったということですか」

「はい、そうです」

翔太はいつのまに、これほどの度胸を身につけたのだろうか。平然と相手の挑発をかわしていく。

「それではもう一度お聞きしますが、円満など家庭に育ったあなたが、どうして長い間、いじめについてご両親に相談しなかったんですか」

「それは両親に心配をかけたくなかったからです。父は毎日一生懸命、歯科医の仕事をしていましたし、当時母は祖父の介護で毎日大変でした。そういう二人を見ていて、僕のことでわずらわせてはいけないと考えました」

「では、あなたが飛び降りた日のことに戻りましょう。医師の所見によっても、当日あなたはお父さまとトラブルがあり、激しい口論があったとされています。お父さんの恫喝《どうかつ》により、あなたは三階から飛び降りたと聞いていますが、間違いないですか」

正樹はハンカチをギュッと握りしめ呼吸を整えようと努力した。違う、違うんだ。自分があれほどの怒りをもったのは、すべていじめが原因なのだ。さっき何くわぬ顔をして、空いている席にすべり込んだ、二人の青年のせいなのだ。二人の暴力が形を変えて、八年後、自分に狂気を抱かせ、息子を追いつめたのだ。

「その日、お父さんはとてもお怒りだったんですね」

「はい、父は確かに怒っていました。僕に失望したと言いました」

違う。もっと嘘をつくんだ。もっとうまい言い方を考えるんだ。このままでは、父親の恫喝が原因で飛び降りたことにされてしまうではないか。

「八年前、金井君、佐藤君の二人から強要されて、僕は別の生徒に暴力をふるいました。彼らはそれを写真に撮っていたんです。父は、あなた方が提出したあの写真を見て激怒しました。なぜなら、人間が人間をいじめることは、最低の行為だと父が信じているからです。そのいじめや暴力をふるった人間を訴えようとしている父だったから、僕に失望したといい、お前にはがっかりだと罵《ののし》ったのだと思います。父としては当然のことです。僕はそういう父を正しいと思い、今でも誇りに思っています。飛び降りたのは、僕の弱さからです。自分の過去に動転したのです」

耐えきれず正樹は嗚咽《おえつ》を漏らした。

やがて左側の青年が被告席に立った。やはり佐藤耀一であった。茶色のジャケットに白いチノパンツというでたちだ。被告席に座る彼は、とても緊張しているのがわかる。唾《つば》を何度も飲み込むために咳払《せきばら》いを続けている。

佐藤の弁護士による、通り一遍の主尋問が終わった後、高井が尋問を始めた。

「佐藤耀一さん、あなたは大澤翔太さんと、中学一年生の時から同級生でしたね」

「はい、そうです」

「当時、あなたは大澤さんに対し、執拗《しつよう》ないじめを繰り返していたそうですが、本当ですか」

「憶えていません」

「そのために、大澤さんは学校に行けないようになったのですよ」

「憶えていません」

「でも、その当時、校庭の焼却炉でどんなことをやったのかは憶えていますね」

「……憶えてないです」

「そんなわけないでしょう。それは不誠実な態度だと思いませんか」

「憶えてないです」

　おそらく自分の弁護士から、余計なことはいっさい言うな、ただ憶えていませんとだけ答えるように、と言われているに違いない。同じ言葉を繰り返す。

「あなたが毎日、いじめていた大澤さんについてです。思い出してください」

「憶えていません」

　ついにたまりかねて、裁判官が忠告した。

「憶えていないことは憶えていないでいいですが、憶えていることはちゃんと話してください」

しかし彼はかぼそい声で答えた。

「憶えていません……」

高井は諦《あきら》めて首を振り、自分の席に戻った。

大学四年生の佐藤は、とうに大手企業の内定がきまっていると聞いた。ヘタなことはいっさい言わないようにという作戦なのだろう。しかし彼が繰り返した「憶えていません」の終わりの方では、傍聴席から失笑が漏れた。誰もが田村梨里花の証言と較《くら》べていたのだ。

金井利久斗が座る。正樹はまず彼の後頭部に目がいった。しゃれた形に整えられている。着ているものといい、髪型といい、金と時間をたっぷりかけているなと、どうしても意地の悪い視線で見てしまう。おそらく人気のヘアサロンに通っているのだ。翔太が知るよしもない場所である。

金井側の宗方弁護士の尋問から始まった。

「金井利久斗さん、あなたは大澤翔太さんのことを憶えていますか」

「はい」

「どんな関係でしたか」

「大澤君と僕とは、中学に入学して以来同じクラスで、ずっと友人でした」

〝友人〟という言葉に、翔太がぴくりと反応した。思いもかけない言葉だったからだろう。

「友人だったんですね」

宗方弁護士は念を押す。

「はい、そうです」

何の迷いもてらいもない。澄んだ明瞭《めいりょう》な声であった。被告は裁判官に向かって話すよう言われているが、それができる人はあまりいないと高井から聞いていた。だが。

金井は当然のように裁判官に話す。

「ここに大澤さんが、他の生徒をいじめている写真がありますが、この写真はどうやって入手したんですか」

「大澤君が、寺本と佐藤と僕の携帯に送ってくれました」

「大澤さんは、この生徒を四つんばいにさせて足をかけていますね。どうして大澤さんはこんないじめをしたんでしょうか」

「ズボン下ろしや足をひっかけるのと同じで、当時流行《はや》っていた遊びです。彼も僕たちと同じように遊んでいたんじゃないですか」

「他にはどんな遊びが流行ってたんですか」

「焼却炉に入ったりとか」

「焼却炉ですか」

「焼却炉に入るのも、みんなわりと面白がってました。寺本君は違いますが、僕や佐藤も確か入った記憶があります。そうやって遊んでいる写真を、当時大澤君は僕にたくさん送ってくれていたんですけど、今はもう残っていません」

金井はどんな顔をして喋べっているのだろう。前にまわり込んで彼を見てみたい、という衝動と正樹は必死に戦った。この男は何と朗らかに嘘をつくんだ。こんなに気軽に語られると、事情を知らない者は、翔太も一緒に楽しく遊んでいたと信じてしまいそうだ。

家族を守ろうと必死でついた、翔太の嘘とはまるで違う。

「ということは、あなたは他にも、大澤さんがいじめのようなことをしている写真を持っていたということですね」

「いじめかどうかはわかりませんが、大澤君が他の生徒を蹴ったり、ズボンを下ろしている写真を確か持っていたと思います」

嘘だ！　と正樹は叫ぼうとした。が、一瞬の差で別の者が大声をあげた。

「嘘だ。そんなの大嘘だ！」

翔太だった。高井弁護士が必死に目で制しているのがわかった。

その高井が、今度は反対尋問に立つ。

「金井利久斗さん、あなたはパンツ姿の大澤さんの写真を、田村梨里花さんに送りましたね。それはなぜですか。遊びだったとしても、大澤さんと何の面識もない人に送るのはおかしくないですか」

「その頃、好きな女の子に、友人同士で遊んでいる写真を送るのが流行っていました。本当に何の気なしに送ったものですし、大澤君も誰か好きな女の子に送っていたと思います。でも仮に、大澤君が同じことをしても僕は恨みませんけどね。お互いさまですし」

金井はどんな医師になるのだろうかと、正樹は考える。

医学生の頃から、これほど平然と嘘をつける。将来は医師としての失敗もらくらくと誤魔化して、他人のせいにしていくのだろう。

どうかここにいる記者たちに、「金井利久斗」という名を、深く記憶に刻んでほしい。民事裁判であるから、記者たちは被告の実名を書けない。が、「リクト」という変わった名はきっと記憶にとどめるに違いない。何年か後、ひどい医療ミスが起こった時、偽証罪に問われる医師に、リクトという名を見出《みいだ》すだろう。自分は予言する。歯ぎしりと共に……。

「質問を変えます。あなたは遊びで大澤さんを焼却炉に入れたということですが、遊びならどうして助け出さなかったんですか」

「正直ひとつひとつ憶えてはいませんが、僕も助けてもらえずに忘れられたことは憶えています。人間、やったことは忘れても、やられたことは忘れられないんですかね」

「では、この写真はどうでしょうか。大澤さんが他の生徒をいじめている写真は、あなたが指示を出して、大澤さんに踏むように言ったんじゃないですか」

「お互いにありましたよ。僕も踏まれたことがあったような気がしますが、中学生ですから」

「でも、写真に写っている被害者は憶えてますね」

「知りませんよ」

さわやかな声で答えた。

「あなたの友達じゃないですか」

「大澤君は知っているかもしれませんが、僕の友達じゃありません。名前も知りません」

「本当に？」

「本当です」

その時、台の上に置かれたスマホに高井は反応した。バイブレーションが起こったのだ。弁護士が尋問の最中、スマホを目の前に置いているとは思わなかった。しかも堂々と高井はそれを手にしてしばらく見つめた。

「金井さん、あなたのアドレスは△△△@○○ですね」

「……はい」

声が初めて揺れた。

高井の口調がゆっくりになる。

「被害者は、藤田勇樹《ふじたゆうき》さんといいます。私たちは藤田さんにこの件を裁判で証言してほしいとお願いしましたが、『協力はできない』と断られてしまいました。あなたは、なぜ藤田さんが証言を断ったか、理由をご存知ありませんか」

「わかりません」

「藤田さんのことを、あなたは知らないということでいいんですね？」

「はい」

「それでは四日前の十一月八日、あなたがメールを送った相手は誰ですか」

「えっ」

「あなたは十一月八日、藤田勇樹さんにこんなメールを送ってますね。『マジでうざい。八年前のことで裁判なんて頭おかしくないか。とにかくオレのことは黙ってろよな。頼むよ』。あなたは藤田さんのことを知らないと言った。それなのに、藤田さんにどうしてメールを送れたんですか。この写真に写っているのは藤田さんですよね」

「わかりません……」

「わからない？　藤田さんが証言したら、あなたに都合の悪いことがあるからじゃないですか」

　異議あり！　と金井側の宗方弁護士が叫んだが、裁判長に却下された。

「このメールは、さっき確認してもらった、あなたのアドレスから送られているんですよ」

「わかりません」

「わかりませんって、あなた、さっきの佐藤さんと同じこと言ってますよ。あなた、さっきまであんなに雄弁に喋べっていたじゃないですか」

正樹をはじめとして、法廷にいた者たちはみな唖然《あぜん》としていた。たった今、一通のメールが高井の元に送られてきたのだ。それは、四つんばいになって、翔太に背中を踏まれていた相手からであった。彼は自ら名乗り出て、しかも金井から口止めされていたと証拠のメールを公開したのだ。

「どうしてあなたは、藤田さんに『黙ってろよな』とメールしたんですか。藤田さんに喋べられると困るっていうことがわかっていたからじゃないですか」

「裁判長、異議あり！　原告代理人は自分の主観を述べているだけです」

宗方弁護士があわてて中に入る。

「裁判長、ご覧のとおり、私は質問を重ねているだけです」

「異議を却下します」

「あなたは、藤田さんがこの場所で、どんな証言をすると想像していたんですか？　この写真を撮るときに、周囲の人間が大澤さんに圧力をかけて、藤田さんの背中の上に足をのせた。あなたは、この顚末《てんまつ》を知っているから、ここに呼べないと思ったのではないですか」

「……」

「お答えになりませんね。金井利久斗さん……」

金井はうつむいたままひと言も発しない。

高井は先ほどまでの怒りに満ちた声ではなく、静かな低い声になった。

「あなたはこうやって、いろんな人間に口止めしてきたんじゃないですか。寺本さんも、あなたにいじめられたって言ってましたが、彼にも口止めしたんですよね。藤田さんにも。そして大澤さんにもあなたは口止めをした。だから大澤さんは、ご両親にも、学校の先生にも言えなかったんでしょう」

「……」

金井はもうひと言も発しない。いや発せなかった。

「あなたは、自分のやっていることが悪いことだって、わかっていたんですよね。隠さなきゃいけないほど悪いことだって」

「……」

「あなたも二十二歳です。しかも、医師を志す人間だ。大澤さんがすごした八年間の話を聞いて、彼に謝ろうとは思わないんですか」

しばらく沈黙があった。

「わかりません」

「以上です」

エレベーターへと向かう人たちとは離れ、廊下の隅で正樹と翔太、そして高井と槙原は向かい合っている。

「まるで先生は別人のようでした。いやあ、驚きました。本当にありがとうございます」

　正樹が頭を下げると、高井が照れて手を振った。

「いやあ、寺本君のお手柄ですよ。昼休みに彼、コーヒーショップに突然来てくれたでしょう」

「ええ、先生と外で話していたから何だろうと思いました」

「寺本君は藤田君のことも、翔太君同様に心のトゲとして覚えていたんです。なので、この間からずっと説得してくれていたようです。だけど藤田君は、考えてみるとか、トラブルに巻き込まれるのはイヤだ、とか言ってたそうです。だけどもし、気が変わったら、例の金井からのメールを転送すると言ってくれたと。寺本君は辛抱強く、じっと待っていたんです。被告の尋問が終わる、二時四十五分までに必ずメールをくれって。それで藤田君は寺本君にメールして、彼はすぐさまそれを僕に転送してくれました」

「寺本が、そんなにやってくれたんだ……」

翔太はうつむいた。寺本も許さないと言い張っていたことを思い出したのだろう。

「寺本君は意外にもバカじゃなかった。加害者だったけど」

「はあ……？」

「翔太君。君にはもう一つ、大切な仕事が待っている。それは藤田君に謝ることだ。どんな状況にせよ、君は加害者になったんだからね」

謝って、そして判決を待とう、と高井は翔太の肩を叩《たた》いた。

一ヶ月後、東京地裁八百二十四号法廷で判決が下った。

「主文。被告らは、原告に対し、連帯して、百五十万円及びこれに対する平成二十五年九月一日から支払済みまで年五分の割合による金員を支払え」

民事裁判は、刑事のそれと違い、判決はあっけなく告げられる。原告、被告は出席せず、弁護士も立ち会わないのがふつうだ。しかし正樹と翔太は傍聴席に座り、裁判長の言葉を聞いた。翔太がそうしたいと願ったからだ。

裁判長は車椅子《くるまいす》の翔太に目をやり、最後にこうつけ加えた。

「大澤さん、どうかこれからは体を大切にして、力強く人生を歩んでくださいね」

小さな声で翔太は頷《うなず》いた。その表情からは何も読み取れない。勝ったのか、負けたのか、実は正樹もよくわからないのである。

「勝ったに決まってるじゃないですか」

廊下に出るなり槙原は微笑《ほほえ》んだ。

「だから慰謝料を払うんですよ」

「ですが、金額があまりにも少な過ぎやしませんか」

「大澤さん、前にもお話ししましたが、僕も一億五千万円も取れるなんて思ってやしませんよ。吹っかけたんです」と高井。

「吹っかけた？」

「いや、吹っかけた、ってのはちょっと言いすぎですね。車椅子の翔太君を強調するための作戦でした。しかしこの種の裁判で百五十万というのは、かなりの勝利とみてもいいでしょう」

「ですが、先生……」

正樹は尋ねた。

「あちら側は控訴するんじゃないでしょうか」

「しません」

きっぱりと答えた。

「しませんよ。するはずありません」

「なぜですか」

「これ以上長びかせるのは、あちらの誰にとっても不利なんですよ。学校はまた週刊誌に書かれるかもしれない。佐藤君は就職先に漏れるかもしれないですし、金井君は医師国家試験がありますからね。百五十万で一刻も早く手をうちたいはずです」

「あの、先生」

「何ですか」

「この裁判は、佐藤の就職先には知られないんでしょうか。知られたら、内定取り消しってことにならないでしょうかね」

「大澤さん、残念ですが、日本の企業はそこまで厳しくはありません。佐藤君がこのことを話すかどうかわかりませんが、大ごとにはならないはずです。中学校時代の、子ども同士のいざこざ程度にとられるに違いありません」

「そうですか……」

「大澤さん、何度も申し上げました。裁判は私刑《リンチ》じゃありません。公正な判断を仰いで、決着をつけることなんです。今日、僕たちはちゃんとした決着をつけられたと思いませんか。翔太君、どうですか」

少しかがんで車椅子の翔太を見る。

「僕は確かにそう思います。このあいだの反対尋問で、先生が金井の嘘を暴《あば》いてくれた。僕の中ではあの時に、もう決着がついていました」

「そうこなきゃね」

高井は翔太の肩をぽんと叩いた。が、「決着はついた」という割には、息子の顔が晴れやかではないのが正樹には気にかかる。


記者会見は司法記者クラブで開かれた。判決後、心境を聞かせて欲しいという、記者たちの要請を受け入れたのだ。その替わり、実名は出さない、首から下を映す、という条件を高井は出した。

「大澤さんの話し方、服装で、見ている者はきちんとしたお父さんだとすぐにわかるはずです」

記者たちは十数名いる。思っていたよりもはるかに多い。テレビや新聞、雑誌の他に、今流行りのネットニュースの記者たちも来ているということだ。

先月の当事者尋問での、金井に対する高井の追及の仕方がかなりの話題となっているらしいのだが、それ以上に八年前のいじめが、果して裁かれるかどうかということが、大きな注目を集めたに違いない。

高井の挨拶《あいさつ》と説明が済むと、新聞社の男が口火を切った。

「毎朝新聞社会部の横山と申します。今の心境をお聞かせください」

「息子ともども、ようやく安堵《あんど》いたしました。八年前のいじめということで、証拠があるのかどうかがネックになりましたが、幸いなことに、貴重な証言をしてくださる方々が見つかりました。そして、彼らがいじめの道具に使った携帯の画像が、はからずもいじめの証拠になったのです。それを認めていただけてよかったです」

「なるほど」

記者は頷いた。その他の男たちは、こちらも見ずにパソコンのキーボードを打ち始める。その光景は正樹にとって驚きだった。記者というのは、手帳やノートに書き込むと思っていたからだ。

「裁判に踏み切った理由をお教えください」

別の記者が尋ねる。

「息子の失なわれた人生をとり戻してやろうと思いました」

いっせいにキーボードを打つ音が響く。

「そして息子の、私への信頼をとり戻すためでした。八年前、私は登校拒否の息子に、本当に必要なことが出来ませんでした。もちろんカウンセラーのところに連れていったりはしました。しかし、根本的なことは何も見ていなかったんです。彼は学校で危害を受けていた。その犯人をつきとめ、それは犯罪だと自覚させ、いじめをやめさせる。シンプルなことですが、その努力を怠っていたんです」

「そうおっしゃっても、中学生相手に、それはむずかしいのではないですか」

「もちろん、むずかしいことです。私は当時、息子がいじめに遭っていると気づかず、とにかく学校へ行けと怒鳴るなどして責めました。その結果、息子の信頼を完全に失なってしまったのです」

ハンカチで汗を拭《ぬぐ》った。先ほどからカメラを向けられているが、本当に顔は消してくれるのだろうか。

「しかし裁判の中で、息子が言ってくれました。父親がずっと僕の傍にいてくれたと。僕を見放さなかったと。それを聞いて私は、裁判をして本当によかったと思いました」

「大変失礼ですけれど、証人尋問の前に息子さんは自殺を図ったと聞いています」

今度は女性の記者だ。まだ若い。深刻ぶった声で問うた。

「それについてはどう思われますか」

どう思うも何もないだろう。悲しく、つらかったに決まってるじゃないか。そう叫びたい気持ちをぐっと抑えた。

「それについては、私に大きな責任があります。裁判の途中で出てきた証拠について、息子を責めたからです。息子は確かに自殺を図りましたが、今は回復し、車椅子ですが法廷にもきちんと出て、先ほどは一緒に判決を聞きました」

「それはよかったです」

とってつけたような言い方だった。そして今度も女の記者だ。

「今、全国の、不登校に悩んでいる多くの親御さんに伝えたいことはありませんか」

「子どもと一緒に戦ってください」

あたりを見渡す。そしてゆっくりと繰り返した。自分の声が震えているのがわかったがもう仕方ない。

「子どもを信じて、お前を守ってやれるのは世界中でお父さんとお母さんだけなんだと言い続けてください。いじめは簡単に解決出来ることじゃありません。裁判はお金も時間もかかりました。ですが、真実はわかったんです。息子は、自分が悪いわけではなかったと確信を得ました。私たち親子にはそれで充分だったんです……」

月に二度ほど、節子が訪れるようになった。それは、

「時々は母親として顔を見せて欲しい」

という正樹の願いにこたえるためだ。翔太とあれこれ話したり、時には好物の料理をつくってやったりする。節子が出ていった後、正樹は週に三回ほどパートのお手伝いを頼んでいたが、その女性が来ない日にやってきては、掃除が雑だなどとよく文句を言う。

元夫に対する態度はまだぎこちないが、それでも事務的なことから始まり、何気ない話題を口にすることもあった。裁判の判決があった時は、

「あなたがテレビに出ていてびっくりした」

と感想を述べた後、

「翔太のために、本当にありがとうございました」

と頭を下げた。

「あんなに反対していたじゃないか」

「翔太が、裁判をして本当によかった、と言っていたから」

その節子が今日は思いつめたような顔をしている。何かよくないことが起こったのではないかと、正樹は身構えた。ここにいない家族といえば、由依になる。裁判には来なかったが、記者会見の様子をテレビで見たらしく、

「お父さん、私はちょっと感動しています」

という言葉で始まる長いＬＩＮＥをくれた。しかしその後も姿を見せない。

「実は由依から、これをお父さんに見せてくれって。自分で言うのは恥ずかしいみたいで」

節子がバッグから取り出したのは一冊のパンフレットだ。視線を走らせるなり、

「何だ、これは！」

思わず大声をあげた。

「野口由依、チェンジに向かってチャレンジします!!」

表紙でにっこり笑っているのは、青いシャツを着た由依ではないか。その横には
「衆議院議員候補」と書かれている。

「補欠選挙に出るのは、野口君じゃないのか!?」

「立候補する、しないで、さんざん話し合ったけどもうラチがあかないって。地盤継ぐには、野口家の者なら誰でもいいんでしょ、って由依が衆院選の方に出ることにし

たって」

「信じられない……」

しばらく声が出なかった。

「生徒会長に立候補するわけじゃないんだ。国政選挙に出るんだぞ。由依みたいな素人《しろうと》に出来るわけないじゃないか」

「だけど、いろいろ考えて、自分がやるしかないって。それに、どんな政治家だって、最初はみんな素人だって由依は言うの」

「馬鹿馬鹿《ばかばか》しい。選挙に出ようって人間は、最初は政治家の秘書から始めるもんだ」

「由依もね、今度の選挙は無理だろうってわかってるのよ。だけど、落ちたら都議会から始める。それもダメなら、区議会からやるって。とにかくこの大きなチャンスを逃したくないって頑張ってるの」

「あちらのうちから離縁されるぞ。そうでなくても、気に入られていない嫁なんだ。選挙に出るなんてとっぴなことするよりも、早く子どもでもつくって……」

「これが由依の気持ちなのよ」

パンフレットを拡《ひろ》げた。そこには「私はやります」というメッセージが載っていた。

「誰もが明るく幸せな毎日をおくれる社会をつくること。それが私の願いです。私の弟はいじめによる不登校から、長い引きこもり生活に入りました。まず私は教育問題から取り組みたいと考えています。多様性に富み、誰もが再チャレンジ出来る仕組みをつくり……」

驚きのあまり、パンフレットを取り落としそうになった。

「何だ、これは。どうして俺や翔太に相談しないんだ。弟の裁判をちゃっかり利用して……」

「ほらね、そういうこと言われるのが嫌だから由依はここに来なかったの。私に託したのよ」

節子はうんざりした声を出して首を横に振った。

「あの子はあの子なりに、悩んで考えて、そして行動を起こしたの。それはちゃんとわかってあげてよ。由依は言ったわよ。翔太に私は何もしてあげられなかった。心から反省してるって。そういうあの子の気持ち、わかってあげてくださいよ。ちゃんと応援してあげてよ」

「わかるよ」

声をあげたのは、テーブルの端にいた翔太であった。パンフレットを手にとり、そのページを眺めている。

「お姉ちゃんならやるかもしれない。あの性格、もともと政治家に向いていたし」

「馬鹿なこと言うんじゃない！」

「お姉ちゃん、なかなかいいこと言ってるじゃないか。いじめ防止対策推進法の改正、いじめ被害者の学び直しの機会の確保、いじめを放置した教師の懲戒制度……」

「お前、本気で言ってるのか」

「うん、本気だ」

父と息子はしばらく見つめ合った。翔太の目に何の非難も揶揄《やゆ》もないことを確かめた。

「お前がそう言うならいい……」

「じゃあ、由依にそう伝えておくわ」

節子はそそくさと帰っていった。

夕食は節子がつくっていったカレーを温めた。翔太は皿を並べ、コップにミネラルウォーターを注ぐ。こうした連係がなめらかに出来るようになっている。

「俺はあの子がまるで理解出来ないんだ」

静かな夜であった。カレーのにおいがあたりに漂う。ずっと以前からこうして、二人だけで生きてきたような気がする。あの騒がしい二人は、どちらも突然去っていった。

「選挙に出るなんて、頭がおかしくなったとしか思えない」

「オレはわかる」

「何がわかるんだ」

「お姉ちゃんは、飛び降りたオレを見て、自分が走り出さなくてはいられなくなった。その気持ちはわかるよ」

「そうか」

カレーを匙《さじ》ですくう。

「お父さん、このあいだ高井先生から本を借りたんだ。〝８０５０〟問題の本だ」

結婚も就職も出来ぬまま五十代になった子どもが、八十代の親の年金を頼って生きていく現実は、今や大きな社会問題になっている。

「オレは絶対にそうはならないよ。あと三十年ある。きっとどうにかするよ」

「無理しなくてもいい」

節子にかなりのものを渡したが、まだこの家と、父親が遺《のこ》してくれたものがある。診療を続けながら静かに暮らしていけば、車椅子の息子が中年になっても何とかなると考えていた。

「お父さん、お願いがあるんだけど」

「何だ」

声が真剣なので思わず匙を置いた。

「あの慰謝料の百五十万円、オレにくれないかな」

息子の顔を見つめる。思いつめている、というのでもない。ふつうの顔つきなのが、逆に長いこと何かを考えてきたのだと察せられた。

「お前のための金だから、当然だよ」

「裁判が終わって決着はついた。心は決着がついたけど、体はついていないよ」

片手で車椅子を少し動かした。床をこするギーという耳ざわりな音がした。

「オレはずっとこの体について考えてた。諦めようと思った。だけど見つけたんだよ。脊髄《せきずい》損傷者を歩かせるための専門のジムがあるんだ。すごくつらいらしいしお金もかかる。だけどそこにオレは行ってみたい。オレはこのままじゃ嫌なんだよ。ずっと引きこもってたくせに、これからも引きこもるのは嫌なんだ……」

歯を喰いしばっている。その様子は、昔、鉄棒の順番を姉にとられた時と全く同じだった。思い出せば、負けず嫌いの男の子でもあった。どうしてそのことを忘れていたのだろう。

「飛び降りる瞬間、このまま死ぬんだって時にわかったんだ。オレ、生きたことないじゃん、一度もちゃんと生きてないじゃんって。オレ、このまま五十のおっさんになるの、絶対に嫌だよ」

「わかったよ。わかった。好きなようにしろ」

正樹はまた匙を動かし始める。翔太好みの、甘いバーモントカレーだ。

「このまま五十のおっさんになったら、サイテーじゃん。せめて、お父さんぐらいの大人になりたいよ」

「せめて、はよかったな」

低く笑う。

「お父さん」

翔太は父を呼んだ。

「お父さん、ありがとう」

この小説は、弁護士髙橋知典《とものり》先生と、菅原草子《すがわらそうこ》先生のお力がなければ完成しないものでした。

特に髙橋先生の、

「七年前のことでも裁判は可能です」

という言葉で、目の前がパーッと拡《ひろ》がるような気がしました。髙橋先生は、あたかも翔太が実在するかのようにたえず気にかけてくださり、

「こうしたら勝てるかもしれない」

とつぶやいていらしたと聞いています。

また、精神科医の和田秀樹《ひでき》さん、『「子供を殺してください」という親たち』著者押川剛《たけし》さんにもお話をうかがいました。

歯科医師について菊池薫《きくちかおる》医師、佐々木雄一医師のお二人にもご教示賜わり、深くお礼申し上げます。

最初の勉強会から二年にわたり、伴走してくれた、新潮社中瀬ゆかりさん、藤本あさみさん、井上保昭さん、天羽李子さん、高山葵さんら「チーム８０５０」、校閲担当の石川芳立さん、岡本勝行さんにも深く感謝です。

主要参考文献

岩波明『心に狂いが生じるとき――精神科医の症例報告』（新潮文庫）
押川剛『「子供を殺してください」という親たち』（新潮文庫）
黒川祥子『８０５０問題――中高年ひきこもり、７つの家族の再生物語』（集英社）
斎藤環『「ひきこもり」救出マニュアル〈実践編〉』（ちくま文庫）

解説

三浦友和

寝る前に本を読むのが日課になっている。

本選びは、あらすじに目を通して「自分が演《や》れそうな」作品ということが選択基準になってしまいがちではあるが、時空が歪《ゆが》んだり異世界に飛んだりするようなものにはまったく興味がわかない。警察小説やミステリのような、人間の弱い部分とか醜い部分がリアルに描かれたものを好んで読む。

一時間ぐらいページをめくって、眠気を感じると本を閉じるのだが、困ったことに、この『小説８０５０』に関しては、なかなか閉じることが出来なかった。

部屋に引きこもったままの息子。青白い顔に独特な体臭、割れるガラス、パトカーの回転灯……のっけから重たい展開に胸が苦しくなる。描写がリアルでとても他人事《ひとごと》とは思えない。これと同じことが自分にも起こったら、いや、起こっていた可能性もあったはずだ――。

八十代の親が五十代の子どもの生活を支える「８０５０問題」を題材にしたノンフィクションの世界に入り込んでしまったようだった。この問題の背景にあるのは「引きこもり」だ。

二〇一九年に起きた、元農林水産省の事務次官が息子を殺害した事件はとても印象に残っている。ニュースで流れた、逮捕されて連行される容疑者の表情が忘れられないからだ。職業柄、つい人の表情に注目してしまうのだが、この時の容疑者は、これまで抱えてきたものを全部おろしたような顔をしていたように見えた。

『小説８０５０』の主人公の大澤正樹は、五十代の歯科医で、従順な妻と優秀な長女、そして、七年間自室に引きこもっている息子がいる。近所で起こった事件をきっかけに、このままでは自分たちの未来は「８０５０問題」そのものになってしまうと、はじめて事態の深刻さを認識する。

中学受験を勝ち抜き、難関の進学校に進んだはずの息子に、いったい何が起こったのか。結婚のために弟を排除しようとする長女の冷酷さ、正樹の提言を決して受け入れない妻の頑《かたく》なさ――自分の家族のことを、ほんとうは全く理解していなかったことに気付いた時の正樹の恐怖を想像して、打ちのめされた。

わが身を振り返って「自分は息子と妻のことを本当に理解しているのか」と考えた。

恐ろしかった。もしかして、私の家族にもそれぞれに隠している部分や、言えない秘密があるんじゃないか。一方、私自身も、いつも家族に自分をさらけ出して生活しているわけじゃない。誰だってそうだ。だから物語の世界にのめり込んでいく。

少しずつ現実を受け入れて、現実に立ち向かおうとする正樹をあざ笑うかのように、次々と難題が降りかかる。救いの手を差し伸べてくれる人もいるけれど、もういい大人である正樹は、それを素直に信じることも出来ない。そのあたりの心の揺らぎが、すごくリアルに感じられた。

私に正樹と違うところがあるとすれば、「子どもをこういうふうに育てたい」という理想形を、持たずにやってきたところかもしれない。なぜなら、トンビが鷹《たか》を生むのは宝くじに当たるようなものと思うからだ。

作中に登場する問題児を抱えた母親たちのセリフ、「子どもの出来なんて、籤《くじ》みたいなもん」は、まさしく名言だ。

私の子どもたちが、無事に大きくなって、そんなに周囲に迷惑をかけることもなく、それぞれの人生を送ることができているのは、親の育て方が正解だったわけではなく、子どもたちが選び取ってきたことの結果だと思っている。しかし、そうは言っても息子たちはまだ三十代。この先何が起こるかは分からない。

「引きこもり100万人時代」と言われているように、子どもが引きこもりや不登校になったり、親子関係がうまくいっていない話は身近でも聞くけれど、私から彼らに、詳しい事情も知らぬままありきたりな言葉をかけることは出来ない。

虐待《ぎゃくたい》や育児放棄などは別にして、子どもの出来なんて偶然なんだから、どんなに悪い状況になっても、「自分のせいだ」って責めなくてもいいよ、と思う。親がダメでも、それを反面教師にできる子どもはいっぱいいる。

息子が引きこもっていることが、近所にも職場にも、さらには娘の婚約者家族にもバレてしまい、正樹はついに、世間体を捨てて息子と向き合う決意をする。開き直って、自分をさらけ出して、そして一番大事なことに気付く。

私は常々、役を演じるというのは結局、自分自身と向き合うことだと思っている。自らの弱さと醜さを引き出さないといけないので、自尊心との闘いともいえる。

しかし、その闘いを終えた先には、正直な自分と向き合ったという充足感がある。きっと正樹もそれに似た何かを手にしたはずだと思いながら、本を閉じた。

（「波」二〇二一年五月号より再録）

この作品は二〇二一年四月新潮社より刊行された。

林 真理子著
着物の悦び
―きもの七転び八起き―

時には恥もかきつつ、着物にのめり込んでいったマリコさん。まだ着物を知らない人にもわかりやすく楽しみ方を語った着物エッセイ。

林 真理子著
花 探 し

男に磨き上げられた愛人のプロ・舞衣子が求める新しい「男」とは。一流レストラン、秘密の館、ホテルで繰り広げられる官能と欲望の宴。

林 真理子著
アッコちゃんの時代

若さと美貌で、金持ちや有名人を次々に虜にし、伝説となった女。日本が最も華やかだった時代を背景に展開する煌びやかな恋愛小説。

林 真理子著
愉 楽 に て

家柄、資産、知性。すべてに恵まれた上流階級の男たちの、優雅にして淫蕩な恋愛遊戯の果ては。美しくスキャンダラスな傑作長編。

有吉佐和子著
恍 惚 の 人

老いて永生きすることは幸福か？ 日本の老人福祉政策はこれでよいのか？ 誰もが迎える〈老い〉を直視し、様々な問題を投げかける。

有吉佐和子著
悪女について

醜聞にまみれて死んだ美貌の女実業家富小路公子。男社会を逆手にとって、しかも男たちを魅了しながら豪奢に悪を愉しんだ女の一生。

角田光代著　さがしもの

「おばあちゃん、幽霊になってもこれが読みたかったの?」運命を変え、世界につながる小さな魔法「本」への愛にあふれた短編集。

角田光代著　しあわせのねだん

私たちはお金を使うとき、べつのものも確実に手に入れている。家計簿名人のカクタさんがサイフの中身を大公開してお金の謎に迫る。

恩田陸著　夜のピクニック
吉川英治文学新人賞・本屋大賞受賞

小さな賭けを胸に秘め、貴子は高校生活最後のイベント歩行祭にのぞむ。誰にも言えない秘密を清算するために。永遠普遍の青春小説。

恩田陸著　歩道橋シネマ

その場所に行けば、大事な記憶に出会えると——。不思議と郷愁に彩られた表題作他、著者の作品世界を隅々まで味わえる全18話。

小川洋子著　薬指の標本

標本室で働くわたしが、彼にプレゼントされた靴はあまりにもぴったりで……。恋愛の痛みと恍惚を透明感漂う文章で描く珠玉の二篇。

小川洋子著　博士の愛した数式
本屋大賞・読売文学賞受賞

80分しか記憶が続かない数学者と、家政婦とその息子——第1回本屋大賞に輝く、あまりに切なく暖かい奇跡の物語。待望の文庫化!

小説《しょうせつ》8《はち》0《まる》5《ごー》0《まる》

新潮文庫　は－18－15

令和六年五月一日発行
令和六年七月二十日四刷

著者　林《はやし》真《ま》理《り》子《こ》
発行者　佐藤隆信
発行所　株式会社新潮社
郵便番号　一六二―八七一一
東京都新宿区矢来町七一
電話　編集部(〇三)三二六六―五四四〇
　　　読者係(〇三)三二六六―五一一一
https://www.shinchosha.co.jp

価格はカバーに表示してあります。

乱丁・落丁本は、ご面倒ですが小社読者係宛ご送付ください。送料小社負担にてお取替えいたします。

印刷・大日本印刷株式会社　製本・加藤製本株式会社

ISBN978-4-10-119125-6 C0193